魔法世界の受付嬢になりたいです　3

ロックマン
（アルウェス・ハーデス・アーノルド・ロックマン）
ナナリーの魔法学校時代からのライバルで、王国騎士団第一小隊の隊長に就いている。
ナナリー
（ナナリー・ベルセポネ・ヘル）
『受付のお姉さん』も二年目に突入。後輩もでき、仕事もレベルアップした。ロックマンとは何かと縁が切れず、助けられることもしばしば。
ララ
ナナリーの使い魔。
ブラン・リュコスという寒い地方にいる魔法動物で、白い毛を持つ狼の女の子。

登場人物紹介
ニケ
（ニケ・ヘーラ・ブルネル）
女子力の高いナナリーの親友。ゼノンと同じ騎士団の隊に所属している。
ベンジャミン
（ベンジャミン・メダ・リリス・フェルティーナ）
おしゃれなナナリーの親友。想い人のサタナースと一緒に破魔士として活躍中。
ゼノン
（ゼノン・バル・ゼウス・ドーラン）
ドーラン国の第三王子で魔法学校でのナナリーの同級生。王国騎士団に所属している。
ゾゾ
（ゾゾ・ガイア・パラスタ）
明るく元気で、頼りになるハーレの先輩。

魔法世界の受付嬢になりたいです
3

Contents

創造物語集・第一章『六つの精霊と罪』

むかしむかし。そのむかし。

まだ人の形も、魔物の形もなかった頃。

六つの精霊が、仲良くこの地上で暮らしていました。

「この原っぱで遊ぼう！」

元気いっぱいな火の精霊が、広い草原で駆け。

「そんなに走ったら、君の身体《からだ》が熱くなって草が焦げるよ！」

水の精霊がそのあとを追い。

「あ～！　私の草を燃やさないで～」

地の精霊が泣き。

「泣くな地。燃やされたら僕がやり返してやろう」

雷《いかずち》の精霊が慰め。

「火なんか追い越してあげるわ」

風の精霊は思いのままに飛び。

「みんな元気いっぱいだなぁ」

氷の精霊は、静かにみんなを見守っていました。

六つは喧嘩《けんか》もしますが、すぐに仲直りもします。

だからいつもいつも笑顔で溢《あふ》れていました。

けれど地上に六つだけの存在。

みんなで遊ぶのも楽しいですが、それ以上に仲間が欲しくなりました。

「僕たち以外に、何かいないのかな？」

そんなある日、水の精霊がみんなに言いました。

いつも集まっている木陰《こかげ》で、みんなでお昼寝をしている時のことでした。

「何かって？」

火の精霊が首を傾《かし》げます。

「火とか地とか、私たち以外の精霊ってこと？」

水の言うことを理解できていなかった火に、風がそう説明をしました。

「僕たちだけでもいいけど、仲間がいれば、もっと楽しいんじゃないかな！」

ちゃぷちゃぷの透明の手を広げて、もっともっと楽しいことをしたい、と水の精霊ははしゃいで言います。

みんなは考えました。

どうやったら仲間が増えるのだろうと。

すると雷がパチパチと光る眩《まぶ》しい手をあげました。

「そういえば、俺たちは、どうやって生まれたんだ？」

雷の言葉に、みんなはう〜んと考えました。

「そうだ！　私たちは、神様が生んでくれたんだよ」

「でも見えないよ？」

「神様は見えないんだよ！」

地の精霊は、空に向かって両手をあげました。

「ねぇねぇ僕たちには力があるから、合わせてみようよ。新しい仲間がつくれるかもしれないよ？」

「いいね、それ！」

「楽しそう！」

「ま、待って」

水の言うことに賛成する雷、火、地、風に対し、氷が声をあげました。

「私は、みんなとずっと一緒が良い。増やさなくたって、大好きなみんなといられれば、毎日楽しいもの」

いつもはみんなを温かいまなざしで見守っていた氷が、泣きそうな顔でそう言いました。

いつもと違う氷の様子に、他の五つの精霊は戸惑いました。

「で、でも氷。もっといれば、もっと楽しいんだよ？」

「氷は、今がつまらないの？」

「そうじゃないけど……」


次の日のあさ。

氷はいつもと違う雰囲気にカチカチの身体が震えました。

何故なら、あさのはずなのに、太陽が見えないのです。

月も太陽も空にはなく、ただ赤い雲が空をおおっていました。さらに遠くには渦を巻いた赤黒い雲が見えます。

氷はみんなを探しました。

けれどいつもの木陰へ行っても、草原へ行っても、みんなはどこにもいませんでした。

そしてほうぼう探し回り、ひときわ赤黒い雲の下へと行くと、そこには氷が初めて見る者がいました。

黒くて大きくて、ぐちゃぐちゃしていて、手が何本もあって、でも足は一つだけ。

「氷！　助けて！」

みんなは氷の精霊に内緒で、仲間を作ってしまいました。五つは反対する氷をびっくりさせたくて、好奇心のままに仲間を生み出したのです。

そしてそれは見事氷をびっくりさせることには成功しましたが、けれどその新しい仲間は、みんなを食べようとしています。

黒くて、大きくて、歩くたびに草が枯れて、聞いたこともないような声でゴーゴーと鳴いている、新しい仲間。

「食べられちゃう！」

「嫌だ！」

いいえ、これは仲間などではありませんでした。

その黒い精霊は、火の精霊の炎をものともしません。

水の精霊の水をも弾《はじ》き、地の精霊の蔓《つる》も腐らせてしまいます。

雷の精霊の電撃はまったく歯が立たず、風の竜巻も逆に吹き飛ばされてしまいました。

なんと五つの精霊が作ってしまった黒い精霊は、五つの力を持ってしまったのです。

「氷がワタシのトコロへクルナラバ、イツツにはテヲ出さないでやろう。ワタシのアラタナチカラとナルのだ」

五つの精霊たちがとらわれている中、氷は言われるがままに、黒い精霊へ近づいていきました。

「氷！　駄目だぞ！」

「でも、そうしたら火たちが」

「構うもんか！　俺たちが氷に内緒でやったんだ！　自業自得なんだ！」

今にも食べられてしまいそうな火が、氷に向かって叫びました。

みんな同じように叫びました。

だれもが仲間をきけんな目にあわせてまで、助かりたいなんて思わなかったのです。

「やだ、やだ、みんなをたべないでっ」

「ナニヲ――――グギャァ!?」

けれど氷は全部の力を振り絞って、その大きくて黒い精霊をカチコチに凍らせました。五つの力を持った黒い精霊は、火の攻撃も、水の攻撃も、地の攻撃も、雷の攻撃も、風の攻撃も、全て使って氷の力を破壊しようとしましたが、唯一氷の力を持っていなかった黒い精霊がそれを解くことはできませんでした。

一方、力をたくさん使ってしまった氷は、黒い精霊にひびが入ったころ、キラキラの結晶となって空へと昇って行きました。

へとへとになるまで黒い精霊をやっつけた氷の精霊は、この世から身体が無くなってしまったのです。

カチコチになっていた黒い精霊も、パンッ、とはじけて割れてしまいました。そしてその黒い精霊の無数の欠片《かけら》は、地上の空を流れ星のように滑り、あちこちに破片を落として消えていきました。

五つの精霊たちは、もう赤くない空を見上げて泣きました。

たくさん、たくさん、泣きました。

「氷の気配が消え去ったのを感じました」

しばらくすると、精霊たちの前に、光り輝く雲が降り立ってきました。

「生み出してしまったものは仕方ありません。生むのは簡単ですが、完全に消すことはとても難しい」

それは、みんなを生んだ神様でした。

神様はけして、みんなを怒ることはしませんでした。

何故ならみんなは、もうとりかえしのつかないことをしてしまったのだと、分かっていたからです。

「あともう少しすれば、君たち以外の生命がこの世に誕生します。そうしたら、みんなに力を分けてあげなさい」

「力を？」

「分ける？」

神様は言いました。

「黒い精霊、いいえ、あれは精霊とは呼べません。これからは、まがいもの——魔物と呼びましょう」

「まもの？」

「砕け散った結晶は、きっとまたどこかで芽を出すはずです。だからその時のために、仲間を守るために、力を分けてあげてください」

「でも氷がいなくなちゃった」

「どんなに仲間が増えても、氷がいなきゃ、俺は、俺たちは」

神様は微笑《ほほえ》みました。

「今度は大事にするのですよ」

神様の声と共に、小さな淡い光が、火の手の中に落ちてきました。

それはとても冷たくて、火の手を消してしまいそうな、そんな存在でした。

これと似たような存在を、火は知っていました。

かつて一度だけ、火はある精霊の手を握りたくなった時がありました。

とても楽しくて、幸せで、この気持ちを誰かと共感したくて、たまらなかった時です。

火はいつも、風と雷と地だけには触れていました。三つの精霊とも、触れてもあまり燃えることがなく、自分にも害が無いからです。地の精霊は少し火傷《やけど》をすることはありましたが、それでも触れられる精霊の一つでした。

けれど水と氷だけは別です。

火が水に触れてしまえば水はシュワシュワと蒸発してしまい、自分も消えかかってしまう。

火が氷に触れてしまえば氷は溶け、自分も弱ってしまう。

『氷！　楽しいな！』

『わぁっ』

でもそんなことを分かっていても、その時だけはどうしても氷に触りたくて仕方がなかったのです。

氷は堪《たま》ったものではありませんでしたが、火は自分の手が消えてしまいそうでも、幸せな気持ちになりました。

「もうけして、氷を仲間外れにしてはいけませんよ」

火は、手の中にいる氷を見ました。

それはとても小さくて、まだ目も開いていませんでした。

火は、火なのに、涙が止まりませんでした。

「その子はもう、あなたたちの知る氷ではないけれど、大切にしてあげてくださいね」

それから百年が経《た》つと、地上には動物が誕生し、精霊たちは動物たちにそれぞれ力を分け与えました。

そしてまた百年が経つと、地上には人間が誕生しました。精霊たちは、人間にも同じように力を分け与えました。

すると、精霊たちの姿が、だんだんと透けてきてしまいました。

もともと小さかった氷は精一杯力を分け与えたことで、もう消えてしまいそうでした。

「氷！　嫌だ！　また消えてしまうの？　嫌だ！」

地が氷を見て泣き出してしまいます。

「みんな、ありがとう」

「だめだよ！」

「きえても、人間やいきものたちのなかに、わたしは残ってるよ。みんな残ってるよ」

氷は笑いました。

「だからさみしくないよ。また、一緒にあそぼうね」


昨今、氷の魔法使いは少ない。

原因は何なのか。誰も知る術《すべ》はない。


（創造物語集・第一章　一部抜粋）

受付嬢二年目・一

「イーバルですと、ここにある三つですね」

向かいにいる男性の前に、薄茶色い三枚の用紙を並べて置く。

「五つ子さん家《ち》の寝る前の本読みです。夜に依頼人であるご夫婦が出掛けなくてはいけない用事があるそうで、子守りという感じですね。三日以内に引き受けてくれる破魔士がいなければ破棄の案件になりますが」

「魔法全く関係ないじゃないすか！　それ専門の人に頼めば良いんじゃないですか⁈」

「マクディさん、まずは『お仕事』に慣れていただくということだと思ってください。それにこの依頼ですが、お子さん達が眠りについたあとは肉食獣バンピーのお散歩もしてもらいたいそうです。暴れて空を飛んでしまうので風の魔法使いが良いと仰《おっしゃ》ってまして、失礼ですがお見受けする限りマクディさんとてもお優しそうですし、他の血気盛んな破魔士より安心して子守りのお仕事をお任せできるかなと思ったのですが……そうしましたらこちらの別の依頼を」

「いや、その」

破魔士の男性は、下に向けていた視線をゆっくりと上げた。


「行ってらっしゃい」

破魔士の男性を笑顔で見送る。

花の季節はあっという間に過ぎ去り、空離れの季節もついに来たかと思えばこれまた直《す》ぐに過ぎて行った。

空離れの季節では誕生日も迎えて十九歳になったけれど、これと言って成長した部分は特にない。自分で自分に「成長しましたね貴女《あなた》」なんて言えるほうが稀《まれ》というか、とにかく自分ではなかなか評価はできないことである。自己評価というのは案外難しい。

年に一度光の季節を迎えるにあたってロクティス所長が評価に伴い特別給金を出してくれるそうなのだが、その評価がいかなるものなのか、貰《もら》える給金はどのくらいなのかまだ未知な私はワクワクしている。

どうか人並みには、せめて中から上に行かないまでも最低でも中で。破魔士でいえばクェーツ級かキングス級かという所である。破魔士にも階級というものがあるのだが、初心者、なりたてで経験がまだ少なく実績も積んでいない人をイーバル、そこそこ仕事もこなせるようになり魔物退治の依頼も規定数以上達成している人をクェーツと言う。そしてどんな危険な依頼も任せることができる、依頼件数二百件以上かつ魔物退治を二百件以上達成している人がなれるキングスという階級は、全ての破魔士達が目指す上級の称号であった。

「あの依頼、女の人じゃ駄目なんだったっけ？」

「五つ子が全員女の子みたいで、家族以外では若くてちょっとカッコいい男の人じゃないと言うことを聞かないそうです。カッコいいかは別にして若い男性なら良いということですけど、この間ちっちゃいのが五人来てましたよ。そりゃもう凄かったです」

「なんてマセガキっ」

横で私と破魔士のやり取りを聞いていたハリス姉さんが、口に手を当てながら依頼書を見た。

「破魔士になって一番最初に受ける依頼としては、仕事の流れも覚えていただける軽いものからが良いと教わりましたので、いいかな？　なんて。軽いと言っても子守りは楽じゃないと思うんですけど、他の二つの依頼は本当に掃除だけとかだったので。マクディさんの自己分析書類によれば、下に小さな弟妹《ていまい》がいるとのことで、近所でも評判の面倒見のいいお兄さんだそうですよ」

「あらまぁ、顔も含めて確かに適任ね」

「ハリス姉さんも好きです？　ああいう爽《さわ》やかそうな顔が」

「守備範囲には入るわよ」

魔導所で働き始めて一年が経ち、二年目に突入している。

依頼人受付で鍛えられたのち見事破魔士の受付に進出した私だったけれど、この席に座り始めて早半年、優しさや思いやり、根性だけでは到底やってはいけないということを身をもって知る日々。

そしてその三つ、優しさ・思いやり・根性に新たに加わったのは、思いやるうえでの厳しさと、何を言われても動じない鈍感力。

「危ないって言ってるの。キングスなめんじゃないわよ」

「テメェ破魔士にそんな口きいて良いのか！」

「言っておくけど私達は対等な立場なんですからね。あなた需要と供給って言葉ご存じ？　あらもしかして知らない？　まぁよくそんなんで破魔士になれたわねおめでとう」

「受付嬢風情《ふぜい》が生意気言いやがってっ」

隣の隣にある受付では、ゾゾさんと破魔士が揉《も》めている。

勧められた依頼内容に納得いかない、不満がある人は多い。

キングスの人はさすがにないけれど、イーバルから上がりたてのクェーツの人や、クェーツなのにキングス級の仕事をやりたがる人など、主に中堅未満やなりたての人にその傾向がみられていた。

なめてんのかこの野郎と言われることがあるが、お前こそなめてんのかこの野郎と言いたくなることも度々《たびたび》ある。喉に突っかかるどころか「お」とまで言いかけてしまったことはあれど流石《さすが》にそれは言えない。言うつもりもないが、そんな自分に焦ったことは何回もあった。

ゾゾさんはもうあれは神の領域に達しているというか、なんかもうああいう感じなので所長をはじめ誰も何も口出しはしていない。寧《むし》ろよく言ってくれたという賞賛の眼差《まなざ》しが彼女には集まる。

「――ふぅ。私も言い方がきつくなってしまったけど、けしてあなたを馬鹿にしているワケじゃないのよ。仕事ぶりは依頼人からも好評をいただいているし、評価されているわ。だから順調にしっかりとキングスまで行ってもらいたいの」

「な、なんだよ急に」

男がたじろいだ。

「あなたにはキングスになる素質が十分にあります。とは言っても急ぎすぎは危ないし、こんなところで焦ってほしくはないのよ。分かってもらえる？」

ゾゾさんの必殺奥義、その名も「飴と鞭《むち》」。

さっきまでキングスの仕事をやらせろと息巻いていたクェーツの破魔士は、ゾゾさんの慈《いつく》しみに満ちた瞳に完全に陥落した。

「相変わらず凄いわアレ」

「私には到底真似できません」

「皆それぞれその人の良さがあるんだから、真似はしなくていいのよ。ただあんなふうに破魔士をしっかり軌道修正していかなきゃいけないっていうのも大変よね」

学校の卒業前に必死になって何度も目を通したハーレの資料にも載っていなかった、私達の役割。

ああやってまだ右も左も分からない破魔士を導いていくのは私達の仕事なわけで、しっかりとした心持ちで仕事に送り出すのがここに座るうえで最も重要なことなのだと先輩方からは教わった。

ともあれ皆アレを乗り越えて今に至る。

私も弱音を吐かず穏便に交渉できるかが今後も、いや永遠の課題だ。

「ヘルこれ頼むな」

手元には新たな依頼書が届く。

「はい！」

今日も一日頑張っていこう。

＊　＊　＊　＊

アーランド記三六六七年、光の季節一月目《ひとつき》と十日。

この年、またしてもハーレには新人が一名しか入らなかった。

「これは危機よ！」

「まぁまぁ落ち着いてくださいよ所長」

鼻とほっぺを赤くさせて、所長はブイブイの丸焼きに串をダンッと刺した。その振動で私の席に置いてある木の杯からチャプンと水がこぼれる。

「一体何が足りないっていうの⁉　私達は真面目にやって来ているじゃない！　そりゃ目立ったことはしてないし大きな事件を解決したりなんて当然しないし、文句も色々多方面から言われたりする職業だけれども、でも、でも、でもでもお給金はどこよりも悪くないんだから！」

「所長飲み過ぎっすよ」

「騎士団なんか気にしてもしょうがないですって」

職員達が所長を宥《なだ》める。

串を片手に度数の高いマナス酒を仰《あお》ぎ飲む彼女は、鼻と頬を真っ赤にして涙目になっていた。私はペトロスさんの所で買った二日酔いの薬を胸元に確認して、いつでも出動できるように構える。

「ベリーウェザー服を着なさいよ！」

「やぁよ暑いの～」

ベルさんがお酒を飲んで暑いと騒ぎ出し服を脱ぎ始めたので、ゾゾさんがあわてて服を押さえていた。

今日は折角の新人歓迎会を開いているというのに、祝って歓迎するどころか肝心な人（我らが所長）が悲嘆に暮れている。最初のほうは確か「来てくれてありがとう！　頑張りましょうね！」と気分上々で乾杯をしていたはず。

けれどそれから学校の話になり、ついには新人の子の同級生は騎士団に入団した子が多かったとの話を聞くと、だんだん所長は自暴自棄になっていったのである。

やめておけばいいのにと学校の話をし出した時点でハリス姉さんが呟《つぶや》いていた不安は見事的中した。いや、本当やめておけばよかったのに。

「ヘル先輩、それはなんですか？」

「これ？　これは二日酔いの薬」

「常備してるんですか？」

「うーん、こういう場所ではとりあえず」

「さすが！」

手を叩くと揺れる、彼女の可愛らしい外ハネぎみの髪の毛。

今年ただ一人入ってきた新人の女の子、名前はチーナ・カサルという。

彼女は人をすぐに賛美する癖《くせ》があるようだ。

私はおだてられるとすぐその気になってしまうから、是非ともやめていただきたい。

『よろしくお願いします！』

ハーレに入って一日目、魔導所の一人一人に挨拶をするのがまずは新人であるチーナの仕事になっていた。皆が一ヶ所に集まって挨拶をする時間はなかなか取れないのでやむを得ないが、こうしたほうが互いに覚えて貰いやすいらしい。かくいう私もそうだった。

『ヘル先輩！』

しかしその初めましての場面でまさか両手を握られて鼻息を荒くした女の子に迫られるとは、予習が好きで新人さんにどう挨拶しようか何かお菓子でも用意しておこうかと色々考えていた私でもさすがに思いもしなかった。それに「先輩」という言葉は何だかくすぐったい。

『ヘル先輩がハーレに就職したとのことで、初めは破魔士か騎士を希望だったのですが、私もハーレに是非行きたいと思いまして！』

『あ、あ、……えっ、そうなの？』

背筋をピシッと伸ばし、たいへん姿勢がよろしい彼女。

チーナと学校で話したことはない。下の学年の子と交流があったのは魔法型別の授業の時ぐらいで、せいぜい関わっても五人ほどだった。

『私の憧れだったんです！　先輩達の学年は貴族の人達と特に仲が良かったですし、その中心にはいつもヘル先輩がいて、キラキラしていて、平民の星で、頭も良くて、綺麗で可愛くて本当に本当にっフゴ』

『う、うんわかった、えっ、わかった⁉　ちがうちがう分かんないけど分かったからちょっと』

可愛らしい口からスラスラと出てくる賛辞を手で塞《ふさ》いだ。

私は恥ずかしいとかの前に、そんな事実はあったかと回想してみた。

確かに徐々に険悪さは緩和されていったが、特にというほどそんなに仲が良かったかと言われればまぁ普通の平民と貴族の組み合わせでは確かにいいほうだった気はする。

しかしその中心にいた覚えはない。

私とロックマンがいざこざを起こす度に野次馬達に周りを囲まれていたけれど、それも言い換えれば中心にいたということになるにはなる。第三者から見ればそんな素敵な感じに見えたのかもしれないが、大抵周りを取り囲まれている時は『アルウェス様、お間抜けヘルに負けないでくださいね～』と虐《しいた》げられていた。

なので年上補正がかかっているのか何だか知らないが、一から説明するのもあれなので「綺麗でも可愛くもないし成績も二位でキラキラしてないし中心とはちょっと違うけど、そう言ってくれてありがとう嬉しいです」とだけ言わせてもらった。

ほぼ真実とは違う解釈をされていたが、『憧れ』なんて、そう言われて嬉しくないはずはない。

少なくとも私は買ったばかりの髪留めを明日から使ってみようかなと思うほどには嬉しかった。

……だから私はおだてられたらその気になると何度言わせれば。

「先輩、今日ゾゾ先輩に教わったこれなんですけど」

「なに？　どれどれ」

「一ヶ所だけ私の解釈が心配な点があって」

「これは、そうだね。依頼人の――」

彼女も彼女でまた優秀な人材に変わりはなく、仕事熱心な人だった。


「皆、次の飲み会までに案を出して来なさい！」

「え～」

「魔物も年々増えてるし破魔士も増えてるのに、私達の人数が追い付かないわよ！」

そんなことをしているうちに、新人歓迎会は新人を増やす課題を出されて終わりを迎えた。

＊＊＊＊

「おい変な髪！」

よく晴れた朝。受付台に小さな手を伸ばし、背伸びをしてこちらを覗《のぞ》き込む黒髪の男の子。

「よく来たね。今日もお父さんと？」

チラッと横を見れば、その子の父親がハリス姉さんの受付台で仕事を選んでいるのが見えた。

「俺は今しかたなくとーちゃんと来てるけどな！　いまに俺だけで仕事して見せるんだからな！」

「うん、頑張ってね。ずっとここにいるから」

「い、い、いまに見てろよヘンテコ魔女！」

「はい」

この男の子は破魔士である父親によくくっついて仕事先まで行っている。昔の私のようだとのほほんとした気分になるけれど、私と違って魔物関連の依頼にまでついて行ったりするのだから大したものだ。父親がキングス級だから多少安心なものの、いつも大丈夫だろうかと心配になりながら見送っている。

町の学舎に通っているみたいだが、あと三年したら王の島の学校に通う予定らしい。

楽しみだねと言ったら、うるせぇ！　と言われたのであまり首はつっこまないようにしているけれど、たまに仕事先で拾ったという石をくれるので、そこまで嫌われてはいないのだろうと自分には言い聞かせている。子どもは好きだけれど、扱いが上手《うま》いかと聞かれたらそうでもない。妹も弟も姉も兄もいない一人っ子だし、まぁただの言い訳なのだが、とにかく小さい子は可愛いと思う。

「じゃあな！」

男の子、ベック君は今日もまた父親のあとを付いてハーレから出発していった。

他人だけれど彼が大きくなるのが凄く楽しみな今日この頃である。良い魔法使いになれ、少年よ。

「罪な女ねぇ」

「確かにベック君、好きな女の子に自分が破魔士になった姿を見せたいんだって、いつもお父さんに言ってるそうですしね。健気《けなげ》ですよね」

「いやその女の子って」

「受付の姉ちゃん、頼むよ」

間もなくして私のところにも破魔士が来た。

そしていつも来てくれる破魔士の男性にいつものように仕事を紹介するため依頼書の束を机下から出そうと下を向いた時、欠伸《あくび》がでそうになった私は歯をクッと噛み締める。じわりと涙が溜まった。眠い。いいや仕事中だ起きろ私。

私は高速で瞬きを繰り返して、欠伸したことがバレないようにサッと上体を起こす。

てきぱきといつもの要領で紹介し、希望されたものに調印をしてもらったあとは仕事に行く破魔士へ手を振り見送る。

危ない危ない、欠伸しているところなんて見られたら私の受付生命は終わりだ。

「はい交代」

「行って来ます！」

昼休憩で交代の時間になり、席から素早く立つ。

その急ぎように交代で来た先輩にお手洗い？　なんて心配をされたが、休憩行って来ますね！　と元気に返事をして早々に資料室へと足を運んだ。

歩いていると前からゾゾさんがやって来たので軽く会釈をしようとすれば、あ！　と声を出したのでビックリして思わず歩みを止めた。

「見ーちゃったー見ーちゃったー。さっき欠伸してたでしょう」

「うう」

ゾゾさんに私に似てきたわねぇと可笑《おか》しそうに嬉しそうにニヤニヤして言われる。欠伸するのが嬉しいとはどんな了見なんだ。

「寝不足？」

「今度友達と旅行へ行くんですけど、楽しみ過ぎて色々想像してたら寝られなくて」

「予想外の理由だわ」

そう、私は今度ニケとベンジャミンと三人で国外旅行に行く。

しかもその目的の国には海があるらしく、絵や本でしか見たことのないそれが実際に見られるということもあり、ただでさえ旅行というものに気分が上がっている私の興奮は止《とど》まる所を知らない。

「旅行なんて初めてで、浮かれてしまって」

そうなのだ。家族旅行とかもしたことがないし、王国から一歩も出たことがない。貴族やお金持ちはきっと行ったことがあるのだろうけれど、うちはお世辞にも裕福とは言えない家庭であるし贅《ぜい》沢《たく》なことなのである。

「てっきり魔法陣の作成に悩んでるとか、新しい魔法の勉強だとか、休日なのに資料室に篭《こも》ったりしてたからそういうのかと」

「それもあるんですけど、旅行の日が近づいてくるにつれてワクワクしてしまって」

「若い～」

ゾゾさんは色んな国に友人が散らばっているようで、休日になると隣国へ行ったり遠くの国へ行ったりしている。それゆえ旅慣れているのか、昼休憩の間にも旅行時の注意事項など色々ためになる話をしてくれた。あそこが楽しかった、あれは危なかった、でもあそこは良かったなどと矢継ぎ早に出てくる彼女の話を聞きながら、私は今日もまた夜更《よふか》ししそうだと覚悟を決めた。

仕事終わりにゾゾさんから外食に誘われたけれど、今日は料理をしようと決めていたので終業後は大人しく寮へと帰る。そこでじゃあ一緒に作って部屋で食べよう！　とならないのが私達で、ゾゾさんは元気に草食狼の店へ向かっていった。外食主義である彼女の志向を変えようとは思わないし本人も変える気は更々《さらさら》ないので、ゾゾさんが頼むであろう食べ物を想像しながら私は料理の支度をする。

「何にしようかな。野菜炒めるだけとか？」

しかし一人暮らしを始めてからというもの、独り言が増えた気がしなくもない。癖になったらどうしよう。

「適当にちゃちゃっと作ろうっと」

ハーレの寮へ来る際に母からお下がりで貰った前掛けは大切に使っている。

一人立ちするからと母に料理の基礎を叩き込まれたが、正直料理は嫌いだ。いや苦手だ。魔法で手軽にホイホイ出せたらいいのに。

でも作っていく内に身体や感覚が味や手順を覚えていくもので、最近では試しに味を変えてみたり材料もふだん使わないものを手にしてみたりと、順調に手料理が上手くなってきているのを感じる。あくまで自己評価だが。

「まーぜて焼ーいて香辛料ー、あっやばい入れすぎた」

苦手なものでも、いかに楽しくなるように工夫できるかが重要である。けれどなかなか難しい。

「ララー、できた～」

一人では寂しいので、ララと夕飯をとる。

ララはふだん使い魔の空間にいて、他の知り合いの使い魔と遊んだりしているらしい。私達人間は行けない場所なのでどんな空間なのかは全く分からないけれど、いつも楽しそうにしているので良いところなんだろうなと思っている。

しかも家みたいなものがしっかりとあって、ララの住みかは氷でできているのだと聞いた。群れ暮らしに身体が慣れていた最初の頃は、使い魔の空間が至れり尽くせりで吃驚《びっくり》だったと本人も語っていた。

「わぁ！　冷たそうですね！」

「氷の塊なんだから当たり前だよ～」

ララ用のご飯である氷の塊を皿の上に用意して、彼女の目の前に差し出す。

使い魔の空間は人間が干渉できるものではなく、さらにそこにいる間は主《あるじ》に関しての話をすることはできない。のらしい。またその空間にいた間の記憶は一、二分で鍵がかかりこちらでも話せなくなる。あちらに行けば記憶の鍵は外れるそうだが、世界が分かれていることは確かだった。以前ララを召喚した時に、よほど楽しかったのか直ぐに誰と誰と一緒に遊んでいたのだと話してくれたが、たちまち話があやふやになり思い出せなくなっていたので、こちらから聞くことはあまりしないほうが良いようだった。

「恵み抱いて、いただきます。ララもどうぞ」

「いただきます」

だから使い魔達にとって主が悪い魔法使い、良い魔法使いにかかわらず、彼らは彼らで純粋にそちらの世界で楽しく暮らしているそうだ。平和でなにより。

ララはどちらかというとこちらで過ごすのが好きなようで、なるべく召喚して出すようにはしている。ただ部屋の中は暖かいので、彼女の周りには常に冷たい風を纏《まと》わせていた。

「ナナリー様」

「なぁに？」

鼻歌を歌いながら野菜を口に運んでいると、ブラン・リュコス用に用意した氷の塊を噛み砕きながらララが喉を鳴らす。

「あの開けっぱなしの箱はなんですか？」

「あれは空離れの季節用の服とか小物とかを仕舞おうと思って。片付けてる最中なの」

「窓辺のあれは仕舞わないので？」

ララが鼻で指すのは、部屋にしては大きい窓の縁《へり》に置いてある緑色の小さな箱だった。

「いーのいーの。隙間風に吹かれた寒いところに晒《さら》しておけばいーの」

そんなもの。と口にもぐもぐと食べ物を詰め込む。

食事が終われば食器を下げて、洗い物が終われば湯浴《ゆあ》みに行き、温かいお湯に浸かったあとは茶色い寝巻きに着替えて、早々に寝台へと入った。

ララは部屋に出したままで、朝仕事に行くまでの間は一緒に寝ることにしている。寝台へはさすがに入れないので（私は寒いし、ララは暑い）、ララは床で寝ていた。

私は直ぐに目を閉じず天井を見つめる。

あのオルキニスの騒動からけっこう経ったが、今では何事もなかったように毎日を過ごしていた。

ロックマンを見かけることもなくなり、それと同じくしてニケとゼノン王子も管轄《かんかつ》がソレーユ地のほうへ移ったらしいので、近くで見かけることはなくなった。けれどニケとはマリスやベンジャミンと変わらず文《ふみ》のやり取りをしているし、今度は旅行にも行くのでそこのところは変わりない。

それにあの魔物の話もその後一切聞かれず、というか私が聞けるはずもないのだが、マリスから欠かさず送られてくる手紙には必ず最後に、

『あと三日』『あと二日、いえ十日』『一ヶ月……？』『ホホホ、二ヶ月なんて序の口よ』『三、四ヶ月で白髪が一本見つかりましたの』『あぁあああぁぁあ』

などロックマンがいないことで随分病《や》んでいるような文章が送られてくる。

苦情の手紙を書くと返しが怖いので、私はその手紙をただただ受け取り「我慢は美徳だ」という言葉を真っ白い紙に書いて送り返している。

「あの女泣かせめ」

昨日は夜更ししたので今日は早く寝よう。頭に浮かんだ顔は即行消去する。

掛け布をしていない窓から見える夜空を眺めて、私は瞼《まぶた》を閉じた。

＊＊＊＊

今日の朝は久々に父がこの魔導所に来ていた。

いつもは西のハーレに行っているのだが、たまに私の仕事ぶりを見るためにやって来る。私としては正直恥ずかしいので来ても何の反応もしないのだけれど、娘がいつもお世話になっていますと手土産を携《たずさ》えて受付までくるので所詮無駄な足掻《あが》きだった。

やめろ父よと視線で訴えるも、そんなの知らん顔でしばらくのあいだ私の受付台で最近の母との喧嘩内容（主に母が父を怒るので喧嘩と言うより叱られた内容である）を喋り倒していく。

仕事をするようになっても授業参観の気分を味わうとは最悪だ。でも母と父は好きだ。

「ナナリー、ハリスと事前調査に行ってきてくれ」

アルケスさんに呼ばれて、私はハリス姉さんと事前調査に行くためにララを召喚して外に出る。

今回の事前調査は文化館の館長からの依頼だった。ある絵画の前を通るとたちまちその通った人が倒れてしまい、いずれも倒れるのは女性で困っているから助けてほしいとのこと。

館長は魔物か何かの類《たぐ》いだと疑っているらしい。館長自身は男なので何事もないようだけれど、絵画を壁から離そうとしてもなかなかとれず、今は仕方なしに文化館を閉めているようだった。

「魔物といっても、絵画ですからね。どうなんでしょう」

「ただの呪いだったりするし、いつかの夢見の魔物みたいなやつかもしれないしねぇ。……着いたわ」

それから直ぐに眼前に現れたのは大きな文化館。千年前からある古い建物に少し手を加えて再利用をした建物だ。今にも幽霊が出てきそうとまではいかないものの、大きい建物や家の前に来ると不思議と誰かに見下ろされている感覚に陥る。誰かを見下ろすのならともかく、見下ろされるというのは私的にあまり居心地はよくない。見下ろすべくして見下ろしている王族達や仕事先の上司、親やまぁ友人は別に良いだろう。

……あれ、結局誰に見下ろされるのが嫌なんだっけと考えがあちらこちらへさ迷っていると、文化館の玄関から館長らしき白髪のおじいさんが杖をつきながら出てきて私達を手招きした。

「ハーレの者です、お待たせしました」

「おおお、よく来てくれたね」

こんにちはと急ぎ足で挨拶をして中に入ると、ドーラン王国の地形を象《かたど》った模型がまず目に入る。

村の学舎に通っていた頃、学習の一貫として文化館に来たことがあるがその時は確か模型なんてなかった。内装もだいぶ変わっていて昔は床が無機質な灰色の板だったのに、今や古くさい外観とは裏腹に、床は赤や黄色の絨毯《じゅうたん》が敷かれていたり壁にはお洒落《しゃれ》な台形の照明具が飾ってあったりと綺麗である。

私は記憶との比較をしながら廊下を歩いていった。

「あれが問題の絵なんだがね」

館長に案内されるがまま、私達は問題の絵画を見せてもらう。

とは言っても私とハリス姉さんはその絵画からはるか離れた所から見ているので、どんな絵が描いてあるのかは朧《おぼろ》気《げ》にしか見えない。

ハリス姉さんは視力が悪く眼鏡をしているので、眼鏡をカチャカチャ指で弄《いじ》りながら「見えるわけないじゃないのよ！」と文句を言っていた。

館長が近くにいることを完全に忘れている。

「倒れちゃいそうですかね？」

「私達が倒れたら大変ねぇ」

そもそも女の人が倒れるというのだから男の人が事前調査に来たら良かったのではないかと今更気づく。それとなくその考えを彼女に言ってみれば、女が行ったほうがもし魔法にかかった時どんな状態だったのか分かるし、どっちみち記憶探知できるのがあの場で私だけだったので考えても仕方がないと言われた。

じゃあ、と本題に戻ってどうしようかと考える。

「記憶探知してみますね」

とりあえず記憶探知であの絵画の時間を戻してみようということで、私とハリス姉さんは効くか分からない防御の膜を自分の周りに張って絵画に近づくことにした。斜め後ろの廊下の壁から顔を出してこちらを覗いている館長はさておき、今のところ近づいても全く問題がないため、私は絵画に向かって指をくるくると回し始める。

昨日とその前の晩御飯や朝御飯を思い出しながら。

それにしても。

「芸術ってよく分かりません。綺麗ですけどよく分からないグチャグチャの絵もありますし」

そっちの才能は全く無いので頭がグルグルする。

「そこにあるただの爺《じい》さんの像がとんでもない価値らしいけど、私もまったく分からないわ」

問題の絵画は、湖の上で小さな小舟に乗った男の人が一人ぽつんと座っている絵だった。

今のところその絵にも変化はない。

そしてしばらくしても絵に変わったところも誰かがいじった形跡もなく、記憶探知では特に分かることはないのかと諦めようとした時、私は徐々に絵の不可解さに気づいた。

「ハ、ハリス姉さん」

「どう?」

「たぶんこの絵の、船に乗った男の人が、女の人を湖に沈めてます」

「ええ、なに? 何て言った?」

逆戻りしているので分かりにくいが、男の人が湖から女の人を引き上げている。でもこれを戻さないで時間の流れをただした場合、この男性のしていることはそれとは真逆のことだった。

元は女性と男性が二人乗りしている絵だったのだろうと思う。

眼鏡を制服の布で磨いていたハリス姉さんは、私の言葉を聞いて急いで絵画を見る。私ももう一回記憶を戻して同じ場面を見せると、ハリス姉さんは即座に手で顔を覆った。

「うわ怖っ、超怖っ」

「私今日寝れません」

絵が動くことはそこまで珍しくもないしそういう魔法がかかっているというならともかくとして、

これがただの絵ではないことは一目瞭然《いちもくりょうぜん》であり、しかもかなり猟奇的な動きというか殺人を犯している絵なんて誰が見ても気持ち悪いし怖い。それにゆっくり動いているようなので、気づかないのも当然だ。館長あたりは最初の絵の状態を知っていたのなら今の時点で変化に気づいてほしいものだけれど、その絵が災いを起こしているというのなら直接見たくはない気持ちも分かる。

とにかく怖い。その一言につきる。

「これは呪い……というか、誰かが無意識にかけたものに近いわ。生き霊《りょう》みたいなものかも」

後ろで丸く一つに纏めた、緩く癖のある薄茶色い髪をぽんぽんといじりながら、ハリス姉さんは私を見た。

「確かペストクライブと似たようなものですよね」

「雷の魔法使いでこういう系得意な人多いのよ。除霊、みたいな？」

占い師などにも雷使いが多い。

「じゃあ館長、ここは閉めたままでお願いします」

調査書に記録を記入し、未《いま》だ壁際から覗いている館長にハリス姉さんが頭を下げた。

そしてさっさと帰りましょうと踵《きびす》を返して、彼女は文化館の出入り口へと向かう。

「のうハリスちゃん、ワシ生き霊と二人でいなきゃだめ？」

「家に帰ればいいと思いますよ」

いやに館長に対して塩対応のハリス姉さんに不思議そうな目を向けると、以前仕事の際に言い寄られたことがあるとのことでそれ以来適当にあしらっているのだと言われた。

館長は見た目のわりに元気なおじいさんだった。

「あれじゃない？　恋の逆恨み！」

「あーあ、言うと思った」

寮の広い浴場。そこのお湯に浸かりながら、ゾゾさんが興奮ぎみにハリス姉さんへと迫っていた。

話題はいわずもがな私とハリス姉さんで行った事前調査の内容についてである。

部屋の湯浴み場でもいいけれど、身体が疲れている時はやはり広い浴場でお湯に浸かるのが一番だ。もう髪も身体も洗い終わった私は、長い髪の毛を脳天で一つに纏めてお湯に浸かっていた。

ゾゾさんがしきりに恋の逆恨みではないかと力説しているが、つまり好きな人を好きなゆえに憎くなってしまうという大変不思議な現象に陥っているということになる。好きなのに憎くなるなんてよく分からない。天敵というなら分からなくもないのだが、と頭に過《よ》ぎった金髪男に顔を顰《しか》めた。

「そういえば先輩達、恋人いらっしゃらないのですか？」

「いるわけないいじゃない」

ちょうど同じ時間に居合わせたチーナも会話に混ざる。

チーナの質問に素早く答えたのはハリス姉さんで、隣にいるゾゾさんを半笑いしながら見ていた。眼鏡は曇ってしまうため頭に乗せている。

その様子をお湯に肩まで浸かりながらじっと見ていた私にも、ヘル先輩はどうですか！　と期待に満ちた瞳でチーナが聞いてきたが、そんなことを聞かれても私も返す言葉は一つしかない。

「本当ですか⁉　ヘル先輩がいないなんて、びっくりしました」

「逆になんでいると思ったのか聞きたいぐらいだよ。チーナはいるの？」

「いません」

彼女はそう答えると、深く肩を沈めてお湯をブクブク吹いた。

「私、先輩はいつも一緒にいた銀髪の先輩と恋人同士なのかと思ってました」

純粋に不思議そうにそう言われる。一つに縛ったチーナの髪がチョンと跳ねていて可愛い。

私が銀髪と聞いて思い浮かぶのはサタナースただ一人。教室内で唯一の平民同士だったから移動教室の時もよく一緒にいた。目についたのかもしれない。

違う違うそんなんでは全然ないと否定すれば、チーナはそうなんですねとつまらなそうにまたブクブクとお湯を吹いた。

恋バナをしたかったんだろうに、それについての引き出しはあまり持っていないどころか寧ろ皆無なので申し訳なくなる。

「でもさぁ、女に恨みってやっぱり惚れたほうの男が振られたとかよね」

「そうは言えないいんじゃない？　ゾゾはそっち方面に意識がいき過ぎ」

「え～？　んーん、絶対そうよ。酷い振られかたしたんだわきっと」

確信の理由がどこにあるのか知らないが、他人のそういうことについては勘が妙に鋭い人なのでたぶんそうなのかもしれない、とチーナのように肩をさらに沈めて、私はお湯をブクブクさせる。

「でもこればっかりは。惚れたもん負けっていうか」

「惚れたほうが、負け……ですか？」

負けという言葉にピクリと耳が動いた私はお湯から口を離し、発言者であるゾゾさんに聞き返した。

「恋愛ってそうじゃない。先に好きになっちゃったら弱いもんよ」

「惚れたほうが、負けですか」

なんて恐ろしいんだ恋愛ってやつは。恋愛にも勝敗があるなんて今の今まで知らなかった。初恋もまだな私だけれど、迂闊《うかつ》に人を好きにならないで良かったとホッとする。いつの間にか負けているなんて、そんな理不尽なことはない。

「もしかして私余計なこと言っちゃった？　言っちゃったわよね確実に」

「いいえ、逆に勉強になりました」

「絶対嘘よぉ！　絶対また余計に拗《こじ》らせた感があるもの！　あのねナナリー恋愛っていうのは先に好きになっても別に負けじゃないのよ？　それで相手が自分のことを好きになったら振り向かせたもの勝ちだし、惚れたもん負けっていうのは言葉のあやであって」

それからゾゾさんは話が飛躍して自分の好きな男性の容姿や性格を散々語ったあと、浴場にまで持ってきていた小さなお酒の瓶を片手に満足げに酒を仰ぎ飲み、酔っぱらいながら「やっぱり惚れたもん負けよ～」とぶつぶつ言いながら私とチーナに手を引かれて寮の部屋へと帰ったのだった。

受付嬢二年目・海の国編

待ちに待った旅行当日。

早朝に国境の入口で待ち合わせていた私達は、約束の時間をだいぶ過ぎてからの出発となった。

「おっそい！」

「しょーがねーじゃん、整髪剤切れてたんだよ」

「言っておくけど誰も気にしてないからその頭」

私とニケは銀髪男に軽蔑した視線を送る。

旅行に参加するのは私と友人三人。その友人三人の内の一人は、急遽《きゅうきょ》この旅行に行くことになったサタナースであった。時間がかかったわりに髪の毛の癖の具合はいつもと変わりない。

私達はそれぞれ自分の外套《がいとう》を羽織り、旅立つ準備をしていた。ベンジャミンは茶色い外套を、サタナースは黒い外套を、ニケは水色の外套を、私は昔から使っている白い外套を着用している。

「罰として何かあったらナナリーやベンジャミンの盾になりなさいよ盾に」

ニケが親指を立てて下に向けた。

「ベンジャミンの親に頼まれたからな、いざとなったらこいつだけ助ける」

「格好いいんだか最低なんだか分かんないんだけど」

ベンジャミンの両親は娘のことが心配だったのか、仕事の相棒でもありベンジャミンの想い人でもあるサタナースに旅行の付き添いを頼んだ。

そうじゃないとベンジャミンが旅行に行けないと言うならばと、もちろんそれは私達の了承を取っている。

しかし普通女三人の旅行に付いていくなんて嫌だろうに、そこはやはりこの男、ふたつ返事で了解したらしい。

断りにくいのもあっただろうがサタナースいわく、

「だってお前ら女じゃね――ブフッ」

「あんたのことは今日からナルちゃんって呼ばせてもらうから」

ニケの素早い拳《こぶし》が頬にめり込んだ彼の顔は、とてもじゃないが見られたものではない。

「ねぇねぇ今ナルくん私を助けるって言った？　言ったわよねナナリー！」

「うん言ってた」

ちなみにベンジャミンはサタナースが殴られたというのに嬉しそうにそれを見ていた。

たぶんさっき自分を守ってくれると言ったサタナースの言葉を頭の中で激しく反芻《はんすう》しているのか、今は何が起きようがサタナースがぶっ飛ばされようが世界が滅びようがどうでもいいのだろう。

まったく無駄に罪作りな男である。

「んで？　国境の門通ったらどっちに行くんだ？」

「まずシーラに入って旅輪を貰って、それからヤード、ハニア、ダルドリ王国の順番に行く」

旅行誌に載っている地図をほらと見せる。

「遠回りじゃね？」

うるさい男だ。文句があるなら貴様は歩いていけ。

「他国から来た魔法使いが使い魔で空を飛んでもいい国が、道順近いところでその三つなんだから仕方ないじゃん」

「めんどくせー」

「相乗り馬車で行きたいなら一人でどうぞナルちゃん」

文句をたれる男はさておき、国境の森の門番に町の役場でもらった青い小さな国民証を見せて、行き先の国の名前を記入する。そこまでに通る国の名前は書かなくてもいいので、セレイナ王国の名前だけ書いて門番に手渡した。私達は初めて王国から出るということで、いくつかの注意を受ける。

そして荷物の確認をされたあとは、その隣にある木よりも遥かに高い鉄でできた重厚な門がゴゴゴと開かれ「どうぞ」と門番の人に手で促《うなが》された。

ドーラン王国から自分達の使い魔に乗って、しばらくは空の散歩となる。そこから四、五時間くらい経つと、目印にしていた王国が見えた。

「ねぇー！　今どこらへーん？」

「えーっと、ちょっと待ってねー！　ララこれ咥《くわ》えてもらっててい い？」

現在ダルドリ王国の上空。

空高くから見る王国は古きオモチャ職人が長年かけて手掛けた模型のように小さく細々《こまごま》と家々が建っているのが見えた。ドーランの模型をこの前文化館で見たのでよけいそれっぽく見えてくる。

王国の上に浮かんでいる王の島も国ごとに特徴があり、縦長だったり四角だったり丸かったり見ごたえがあった。お城の造形も色も違い（当然だが）、ドーランの城は白亜だけれどシーラは青だったり、このダルドリ王国の城は黄色だったりで、目的地のセレイナ王国の城はどんな色をしているのだろうと思いを馳せて地図を見た。

「ニケー赤くて丸い門見えないー？」

「見えないわー！」

「ベンジャミンのほうはー？」

「見えなーい！」

旅行誌にはキードルマニ大陸の地図が載っていて、全体図や国ごとの地図が見られるようになっていた。しかもコープスという方位を指してくれる文字盤付きでとても便利だ。

「王の島過ぎたから、もう少しのはずなんだけど」

セレイナ王国へと続く国境の門を目指して半日。日が暮れ出して淡い赤が空に見え始めた頃、隣を飛んでいたベンジャミンが「あ！」と声を上げた。彼女の使い魔であるフェニクスのベニータもピュルルルと鳴く。

「あれよ、ほらほら見てー！」

空をけっこうな速さで飛んでいるので大声で話さないと相手に聞こえないのだが、その彼女のはしゃぎようと指をさす方向を見て、私達の目も一気にキラキラと輝いた。

「海？　海だ！」

誰よりも早くそれを口にしたサタナースを横目に、はやる気持ちを抑えてこの付近にあるはずの門を探す。目を凝《こ》らして赤い丸い屋根を探していると、今度は確実にそれらしきものを発見した。

「降りるよー！」

皆に声をかけて、一斉に急降下した。

＊＊＊＊

セレイナ王国の街ベルバーノ。

夜になり暗くなってしまったので、私達はセレイナ王国に着いて直ぐに宿をとることにした。日が暮れると早い。

本当は観光をしたかったが長時間空を飛んでいたので皆疲れている。ニケなんかは部屋に入るなり直ぐ様寝台に横になっていた。仕事でもこんなに飛んだことないわ、と使い魔で蛇のパウラの頭をよしよしと撫《な》でている。

私も空を長い時間頑張って飛んでくれたララの頭をぽんぽんと撫でた。

明日の夕飯は奮発してあげなければ。

ちなみに今日の夕飯は到着前に空の上で軽く済ませたので、皆お腹は空いていない。

「早く観光したいな～」

そう言って寝台の上で足をバタバタさせた私に、なんでそんなに元気なんだとベンジャミンとニケに指をさされたが、その指の先にサタナースもいたので、なんだか分からないがこいつと一緒くたにされることが多いなとマリスを思い出した。

マリスも来られればよかったのだけれど、貴族の女性が供もなしに旅行なんて論外だとご両親から言われたらしく（私達がいても）、しかも王女様の都合により国外旅行はできないということでやむなく断念した。貴族なんて嫌だと初めてそんなことを口にしたマリスに、今度行く時はご両親に真っ正面からお嬢さんと旅行に行かせてくださいって頼むから、とニケとベンジャミンと私の三人でマリスを抱き締めた。この時の私達の気持ちは一緒だったはず。

マリス、可愛い。あとごめんね。

「それにしても綺麗ね」

ベンジャミンが窓の外を覗いて微笑む。

「本当にね」

セレイナ王国の夜は煌《きら》びやかだった。

窓から見える丸く赤い街灯に、色とりどりの淡い光を放つお店の看板、夕陽色の明かりが漏れた店通り。この国特有の民族衣装を着た人々は、昼も夜も関係ないとばかりに外を歩いていた。ドーランでは見ない葉の先がクルンと丸まった大きな木が道の横に生えている。国特有の物というのはそれだけで価値があるし、ドーランにもドーラン特有の植物はあるけれど、こう間近で見たことのないものが当たり前にあったりすると、羨《うらや》ましい気分になる。隣の芝生は青い。

それにベルバーノの街には大きな時計塔もあった。

夜のある時間帯になると音色が街中に響き渡るらしいのだが、運良く聞けたらいいなと胸を膨らませる。これもドーランにはないのでわくわくした。

「ちょっとサタナース、あんた床でなにしてんの」

「寝てんだよ」

奴は腕を組んで枕にして床に寝そべっている。へそが出ていてだらしない格好だった。

「自分の部屋あるんだからそっちで寝てよ」

「やだね。寂しいじゃん」

「全く。じゃあほら、こっち使って良いからベンジャミンもここ座って」

部屋に寝台は二つ。そう、ここは二人部屋だ。

三人部屋は無く四人部屋も空きがなかったので仕方がない。

部屋割りはもちろん私とニケ、ベンジャミンとサタナースだ。当然のように決まったこの部屋割りに文句を言う人間はいなかったが、分かれても結局一つの部屋に集まってしまうのであまり意味はない。

部屋の壁は煉瓦《れんが》模様で床は木の板。小さな暖炉があるけれど今のこの暑い季節にはたして用途はあるのかと思ったが、お洒落なのでまぁいいかと疑問を右から左へ流す。

しかし湯浴み場も付いているし、なかなか良い宿だ。

「そうだ、明日どこ行く?」

「海に決まってるじゃない!」

旅行誌のセレイナ王国の観光情報が載っている項を開いて見せると、ベンジャミンが拳を突き上げて私達を見た。

この王国に来て海に行かない人間など人間では無いと言い切る彼女を横目に他の二人にも意見を聞けば、二人共やはりベンジャミンと同じ答えだった。

かくいう私もそれがここに来ての一番の楽しみだったので、満場一致で明日は海へと一直線に行くことに決まる。

そしてここに滞在中は、この国の民族衣装を着ようということに決めていたので、さっそく一階の売店に行き、明日から着る各々の服を購入した。

「これくれ」

「二百トールです」

私達が時間をかけて選んでいるのに対しサタナースは店に入って即行服を手に取り会計に行く。男の買い物は早い。いやこいつだけなのかもしれないけど。

そして私達が選んでいる間よほど暇になったのか、そこらへんで女性を軟派し始めた。私達のように女子旅をしに来ている旅行客っぽい女性を捕まえて話している。ここまで来て宿内で軟派とは懲《こ》りない奴だ。隣で一緒に服を選んでいたニケと呆れた顔をしながら反対側にいたベンジャミンに声をかけようとすると、そこにもう彼女はいなかった。

「迷惑だからやめましょうね」

サタナースの両耳を引っ張ってズルズルと引きずって行った光景に、ニケと二人で『慣れてるな』と感心する。

「二人とも決まった？」

「そういえばベンジャミンは持ってきてるんだっけ？」

「うん、お母さんがいっぱい持ってるから」

実はこのセレイナ王国はベンジャミンの母親の故郷で、この国の民族衣装は少々露出が激しいのだけれど、考えてみれば彼女の服装はいつも足がむき出しだったりお腹が出ていたりと派手目だったので納得であった。

それにあのベリーウェザーさんもセレイナ王国の出身で、小さい頃にドーラン王国に来たのだという。

セレイナ王国には「ベ」から始まる名前が多いそうで、ベルさんの場合も露出が多いという点を含めて納得だった。ドーランでは「ア」の発音から始まる名前が多く、アルケスさんもそうだしアルマン王太子殿下やロックマンの名前もそうだった。また「ス」で終わることも多いことから同じ名前の人が多い。なので中間名で呼び合うこともあったりする。

区別がつかないから仕方がない。

「明日は朝早いから、寝坊しないでよね」

二階にある宿の部屋前で、ベンジャミンに耳を引っ張られているサタナースに念を押して言う。分かった分かったと軽い返事をされたが本当に分かっているのだろうか。こいつのことは、あとはもうベンジャミンに託すほかないのでよろしく頼む。

「ベンジャミンお願いね」

「任せて」

そして私達は明日に備え部屋で休んだ。

❋　❋　❋　❋

私が苦手としていた社交用のドレスより断然着心地が良い。

露出という点ではこの民族衣装のほうが勝《まさ》っているというのに、なぜだろう。腕や足が動きやすいからだろうか。

ドーランの花の季節と比べ物にならないほどセレイナ王国の気温は暑いが、そのせいであるのかもしれない。とてもじゃないがここにララを野放しにはできないくらい本当に暑かった。

夜はそうでもなかったのに――朝もそれほど暑くはなく涼しかったが、昼に差し掛かる今は身体の芯から溶けそうな程に暑くなっている。

とは言え、涼し気な衣装も気にならないのは道行く人も同じような格好をしているし、何より解放感が凄まじいからだというのが私が今心底感じていることであった。

「ついに来たわね」

大きなつばのある帽子を被り、惜しげもなく出した腕や腰、胸元を晒して私の横に立つのはニケ。

「ドーランにある湖なんてこれじゃ池だわ」

いつもとあまり変わらないけれど、今日は胸当ての色が少し派手目なベンジャミン。

「ボンキュッボンが……」

そして砂浜にいる美女達をガン見する男が一名。

青い空、青い海、白い雲、白い砂浜。

どれをとっても、素晴らしい光景が私達の目の前に広がっている。

「これが海……」

何度も言うようだけれど、私達は海を実際に見たことがなく、今回が初めての海との対面だ。

旅行誌を繰り返し見ながらどんな所だろうと色々妄想し、また旅行誌にある海の絵を見て想いを馳せていたのはつい昨日のこと。

友人からウザがられるほどにそれはそれは楽しみにしていたものが今手の届くところにある現実に、これは逆に落ち着かなければと胸に手を当てた。

「行っくわよー！」

と思っていたのは私だけのようで、ベンジャミンはサタナースの手を引っ張り、あの大きな水の大群、いいや海のほうへと駆け足で向かって行く。昨日はいの一番に海へ行くと興奮気味に話していたのだから、当然の反応だろう。そしてベンジャミンに引き摺られているサタナースの姿には、ああこいつ将来尻に敷かれるなと遠い目をして思う。

私とニケも二人のその姿を見て笑い合い、あとを追うように砂浜に足を踏み出していった。

「これが海の香り⁉　なにこれすごーい！」

「あはは、ナナリーはしゃぎすぎ！」

「でも砂浜って大きな砂場みたいなんだね～」

「すっごいサラサラしてる」

サクサクと裸足《はだし》で砂を踏む感触は、小さい頃に近所の幼馴染《おさななじみ》達と砂場で遊んだ時のことを思い出す。

あの頃は遊びに全力で、人の目も気にしないまま自分がしたい遊びをめいっぱい楽しんでいたような気がした。大きくなるにつれて、しちゃいけません、女の子がはしたない、らしくない、なんて学舎の先生からは言われるようになっていったけれど。

でも女の子だからどうとか男の子だからどうとか、大きいからどうだとか小さいからどうだとか、それほど重要なことじゃない。人生は短いんだからめいっぱい楽しんだ者勝ちなのよ、全力で良いと思ったことをやりなさい、とこれは当時学舎の先生から言われたことを母に言った時に、母が私に言ってくれた言葉だった。

おかげ様で私は自分でも言うのもなんだが伸び伸びと育ったと思うし、やりたいこと、なりたいモノのために自由に学校に行かせてもらえた（最初はやんわりと止められたけど）。

「ねぇねぇいきなり水がバッてこっちまで来たらどうする？　本で見たけど、みちしお、っていうのがあるんだって」

「なにそれ」

「海の水でその場所が埋もれるんだって」

「うそ～すごーい！　見たーい!!」

アハハ、ウフフ、キャッキャと人目も気にせずはしゃぐ。

「冷た！」

海の水にゆっくり足をつけると、ピリリと電気が走ったような衝撃が私の身体を襲う。鳥肌がたったが、波がちゃぷちゃぷと寄せては返して足に当たりとっても気持ちいい。

足を覆っている薄い布を膝までたくしあげて海の水を蹴り上げると、水飛沫《しぶき》が日に当たってキラキラと輝いた。近くでサタナースと水の掛け合いをしていたベンジャミンはそれを見て何を思ったのか、私と同じように水を蹴り上げるとこちらに向かってその飛沫を飛ばしてき始める。そしてそれに私もやり返すとまた彼女は水を蹴り上げてきて、ようは水の掛け合い合戦が始まった。

「もし、お嬢さん」

そうしてバシャバシャとニケも入り交じり皆で笑いながら濡れていると、毎日この辺りを散歩しているという現地のお爺さんに声をかけられ「わしにも水をかけてくれ」と謎のお願いをされた。よく分からないが暑いのかと思ってニケと一緒に水をお爺さんにかけたら、ありがとうと両手を合わせて言われたのでやっぱり暑かったのかと笑う。

お爺さんがその場から去ったあとにそれを見ていたサタナースが一言、俺と同じ匂いを感じる、とか言い始めたが無視した。

「私ちょっと休憩～」

「私も私も」

はしゃぎ疲れたから一旦休憩、ということで砂浜の木陰に四人で避難する。

暑いけれど風が涼しい。魔法で出す風もいいけれど、自然の風にはやはり負ける。とても心地がよかった。

ごろんと木陰に寝そべった私は、何となしに浜辺を眺める。

海万歳、海って最高。ありがとう母なる海。

しかしふと視界に入ってきたものに、私は勢いよく上半身を上げた。

「え、待ってちょっとあのさ、私のほっぺ叩いてくれない」

「いいわよ」

その返事と共にベチンッ、と凄まじい音を立ててベンジャミンは私の頬を容赦なく叩いた。

「あ、ありがとう」

「とんでもない」

真っ赤に腫れ上がる左頬を押さえて、私はさっきというか今も視界に入っている人物が幻覚でも夢でもないということを確信する。

関わりがあるだろうニケにもそれを見てほしくて、私は彼女の肩を叩いた。

「ねぇニケ、あそこ見て」

「あそこ？　なにが……あれ？」

ニケも気づいたようなので、やはり私だけに見えているわけではないらしい。良かっ――いいやそんなに良くない。気分が良くない。

「隊長と殿下？　なんでいるのかしら」

なんとあの金髪スケコマシ野郎が、普段見ないような庶民的な服を着て砂浜を歩いていた。ベストも着ておらず素朴な格好で、動きやすい服装ともとれる。

髪の毛も以前よりまた伸びたのか胸元まであった。変態は髪の毛が伸びるのが早いらしいが関係あったりするのだろうかと的外れなことを考える。

いやいや、そんなことは本当にどうでも良いことだろう。

思考がたまに脱線してしまうのが私の悪い癖である。

「ロックマンって留学中《調査中》じゃなかったっけ」

しかも大勢で来ているようで、隣には豊かな波打つ髪を揺らして歩くこの国の民族衣装を着た美女、後ろにはサタナースみたいに上半身がほぼ裸の格好の男性達、その後ろにはウェルディさんらしき人物が同じく民族衣装を着て歩いているのが見えた。

またロックマンの前には見覚えのある黒髪の男性が歩いていて、時折後ろを振り向いては美女と何かを話している。

その黒髪の男性は、こちらもまたいつもの軍服みたいな服ではなく、珍しく軽装のゼノン王子だった。

距離的に私達からそれほど離れていないというか、遠くからだんだんこちらのほうへと歩いて来ているようで、さっきよりもハッキリと見えてきた。

私達は浜から少しだけ離れた木陰で休んでいるので、相手は気づきそうにないのが唯一の救いである。

「私にもさっぱり。そもそも殿下がここにいること自体ビックリよ」

「殿下はニケが旅行でここに来ることとか知ってた？」

「第一小隊の隊長代理を務めていらしたけど、ここ数日はご公務もあっていなかったの。話もしてないし」

私はウェェと顔を歪《ゆが》める。

毎度わけのわからない確率でかちあうが、やはり私は悪《あ》しき呪いにでもかかっているのかもしれない。

今度こそ本気で神殿にお祓《はら》いしてもらおう。

「あれは無視、見なかったことにしよう」

「そうねそうしましょ。あなた達今会ったら色々面倒そうだもの」

そう言ってニケと頷《うなず》きあっていると、ベンジャミンの隣にいたサタナースがいなくなっていることに気づいた。

「ベンジャミン、サタナースは？」

「なんか急に立ち上がってあっちに……？　あそこにいるのって殿下とロックマン？」

「ええ⁉」

ベンジャミンが指をさした方向にはサタナースがいたが、あいつが向かった先には私とニケが見なかったことにしようとしていた集団がいる。

やめろそっちに行くなと叫びそうになるものの、時すでに遅し。

サタナースが手を上げてゼノン王子に声をかけに行っている姿が見えたので、もう何をしても意味はない。

私は膝を抱え込んで項垂《うなだ》れた。

こういう時こそ美女の軟派に集中してもらいたかった。いや、奴の隣には美女が歩いていたからそれがたまたま目に入ってしまったのかもしれないが。

離れているけれど、集団はちょうど私達の前辺りで止まり、ゼノン王子が「お前なんでここに！」と叫んでいるのがかすかに聞こえる。あちらからすれば私達もなんでここにいるんだという印象なのだろう。

「お前らこっちに来いよー！」

すると能天気なサタナースが私達を大声で呼ぶ。

「誰が行くか‼」

「でも殿下も笑って手招きしてるわ」

「なんで‼」

いったいあちらでどんな会話がなされたのか、しょうがないわねと言ってベンジャミンとニケが立ち上がった。嘘でしょ行くの、とごねる私の両手を二人がガシッと掴《つか》むと、昨日サタナースがベンジャミンにされていたようにズルズルとこの浜辺を引きずられた。

砂の上に二本の長い線ができていく。

「お前達がここに来ているとは、驚いたぞ」

思っていたよりあっという間な距離で、ゼノン王子が私達を見て楽しそうに笑った。そんな様子に、不貞腐《ふてくさ》れている私が近寄るのも失礼だと思ったので、しゃんと立って姿勢を整える。

「殿下は何故？」

「セレイナには公務で来ている。今はアルウェスと共にこちらの王女に国の案内をしていただいているところだ。ベラ、ここにいるのは俺の自国の友人達だ」

なんとゼノン王子の後ろ、ロックマンの横を歩いていたのは、セレイナ王国の王女様だった。白い砂浜のような髪色をした美しいその人。

王女は私達の顔を一人一人眺めると、うんうんと頷く。

「ゼノンは女友達が多いのね、良いことが知れたわ」

「俺だけではない、アルウェスの友人でもある」

「そうなの？　なんて庶民的……」

ロックマン達がここにいる理由について話すつもりはないのか、会話は流れていく。

王女様は一人ずつ丁寧に言葉をかけてくれて、サタナースには「髪がクルクルね」、ニケには「良い身体してるわ」、ベンジャミンには「この国の生まれ？」と聞き、私には「あなたの髪色変わってるわね」、なんて軽く会話をしてくれた。

親しみやすくて美人で、きっと人気のある人なのだろう。

話している間にも周りにいる現地の人に手を振ったり振り返したりと忙しい。

ベラ・ナフス・セーレ・セレイナ王女。ベラ王女はこのセレイナ王国の第一王女で、今は王国内をより知ってもらおうとゼノン王子と何故かロックマン達を率いて浜辺を歩いていたそうだ。

ちなみに彼女の後ろにいる男の人達は護衛なのだという。確かに言われてみれば護衛っぽい。取り巻きみたいにも見えるけど。

「久しぶりに楽しい時間を過ごせそう」

王女はロックマンの腕に手を回してぴとりとくっついている。

一国の王女がそんな女たらし野郎にベタベタしても良いのかと思ったが、同じく疑問に思ったらしいサタナースが良いのかそんなくっついて、と怖いものなしに聞いていた。

馬鹿を通り越してもはや勇者である。

「ゼノンのような一国の王子様にはくっつき難《がた》いけれど、アルウェスなら公爵家の次男だし気兼ねもないわ。それに触りたくなるような腕だもの」

触りたくなる腕ってなんだ。

王女の言っていることは理解不能であった。けれどまだ一言もロックマンが喋っていないことに気がついた私は、ここで初めてまともにあいつの顔を見る。

「ゲッ」

「ナナリーどうしたの？」

見た瞬間バチッと目が合ったので少々驚いたが、視線を逸《そ》らすのは負けた感じがするのでそのまじーっと見ることにした。あっちもあっちで睨《にら》み付けてくる私を見てどう思ったのかは知らないが、悠然とした表情で顔を背《そむ》けることはない。

またやってる、と隣でニケが呟いていた。

「ねぇ、なにあの黒い影」

「なんだ？」

「こっちにくる」

横でベンジャミンが海へと向けて指をさす。

私はその声でやっとロックマンから目を離した。

確かに彼女の言う通り、よく見れば遠い所の海面を黒い影がたゆたっている。しかもそれは徐々にこちらへと近づいて来ていて、近づくほどにその黒い影が異様に大きいことに気がついた。

ロックマン同様何も言葉を発していなかったウェルディさんが、薄茶色の髪を片手で撫で付けながら「なんか気味悪い……」と言ったのが聞こえる。

すると、

――ブクブク、ザバァ！

「姫様ぁあ！　やっど見づげましたぞう！」

突然ザブンと大きな水飛沫を上げて海から姿を現したものに、私達は目を見張る。

海面から出てきたのは、巨大魚というには魚と形が似ても似つかない、筒のような身体をした巨大生物だった。

もしあれが魚の類いだとして食べられるものだったとしても、絶対に食べたくないくらい気持ちの悪い見た目である。目がギョロギョロしているし。それに加え、がらがら声で人の言葉を喋っていた。分厚い唇がぶるぶると震えている。

「何あれ⁉」

浜辺は急に現れた生物に騒然となる。

うわぁ！　キャー！　と海に入っていた人達は逃げ始めていた。

「ひめざまぁ‼」

こちらを襲おうとしてくる巨大生物に、その場にいたロックマンとゼノン王子が王女を背中に庇《かば》った。

「姫様って王女様のこと？」

「なら追い払わなきゃ――ってもうやってるわね」

そんなことをベンジャミンと話している間にも、殿下達（後ろにいた男の人達やニケ含め）は当然とばかりに巨大生物に向かい魔法を仕掛けていた。使い魔を出して空を飛んでいる。

なんて素早い。さすが騎士。さすが護衛。

巨大生物の分厚い唇の横から伸びる、ウニョウニョとこれまた気持ちの悪い触手を相手に攻防している。

その戦闘の光景に私達が下手に手を出すのも邪魔かもしれないとベンジャミンと見合ったが、

戦っているのを眺めていると不可思議なことに気がついた。

「魔法が効いてなくない？」

「なんか変だね」

魔法がまったく巨大生物に効いていない。

ゼノン王子の雷も、あのロックマンの炎も、ニケの水も、サタナースの風も、他の魔法使いの魔法も何もかもが効いていなかった。

試しにと私も攻撃の魔法で凍らせようとしたけれど、まったくである。

「ベラ」

「アルウェス！」

ロックマンは攻撃組からいち早く抜ける。

王女の身の安全が第一と考えたのかあいつは浜側に戻ってきて、傍《そば》に駆け寄ってきたベラ王女をふわりと抱き上げていた。

「あんな生き物見たことないわっ」

「初めて？」

「ええ一度も！」

私の横でロックマンに横抱きにされている王女様を見て、彼女が襲われることはないだろうと安心する。あの生物に魔法は効かないようだけれど、こいつの腕の中にいるうちはそう易々《やすやす》と捕らわれたりしないはずだ。

王女はロックマンの首にぎゅっと抱きついている。

けれど触手がこっちへ伸びてきたことに気づいたのか、巨大生物に背を向けていたロックマンは王女に七色外套の魔法をかけて姿を消させた。確かに姿を見えなくすれば王女様は追われなくなるだろうけど、ロックマン自身に触手が当たったら危ないだろうと、私は腰に引っ掛けていた女神の棍棒《デア・ラブドス》を振り回してロックマン達の前に出る。

「ロックマン、王女様連れて離れ……ぎゃあ！」

「ナナリー！」

私は巨大生物から伸びてきた触手に足を捕まれて、宙ぶらりんにされた。

ぬめりけのある感触が足首にあり鳥肌がたつ。

ベンジャミンが手を伸ばしてくれたが届かなかった。

「姫様ぁ！　やっどづかまえまじだぞ！」

「私姫様ちがうけど！」

「海王《うみおう》様にやっど、やっどかえぜまず！」

うみおうさま？

ぶらぶら足を上にして吊るされている私は、魔法を使い氷柱を出して突き刺そうとしたり、女神の棍棒で触手を叩いたり、自分の身体を移動させたりしようとしたけれど、やはりこの生物にはまるで何も効かなかった。

魔法が打ち消されるというか、この生物に関わる物全てが（掴まれている私にも）何も効かないような感じがする。まるでキュピレットの花のようだった。

「大丈夫だよ」

海の国に住む生物や人魚に魔法は効かないと本で読んだことはあるが、もしかしてこの生物も同じように効かないのだろうか。

ニケやサタナース達が私を触手から離そうと魔法で出した剣等で切りつけたりしてくれるけれど、まったく切れない。

「なんで魔法効かないの⁉」

「ヘル！」

ユーリを召喚し物凄い勢いで飛んできたロックマンが、引きずられている私の腕をパシッと掴んだ。

この状況はもしかしなくても助けられているのだろうか。

色々勝てていないうえにこんなところで助けられたら恥の上塗り、と微妙な表情をしているうちにも、私はじりじりと海のほうへと引かれていく。

王女はどうしたのかと浜辺を見ると、光り輝く薄い膜に守られている彼女の姿が見えた。周りには護衛がちゃんといる。

「あ、だめだめロックマン放して！」

「僕はひめざまを傷づけない！　乱暴じゃない！　僕らはうぞづがない！　はなぜ小僧‼」

謎の生物はそう叫ぶと、ロックマンを私から離そうとユーリごと触手でグルグル巻きにして反対側へ引っ張った。

まずい。このままでは私だけではなく、こいつまでも引きずられてしまう。

「勘違いしてるなら今はさせておけばいいじゃない、傷つけないとか言ってるし早く王女様連れて離れ」

「君の言うことは聞かない」

けれど腕が千切れそうなくらい痛くて、私は思わず顔を歪めた。

するとロックマンは見たことがないくらい眉間《みけん》に皺《しわ》を寄せて悔しそうな顔をする。

私は初めて真正面から奴のそんな顔を見たので、少しだけ痛みを忘れて瞬きをした。

「待ってて」

そう言うと、ロックマンは自分の小指にはめていた金の指輪を口で取り、掴んでいる私の手の薬指にそれをはめる。

「必ず行く」

そうしてやっと手が離されると、私は一瞬で巨大生物と共に海の中へと引きこまれていった。

不思議と息は苦しくない。

金色の波の中で揺れる赤い光、その景色を最後に視界は暗くなった。


大きな水飛沫が舞ったのち。

荒れていた海は徐々に凪《な》いで、数刻前の穏やかな姿を取り戻した。逃げ惑っていた観光客や現地の住民も、ようやくいなくなった未知の生物に安堵《あんど》の色を見せながら浜辺に戻ってくる。

けれどその代わり、ナナリーの姿はどこにもなかった。

「なんで手ェ放した！」

ユーリの背から飛び降りたアルウェスに、一番近くにいたサタナースが詰め寄る。

浜辺でちりぢりになっていたニケ達は、二人の下《もと》へ急ぎ足で向かった。

「恐らく、ここの海域は彼らの『領域』なのかもしれない。もしくはアレは海の国の生物か。僕らとは魔法の概念が違うから効かなかったんだろうね」

「そういうことを聞いてんじゃねぇっつーの馬鹿！」

「痛い痛い」

鼓膜へキーンと響く騒音にアルウェスは片目を瞑《つむ》った。肩を叩いてくるサタナースを軽くあしらいながら、彼は浜辺で防御膜に守られているベラの下へと歩みを進める。どことなく急ぎ足なそれは、王女を心配してのことなのか否《いな》か。

ベラは護衛の男達に周りを囲まれながら、近づいてくるアルウェスを潤んだ瞳で見つめていた。

「ベラ、怪我《けが》はない？」

「ええ、ありがとう」

腰を折って彼女の前に跪《ひざまず》いたアルウェスは、大丈夫かと声をかけ安心させるような微笑みを向ける。

「ベラ様、宮殿へ引き上げましょう」

「まっ待ってください！」

そうしてベラの周りにいた護衛達は今日は城に戻ろうと彼女を促すが、その会話が耳に入ってきたニケやベンジャミンは何を言ってるのだとすかさず間に入った。

無礼な行動とは分かっているが、冗談ではない。王女と勘違いをされて連れて行かれたというのに、心配も助けるそぶりも見せずに城へ帰るなんて、と憤怒《ふんぬ》する。

「ナナリーはどうなるんですか⁉」

「魔法も効かないんじゃ、水の中で息ができてるかも分からないじゃない！」

溺死《できし》なんて考えたくもないとニケは頭をふる。初めての国外旅行がこんなことになるなんて、誰が想像しただろうか。

アルウェスとナナリーを会わせると、確証はないがやっぱりただでは終わらないとニケは数刻前にナナリーと交わした『見なかったことにしよう』『そうねそうしましょ。あなた達今会ったら色々面倒そうだもの』という会話を思い出していた。

ああ、やっぱりあの時引っ張って連れて行くんじゃなかったと額を押さえた。

「そいつらはほっとけよ。ナナリーは俺達だけで助けに行く」

サタナースは静かになった海を見る。

自分達はれっきとした魔法使いである。他の人間の助けなどなくても、友人の危機には自分達が行けばいい話だと、サタナースはベンジャミンの頭を撫でた。

「ナルくん」

「でも君達、どうやって見つけるつもり？」

使い魔に乗って空を飛ぼうとするサタナースを横目に、アルウェスが腕を組んで呆れた声を出した。

それもそうである。

魔法も効かず、ナナリーの気配を探ることはおろか、海の中にも潜れない。ニケの水の魔法使いの力をもってしても、この海の中で魔法を操ることは難しかった。

「んなこと、やってみなきゃ分からないだろ。お前には関係ねーだろうし、俺達は行く」

「ちょっと待ってサタナース、いくらなんでもそんな言い方はないわ。怒る気持ちも分かるけど、あんた分かんない？　それでもいの一番に助けに行ったのは隊……ロックマンなのよ。サタナースだってこの子の腕が千切れそうだったら放すでしょ？　違う？」

ニケはベンジャミンを指しながら言う。

「……知らね」

サタナースは唇を尖《とが》らせた。年甲斐もなくそっぽを向く。

サタナースも頭では分かっていることだけに、それでももしかしたらナナリーが死んでしまうかもしれないという瀬戸際で、彼女の手を放してしまったアルウェスのことが、腹立たしくて仕方がなかった。それにこんなことをしている内にも、ナナリーの身に更に危ないことが迫っていると思うと、サタナースはいても立ってもいられなかった。

常識なんていうものはともかく、友人や仲間に対しては人一倍情に厚いのも、サタナースという男である。そんな彼のことをよく知っているベンジャミンは、分かっているからつい当たっちゃうのよ、ごめんね、とアルウェスに謝った。

しかしそんなことはアルウェスにも分かっているので、ただ笑うだけに留める。

「ベラ、王に謁見《えっけん》したいんだけど予定は？」

不機嫌な友人はさておき、とアルウェスはベラの手をそっと取った。

「お父様なら日が暮れる前に城に戻っているはずだけれど、どうするの？」

「調査の続きをしたいと申し出る」

「え、調査って……だって、あの海の嵐を越えられると思っているの⁉」

ベラは声を荒らげる。砂色の髪が風に揺れた。

アルウェスを咎《とが》めるように言うが、言われた当の本人は十分承知だと首肯《しゅこう》する。

「けれど何がどうであれ、越えなければ行けるものも行けない」

「でも二十年前に領海が閉じられてから、海の国との交流はまったくないとお母様が言っていたわ。お父様だって恩情があるからあなた達を城に保護しているのであって、そんな勝手……。お友達が連れて行かれてしまったのは、私のせいだという自覚はあるけれど、でも」

実のところ海の国へ調査に出ていたはずのアルウェス達がここにいるのは、海の国から手酷く拒絶を喰らい隊員達が怪我を負ったためであった。

しかし正確には拒絶ではなく、人間が海の国の領海に入ろうとすると天候が荒れてしまうようで、それに加え魔法も一切効かないゆえに防御魔法がまったく役に立たなかったせいでもある。

またその際に負った傷も治癒魔法では治りが遅く、近くのセレイナにあらかじめ出しておいた救急要請の書状を頼りに、彼らはここで休息をさせてもらっていた。この調査はドーラン近隣諸国だけのものではなく、周辺すべての国の協力の下《もと》成り立っているので、助力は惜しまれていない。

そしてアルウェス達が離脱した後はヴェスタヌのボリズリー率いる部隊が次いで調査に出たのだが、彼らも同じく怪我を負いセレイナ王国に助けられていた。

魔法の効かない、海の国。

まさか領海だけでなく、この陸に近い浅瀬でも魔法が効かないとは思っていなかったアルウェスとウェルディは難しい顔をした。

「だがそれにしても妙だぞ。なぜ海の中にいたのに、陸にいた王女がここにいると分かったんだ？　そこまで判別ができるなら、普通間違えて連れて行かないだろう」

ゼノンはアルウェス達の現状を詳しく聞くためにこの国に来ていたが、まさか友人がこんな事態に陥るとは予想もしていなかったので、今は冷静にどうするのが最適かと頭を回す。

「ベラ、それなんだけど、本当に心あたりはない？」

「心あたり？」

アルウェスは巨大生物が言っていた言葉を思い出した。

「アレが言っていた海王とは、恐らく海の国を統《す》べるセレスティアル王のことだ。やっと姫様を返せると言っていたけど、何か知らない？」

「さぁ……私は十九歳だし、海の国と交流があったのは私が生まれる前のことだもの。知らないことのほうが多いわ」

本当に何も知らないのだ、とベラは顎《あご》に手をあてて唸《うな》る。両親から聞いているのは、昔はよくセレスティアル王が近くの海岸までやって来て贈り物を届けてくれたりしていた、ということくらいでそれ以上はまったく分からない。贈り物の詳細も知らないベラは何も言えなかった。

「そう」

しかし彼女が知らないのならば、海の国と交流のあった時代を知るセレイナ王に話を聞くしか手立てはないと、アルウェス達はサタナースらを連れて空に浮かぶ宮殿へと向かった。

丸い黄金の屋根、角度によっては水色に見える宮殿の白い壁。

生《お》い茂る草花に囲まれた建物は、何百年も前に建てられた、歴史と伝統あるセレイナ王の代々住まう城であった。

「大きいわね」

くちばしの大きい鳥が、ピークルルと鳴く。

浜辺からこの王の島に移動してきた旅行組は、アルウェス達に促されるままにその敷居を跨《また》いだ。

太陽の光に反射して輝く宝石のような床を、庶民的感覚が強い彼女達はそろりと足音を立てないようにして歩く。

「こんなねぇ、ちんたらちんたらしてる暇はないっていうのにもう！」

サタナースに落ち着けと言った手前ずっと大人しくしていたニケだったが、のこのこ宮殿までやって来て、この高そうな床の上をソロソロと歩いている状況に人一倍いら立っていた。

そんな彼女を見てベンジャミンも苦笑いだったが、王に謁見しナナリーの居場所を探索するというアルウェスの意見を蔑《ないがし》ろにはできないので、隣で未だ不貞腐れているサタナースを、こちらもなだめつつ歩みを進めている。

「落ち着けニケ、癖毛になるぞ」

「殿下もそんな冗談言ってる場合じゃないんですからね⁉」

並んで横を歩くゼノンに茶化されたニケは、両手に拳を作りツリ目になった。だいぶ大きな声だったので、ゼノンは目を瞑って頷き彼女の背中を優しく撫でる。彼自身怒らせるつもりで言ったのではないが、なかなか難しく――これはナナリーが見つかるまで治まらないだろうと息を吐いた。

宮殿の中は青と白、金の三色で統一されていた。壁にはドーランの民である六人が見たことのないような字が所々に彫られており、それが模様となっている。

丸くうねった文字が多い。魚の足をもった人間の絵も彫られている。

色がついているわけではないので、よく見なければ全体像は分からない。

「お父様は奥の十四宮の間にいるわ」

「ありがとう。無理を言って悪いね」

「貴方のお友達のためですもの。お父様との謁見ぐらい取り付けるわよ」

「さっきのことで海が嫌になったりしていない？」

「心配しないで。昔は大魚《たいぎょ》に食べられそうになったこともあるんだから」

「それは大変だな。大魚は美味《おい》しいんだけどね」

「もし私が食べられたら、大魚を殺して美味しく食べてくれる？」

アルウェスはベラの腰に手を回し、なるべく彼女の機嫌を損ねないよう移動していた。ここは彼らの王国ではなく他国であるので、ドーランのように融通は利《き》かない。ドーランでは簡単に融通が利くということではないが、勝手が違ううえに保護をされている身で、頼み事のようなことを軽く言うことはできなかった。

もっともそんなことをしなくとも、彼女はアルウェスが隣にいれば機嫌が良いので、アルウェスが思うよりも事態は容易に進む。

現に始めは謁見の橋渡しを渋っていたというのに、数刻も経たないうちに王との話し合いの場が持てたことがその証拠である。

こういう時はアルウェスの女性への対応力に心底助けられると、ゼノンはニケの機嫌を気にしつつ二人の背中を見ていた。

「噂では――昔、海王の娘が、人間の男と逃げたとか」

着用している目に眩しい白い王族の衣装とは反対に、日に焼けた浅黒い肌をした五十代半ばの男。

王座に座り足を組むその姿は、この宮殿の主《あるじ》であると一目で分かる風貌であった。

王との対面は、ゼノンとアルウェスにしか許されなかったため、二人とベラとセレイナ王のみで十四宮の間に佇《たたず》んでいる。他四人は応接間に通され不服気味な表情をしていたが致しかたあるまいと、金色に輝く王座に腰を落ち着けるセレイナ王に、二人は腰を低くし挨拶をした。

そして事前に娘であるベラから事情は聞いていたのか、開口一番王が口にしたのはそんな言葉だった。

「二十年前だ。ほうぼう探しても出てこないと。人魚が人間になるなど、そんな魔法はない。だがそう思い込んだ海王は人間を寄せ付けないようにと、領海を閉じたとか」

「二十年前に、ですか」

海王の娘が、人間と逃げた。

どこかで聞いたお伽噺《とぎばなし》のようだと、ゼノンもアルウェスも顔を見合って首を捻《ひね》る。それがあの巨大生物が言っている『姫様』だというのならば、間違いなくナナリーのことではないうえに、もちろんベラのことでもない。

しかしそれが本当の話であるのかは置いておくとして、どうにかして海の国へ入る方法はないのかとアルウェスは王にお伺《うかが》いを立てた。

「宮殿の下に住むハウニョクなら貸してやっても構わない」

「ハウニョク？」

「海王から友好の証《あかし》にと贈られ、先々代の王の時代からこの付近の海を守ってくれている怪魚だ」

ハウニョク、別名「ならず大魚」。

その粘液を身体にかければたちまち人間は海の中で息をすることができ、近辺の海で溺れた人間や遭難した者を助けたりとセレイナの宮殿に仕えている海の生物であった。

ベラが昔食べられそうになったという大魚は、そのハウニョクのことである。

「君達は『創造物語集』を知っているかな？」

「ええ、ぞんじております」

ゼノンの答えに、アルウェスも首を縦に振った。

創造物語集とは、昔の唄人が作った物語を一まとめにしたものであり、そこにはこの世界や人間、魔法の源である火や水など、魔法使い達の遠い先祖と言われている精霊しかいなかった時代の話などが、創作的に書かれているものがある。

第一章にその話があり、五つの精霊が遊びで作ってしまった物が黒い精霊となってしまったという内容であった。

結末はというと、唯一取り込まれていなかった氷の精霊が、己の力の全てを使い黒い精霊を凍らせ、破壊し、その欠片は地上に散らばって、のちに魔物という個体になったという話である。

そして氷の精霊はそこで命を使い果たし、この世から消え去った、というのが一章のあらすじだ。

作者はピーリブという詩人で、六つの力の内もっとも少ないと言われている氷型の存在を元にしてこの話を作ったのだと言われている。

「何千年も前に作られた話だが、この辺りではこんな言い伝えがある。なんでも、黒い精霊が取り込めなかった力の一つ『氷の精霊』が海の国に眠っているのだと。これまた噂にすぎんのだが」

「お伽噺ではないの？」

王の隣で椅子に腰をかけるベラは、母親から幼い頃に聞かされていた物語集の話に反応を示す。

「海の国は、水の霊の故郷とも言われている。だから何故そこに氷が眠っているという噂が立つのかは分からない」

「だがもしそなたらの言うように、『シュテーダル』と言った魔物が海の国に向かったとするなら、そのシュテーダルというモノが魔物のことだとしたならば。取り零《こぼ》した力を目的としているのかもしれないと、私は思っているのだがね。セレスティアル王は我々の概念とは違う所で生きておられるお方だ。場所が海の中となれば、人間が突き破ることはとてもできぬ。こちらからしてみれば、化け物となにも変わらないほどの力だ。お歳もそれほど召されていない」

セレイナ王は言葉を切り、跪くアルウェスとゼノンをその場で立たせた。そして壁側に退《の》いていろと指示を出し二人を広間の中心から遠ざけると、王座の左の肘掛けを上に持ち上げる。

その瞬間床がゴゴゴと音を立て揺れ始め、十四宮の間の中心の床に丸く大きな穴が開いていった。

「水？　これは海か？」

穴の下に見えた水に、ゼノンは目を疑う。

そのうえ水の下に見えた大きな黒い影に眉を顰《ひそ》めた。

セレイナ王は影が中心に止《とど》まったのを確認すると、二人に向かいその影を指さす。

「ハウニョクの口に入ると良い。このアメス真珠を飲むのを忘れずにな」

ザブン！

天井に届くほどの水飛沫をあげて穴から出てきた大魚は、二つの大きな目を右に左に動かし二人を見ていた。

＊＊＊＊

温もり。

まるでゆりかごの中で寝ているようだった。それかお母さんのお腹の中に戻ったような、暖かなたゆたう空気。

頬を撫でられる感覚に、意識が浮上する。

真っ暗な闇の世界から光のある場所に出たような、随分長い眠りから覚めるような気怠《けだる》さ。

瞬きをして、ぼやけた視界の焦点を合わせる。

横たわっているであろう私の下には、柔らかな感触のする……布とはまた違う、赤ちゃんの頬っぺたみたいな肌触りの敷物が敷かれていた。色は、唇の色みたい。

ゆっくりと上体を起こして、私は辺りを見回す。

目に映るのは、空の青とは違う、澄んだ中にも光が混ざったような美しい青色の世界。

私が寝ていたであろう寝台のようなものは、よく見れば砂浜で見た貝殻のような形をしている。

周りには不思議な形をした、星のような置物があちこちにあった。ユラユラと揺れる長い草も生えている。

でもここはどこかの部屋で、外じゃなかった。

白い、そうまるで貝殻の裏側のように少し光沢のある白色の壁に囲まれた空間。

天井を見れば、見たことのない生き物や魚が伸び伸びと泳いでいる。

結んでいたはずの私の髪はほどけていたけれど、どこか普段とは違っていた。

まるで水の中にいるように、フワフワと広がっている。

「……」

しばらく考えて、私は腕を思いきり横に振ってみた。

――ブクブクブクブク。

若干の抵抗と泡しぶき。

肌に触れる空気とは違う、ぬるま湯に近い水の中に浸かっているような、

「え？　――ええ⁉」

私は水の中にいた。

「なにここ」

口を動かすたびに、ポコポコと泡が出る。

海に引きずり込まれてから、何がどうなったのか分からない。あの奇怪な生物も見当たらないし。

水の中にいると気づいてから思わず口を押さえたけれど、とりあえず不思議と息ができているようなのでほっとした。

死んでいなくて良かったと心底安心する。まだまだやりたいこともやれていないこともあるというのに、こんな変な場所で死んでたまるものか。

ニケやベンジャミンも今頃どうしているだろう。せっかくの旅行なのに友達が海で遭難とか、迷惑極まりないだろうに。

「ハッ！　資料室整理やってない！」

それに仕事だ！　仕事はどうする！　まだ受付のお姉さんになって一年しか経っていないのに、それにこのままここから帰れないなんてことになったら、無断欠勤もいいところだ。休暇を取る前に終わらせた書類整理はともかく、休暇明けにやろうと思っていた資料室の本の番号の付け直しは、所長から直々《じきじき》に頼まれていた仕事だ。やばい所長にぶっ飛ばされる。

お休みはあと三日だけでゾゾさん達へのお土産だってまだ買っていないし、チーナが欲しいと言っていた砂浜で採れる色んな貝殻だって集めていないし、所長が地味に頼んできたセレイナ王国の名産品『パークルの乳』というお菓子も買っていない。

貯めたお金だって、せっかくあと少しで目標金額になるのに、それを見届けられないのは本当に嫌だ。こんな場所で絶対に死んでたまるものか。

なんて一人で思っていても、ここがどこだか分からなくては話にもならない。

試しに魔法を使ってみるけれど、何にもできなかった。

「シーシシシ」

立ち尽くすならぬ座り尽くしていると、そんな音？　声？　が天井から聞こえた。

上を見れば、魚顔に人間の男性の上半身、足の部分は魚の尾をした生き物が泳いで、目の前におりてくる。水の流れに押されて、私の身体が揺れた。

「魚？」

これは、人魚なのだろうか。

私が絵本や念写で見てきたものや、噂で聞いていた姿とだいぶ違うような。

ギョロ、と二つの目が私に向いた。

「シシー、シーシ」

口をパクパク動かして、私へ向けて何か喋っている。

しかしさっきからシーしか聞こえない。何かを伝えようとしてくれているのは身振り手振りでよく分かるのだが、全部シーなので発音がどうとか区別の付けようがない。

「シ？　シー！」

私が首を傾げると、あ、やべぇ忘れてた、みたいな顔をしたその魚人間？　は、ポンと手を叩いて、どこから出したのか丸くて白い小さな玉を差し出してきた。

受け取れということなのかずいずいと押し付けてくる。

そのうえ口元に指をさすしぐさをされたので、もしやこの得体の知れない玉を飲み込めということなのかと考えた。毒だったらどうしよう。

「ムグッ!?」

「シシシー！　シシ――はやく食べろ！」

「やだ飲み込んじゃったじゃん！　て、あれ？」

無理やり魚人間に玉を口の中へ突っ込まれて、思わず飲み込んでしまった。最悪だ、これ私死んじゃうのかな。

けれどさっきからシーとしか聞こえていなかった声が、突然言葉として聞こえるようになってい
た。完全に男、というか男の子、の声が魚人間から聞こえてくる。

ビックリして後ずさるけれど、魚人間に腕を掴まれて引き戻された。揺れ浮く自分の髪が顔にか
かる。

「お前は姉上に似ているが、姉上ではない」

「は？」

「けれどナンニョクが連れて来たから匂いも同じ……血縁ということなのか？　もしや姉上は結婚
されたのか？　僕を差し置いてやはり人間の男と⁉」

言葉は分かるようになったのに、言われている意味が分からない。

「でもまぁ良い。父上には仕方なくお前と番《つがい》になると」

「なに言ってるのか全っ然分かりませんから！」

近くに置いてあった大きい貝を投げつけて、隙をつく。

まったく人攫《さら》いも大概にしてもらいたい。息ができているなら今のうちに逃げようと、私は足を
バタバタさせて泳いだ。

けれどやはり魚人間相手にそんな子どもだましは通用せず、足をガッと掴まれてしまい進むこと
はかなわなかった。そのピチピチの尾ヒレが恨めしい。

「お前を海王の下へ連れて行く」

「うみおう？　それって、もしかして、海王——セレスティアル？」

あの巨大生物も言っていた『海王』。

本で得た知識しか持ち合わせていないが、ここがもし人魚の住む海の国だとして、彼の言うそれがこの海を支配している王だと言うのなら、恐らく、いや、確実に海王とは『セレスティアル王』のことに違いない。

海は彼の気分一つでどうにでもなる、という記述を見たことがある。

王が怒れば海は荒れ、幸せな気分ならば穏やかに波は揺れ、悲しくなれば海は凪《な》ぐなど、海と王は一つの魂で繋がっている、なんて本に載っているのを見た。

「知っているのなら話は早い。行くぞ」

「いやいやあのすみません、私たぶん人違いされてますよね？　というかここどこですか」

「姉上の部屋だ」

「そうじゃなくって、ていうか姉上ってあの――うわ！」

魚人間に腕を引かれて、吹き抜けている天井から部屋の外に出る。

質問に全然答えてくれないし何だこいつ、とブクブク空気の泡を口から出す私だったけれど、部屋から出て見たものに泡を出すのを止めた。

「なんなの、ここ」

今まで見たどの城よりも大きく、白く光り輝いている。いったいどんな人が作ったら、こんな壮大な芸術作品が生まれるのだろう。

巨大な柱がいくつも立つ中心にあり、螺旋《らせん》状になった貝のような塔を真ん中にした、金色の光が漏れている楕円形の窓、穴がいくつもあるお城。建物の壁には宝石がちりばめられているのか、海の上から射し込む太陽の光を受けて小さく輝きを放っている。大きな貝殻も所々に張り付いていた。グルグルと渦を巻いた貝や、細長い貝、周りには青白い草や赤い草、黄色い草がお花畑みたいに生えていた。

音楽が流れているのか、耳心地のよい音階が聞こえてくる。私の前を、ピュンと小魚が横行した。

「見て分からないのか？　お前がさっきいた部屋もこの一部だぞ」

私のいた部屋は、この大きな建物の一部に過ぎないという。

「僕の偉大なる父にして、この海の世を統べるセレスティアル王の潜窟《せんくつ》の城、溟海《めいかい》の宮殿だ」

そう自信満々に言われて、引っ張られていく。

憧れていた、海。

掴まれているほうの手、左の薬指にはめられた金の指輪を眺める。

これが観光だったらどれだけ楽しめたことだろうかと、私は魚人間に連れられながら思った。

＊＊＊＊

はっきり言って、魚は嫌いでも好きでもない。もとよりドーランは海なし国なので魚が豊富に捕れるということでもない。

けれども町中に流れている川では魚をよく見かけたし、市場でも仕入れられた魚が売られていた。

肉の気分でない時は魚にしようと手ずから料理をしたこともある。あれば食べるし、なければ食べない。可もなく不可もない。

けれど今日から魚料理を食べることはできなくなっただろうと、丸見えになっているお腹を擦る。そのくらい今の状況に私は参っている。

「わが息子ながら、懲りないやつだ」

お腹に響くような低い声に、首を後ろに引いて上を見る。

渋くて眉毛の濃い、口ひげが腰辺りまで生えている、人間顔の魚人間。

いや、あれはもうれっきとした、今度こそ「人魚」と呼べるやつなのだろう。絵本や海についての資料に描かれていた姿と似ている。

その人？　人魚？　は王座のようなものに腰をかけていて、私をそこから見下ろしていた。その人魚は人間の私の三倍くらいの大きさがある。

ただでさえ大きいのに、何故あんな高い所から。

私をこのお城のような場所に連れれて来た魚人間とは比べ物にならないほどに、とにかく大きい。というか連れ去られたのも完全に人違いなので、早く私を海辺でもどこでもいいからこの水の中から出してはくれないだろうか。と、祈るような気持ちで上にいる大きい人魚を見つめる。

魔法が使えないのなら、人魚達に頼る他ないので選択肢はかなり絞られている。頼るなんてできればしたくはないが、しょうがない。

「マイティア、お前はまだ諦めていなかったのか」

「僕はそんなこと一言も言っておりません」

マイティアとは、私を拐《さら》ってきた魚人間の名前らしい。救いにもならない情報を聞き取る。

言うなればお城の中の王座の前にいる私。この奇妙な状況に異を唱えることも許されないような雰囲気がひしひしと肌に突き刺さっていた。

ここに来て初めて目にした、濡れて艶めく青い髪や緋色の髪をした美しい女の人魚達。そこに混ざって男の人魚と、魚人間と同じ容姿をした人魚が、王座の周りにズラッと並んでいる。そのうえ背筋を伸ばして直立なものの全員目を閉じていて、今この場で目を開けているのは魚人間と私と王様っぽい人だけだった。

それにしても今更だが、いつもの服じゃなくてよかったと胸を少しばかり撫で下ろす。二股に分かれた下衣《かい》でなければ、布が浮いて下着が丸見えになっているところだった。見られて困るほどではないが、なるべくなら見られないほうが良いに決まっている。

とはいえこの人魚達の露出度を考えたら、そんな恥なんて砂粒程のものだ。

「ネフェルティアはどんなことをしても、もうここに戻ることはない。似通った者を連れて来ても同じことだ」

いつもの私だったらあれは何、これは、それは何なんだと興味津々に歩いて回るのだろうが、流石にこの状況でそんなアホなことはできなかった。

ニケやベンジャミン達にも心配されているだろうし、さっさと帰らせてはくれないだろうかと、横で必死になって私を連れて来たことを正当化しようとしている魚人間を冷めた視線で突き刺す。

「けれど父上！　ナンニョクが連れて来たということは、姉上に近しい性質をしているかもしくは」

「やめよ、見苦しい。だからお前はいつまでも稚魚《ちぎょ》のままなのだ」

稚魚？　この人稚魚だったのか。

書物によれば人魚の男は番を見つけて初めて大人になるらしい。

だが稚魚の状態は詳しく書かれていなかったので、何をもって稚魚と言うのかは分からない。見る限り魚面《づら》をした男の魚人間と綺麗な容姿をした男人魚がいるので、人間により近い容姿をした人魚が大人の男なのかなと予想する。

「人間の娘。ここはどこだか分かるか？」

「あ、えっ？　わ、わわわ私？」

突然話をふられて身体がぴょんと浮く。

ここはどこだか分かるかと言われても、ドーランから出たのが初めての私には想像でしか答えられない。

さっきから、ああたぶんあそこなんだろうな、人魚らしき人達がいっぱいいるしそうなんだろうな、とは考えてはいるがそう聞かれると本当にここはどこなんだと考えが一周する。

「海の、国ですか？」

「正しくは深海の王国だ」

同じじゃないか。そう出かかった言葉を飲み込んで、この大きな人魚を眺めた。

「わしはこの世の海を支配する海王、セレスティアルである」

大きな人魚——海王様はそう言うと、王座から降りて私と魚人間がいる所にやってくる。またもや水の流れに押されて後ろに下がりそうになったが、その前に海王様自らが私の背に腕を回してくれたので飛ばされることはなかった。

とにかくこの人は大きい。手の大きさが私の背中を覆うほどである。

うっすらとこの人はもしや海王様ではないのかなと思っていた私は、今ハッキリとそう名乗ってくれたセレスティアル王にありがとうございますとお礼を言う。すると海王様は近所のおじさんによく似た親し気な笑みを浮かべて、ただ一言「よい」と言った。

「陸へ帰すのは容易《たやす》いが、領海を行き来することはなるべく避けなければならぬ。仲間が迎えに来るまで、有意義に過ごすといい」

「仲間？」

仲間とはニケやベンジャミンのことを言っているのだろうか。仲間が迎えに来ると分かるんですかと恐る恐る聞くと、この海で起こりうることは過去から未来まで全て分かるのだと返された。海王様についての噂は数多くあるけれど、まさかそんな芸当ができるほどとは思っていなかった。超人だ。ロックマンだって、こんな人には流石に敵《かな》わないだろうと頷く。

けれど迎えに来てもらうなんて、私の性《さが》が許さない。

出来うるならば自分自身でここから脱出したいのだ。迷惑を掛けたくない。だがこの考えこそ迷惑になるのではと思うところもある。が、迎えに来ると言っても（予言みたいなものだけれど）本当に来るのかは定かでない。

『待ってて』『必ず行く』

あんなことを言って。私が素直に言うことを聞くなんて思っているのだろうか。

とは思いつつ下手に動かないでいようなんて思っている時点で、言うことを聞いているも同然なのだが、そんなの知ったこっちゃない。アイツの言葉を素直に聞いているわけではなく、あくまでも海王様の言葉を信じているだけだ。

だからけして、けしてそうなのではない。この指輪だって何のために渡してくれたのか謎だ。薬指から外して小指にはめても緩く、中指も、人差し指も、親指にもはまらない。

結局左手の薬指に戻す。

「それはドルセイムの知恵だな」

「これ、ですか?」

海王様が私の手を持ち上げてそれを眺める。

大きな手に鷲掴《わしづか》みにされた。折られたらどうしよう。

ドルセイムの知恵とは西方の国に伝わる不思議な指輪のことである。その指輪は持ち主の使い方次第で何百通りもの使用法があり、ある時は指輪を縦に引っ張り弓矢の弓にすることも、ある時は標的目がけて鉄砲のように飛ばすことも、伸ばして縄の代わりにしたり等々、使い道はたくさんある。

ドルセイムの知恵を作ったとされているのは、同じく西方にいたとされるドルセイム人だった。耳がとがっていて、比較的背は小さく、知能も高い民族が生み出した物と伝えられている。もう何百年も前に絶滅したと言われているので、ドルセイムの指輪も各地方で発見されるたびに高値で取引がされていた。

そんな物を、アイツが?

まぁ金持ちのボンボンだし持っているのは可笑しくはないと思うが、そんな物をどうして私にくれたのだろう。

「ドルセイム人の魔法もまた特別であり、我々と違う性質を持つ。その指輪、この海の中でも役に立つだろう」

なんてものを寄越《よこ》しやがったんだ。それを分かってて寄越したのだろうか。

反射的に渡されたっぽかったので、そこまで考えていたかは明確ではないにしろ、そもそもこの指輪が使えると分かっていたらあの海辺で使っていた気がするし、なんだか借りを作られたようで恐ろしい。

「あの、ナンニョクって？」

ついでに気になったので、あの巨大生物のことを聞いてみた。あの生き物が私の中で衝撃的過ぎて、今もずっと悶々《もんもん》と頭の中に残っている。

聞いてみるとこれまた海王様は快く答えてくれて、あれは海の掃除屋なのだと教えてくれた。海底に沈んでいる汚れやゴミを食べる怪魚で、毎日休まず海を綺麗にしているのだという。

けれどまだ気になることが一つ残っている。

ことの発端である勘違い人さらいはどうして起きたのか、と失礼にならないよう遠回しに聞いてみた。

「わしには娘がいたのだが、もうずいぶん昔に家出をしてしまった。戻ることはもう無いと確信している。だが、その娘を探すとナンニョクが言い出してな。それ以来あれはずっと探しておるのだ。もう良いというのに聞かない奴でのう」

「良いんですか？」

「愛の形に正解はない。例えば一人の女が一人の男を見続けることと、一人の女が一人の男を見続けないことは、考えてみれば不思議なことに、その二つに違いはないのだ」

白いひげを撫でながら、海王様はニッコリと笑った。

お詫《わ》びに海の国を見て回っても良いと言われたが、あの魚人間と一緒なので当然気の休まる時がなかった。

「そんなに怯えるな」

「自分をさらった魚が隣にいるなんて、怯える他にどうしろと」

そう言うものの、別に怯えてなどいない。

ただせっかく海の国にこられたのだから、どうせなら一人でのびのびとしていたかった。

「心配しなくても何もしない。僕達は嘘をつかない」

どこかで聞いたような台詞《せりふ》である。そういえばあの巨大生物が『僕達は嘘をつかない！』なんてことを言っていたような。

「嘘と殺しはこの王国で許されない行為だ。お前達人間が使う呪文と違い、僕達人魚は言葉そのものが魔法だからな。出した言葉には責任を持たなければならない」

次いで魚人間は言う。

「人魚の言葉はお前も最初聞いた通り、一つの音でしか構成されない独特の言語だ。それゆえ相手に理解され伝えようとしているうちに、いつからか言葉自体に魔力が宿るようになっていった。もちろん意志を持って魔力を言葉にのせなければ魔法は発動せず、海王のお陰で他人に仇《あだ》なす魔法をこの海で使うことはできないが、僕達の魔法は特に自分自身へは効きやすい。暗示をしてしまうからな」

「暗示？」

「たとえばだが、お腹が空いているのに空いてないと強く言葉に出して否定すれば、たちまち空腹感は解消される。良からぬことをしたのに、していないと強く自分に言い聞かせれば、記憶は消え去り本当にしていないと思い込む。だから危険なんだ。嘘をつき続ければ自分が無くなり、空腹をまぎらわせていたらいつか餓死もする」

世界は広く、魔法の定義も広い。

まだまだ知らないことばかりあるものだなと、今魔法が使えない自分の手を眺めた。

すいすい進んで行くと、人魚に会わないなと不思議に思って辺りを見回す。魚や他の生き物はいるのになんでだろうと不審に思っていれば、大きな海草の裏から人魚のものらしき尾ひれが出ているのが見えた。

もしやと思い視野を広くして海底を観察してみると、隠しきれていない尾ひれを何十も見つけることができた。

なるほど。避けられているだけだったようだ。

「あそこは地下神殿だ」

「あ、お母さん好きそう」

お城が見えないところまでやってくると、灰色に寂《さ》びた大きな神殿を見つける。ドーランの神殿とはまたひと味違う趣《おもむき》である。

あそこへ行ってはいけないのかと聞けば、特に入ってはいけないという決まりはないようで、好きにしろと言われた。じゃあ遠慮なく入らせてもらおうとバタ足で泳いでいこうとする。

モタモタ。モタモタ。

人魚のように尾ひれがついているわけではないので遅い。それにこんなに長い時間水に潜ったことはおろか、今まで水の中で泳いだ記憶もあまりない。泳ぎ自体が初めてに近い私であるが、これはこれで楽しいので足と手を動かしてどうにか進んで行く。

しかし人魚側から見れば、あいつ遅くね、とじれったく思うのだろう。

そんな鈍足の私を見かねてか（陸ではそんなことは断じてない）、魚人間、もといマイティア王子がグイと手を引っ張って神殿のほうへと向かってくれる。鱗《うろこ》で覆われた、硬めの生ぬるい手の感触。

最初に取られた態度と随分違い、親切だ。

連れて行ってくれるんですかと呟くと、ああ、と返される。

いったいどんな心境の変化があったのか。怪しい。

大人しくついていけば入口のような場所で一旦止まり、マイティア王子は目をギョロギョロと動かしたのち薄暗い建物の中へと入っていった。私も当然入っていくのだが、明かりがなくては見えないと目を細める。するとマイティア王子が「日の光を」と急に独り言を言い始めたかと思えば、辺りは一瞬でお日様の光が差し込んだように青く白く明るくなった。

これが人魚の魔法なのか。

小さく感動している私をよそに、王子は奥へ奥へと移動していく。

「なんですかここ」

「見てのとおり神殿だ」

石でできた祭壇が、高い場所に二ヶ所ある。しかし泳いで行けるので、あまり高さは関係ない。そしてその後ろの壁には、びっしりと文字らしきものが書かれているが、正直何と書いてあるのかは不明だった。

その壁の中心には、何やら丸い硝子玉のようなものが組み込まれている。

「以前その玉は白く光り輝いていたんだが、ある日をさかいにただの硝子玉となってしまった」

「いつですか?」

「姉上がいなくなった日からだ」

マイティア王子は硝子玉にそっと触れた。

「姉上はひもすがらここにいることが多かった。そしていつもここで泣いていた」

「何でですか?」

「さっぱり分からん」

「話でも聞いてあげれば良かったじゃないですか」

「お前は何様だ。第一、ああいう時はそっとしておいてやるのが男ってやつなのだろう?」

ふんぞり返って腰に手を当てている魚王子。

『そりゃお姉さんも逃げますよ』

なんてことは口が裂けても王子には言えないので心の中にとどめておく。陸も海も、男女の仲というのは複雑でかつ変わらないものなのだなと、恋愛素人《しろうと》ながら思った。

「この文字は、この国の文字なんですか?」

「さぁ、はるか遠い昔の文字だ。僕には分からん」

この魚、分からんばっかである。

「姉上には読めたようだが」

「勤勉だったんですね」

「だから逃げたんだ。世界の何もかもが知りたいなんて思うから、陸のことが知りたいなんて考えるから」

「それは」

「勤勉なんて大嫌いだ」

これ以上お姉さんのことについて突っ込むのは得策ではないのかもしれない。

王子からそっと離れた私は、この際不思議な文字を目に焼き付けておこうと壁に手を這《は》わせた。

凸凹《でこぼこ》している。苔《こけ》も張り付いていない、綺麗な石の壁。

私達の世界にある古代文字は、比較的絵に近い形で、記号のようなものだ。対してこの文字は全て丸みを帯びているというか、柔らかい、ふにゃふにゃっとした文字で、上手く言い表せられないけれど、とにかく見たことのない文字であることは確かだった。

もう十分見ただろうと、私は神殿の入口から出る。

「お前の母はどんな人だ」

「はい？」

せっかく離れたのに、マイティア王子がいつの間にか後ろにピタリとついている。今にも飛び出してきそうな大きな目が怖い。

「お前、僕の番《つがい》になれ。海の姫として」

「は？　や、私人間なんですけど」

「繁殖方法はいくらでもある」

「大問題なんですけど!?」

番になれの時点で問題があり過ぎる。それに完璧人違いなのに、何を血迷ってそんなことを言っているのだろうか。

嫌だと言えば掴まれていた腕を引っ張られて顔を近づけられた。私もやられてばかりでは癪《しゃく》に障《さわ》る。

この野郎と全身に力を入れて腕を振りほどけば、勢いに押されて手が放された。日頃筋肉を鍛えていたおかげだろうか。そんじょそこらの男にも負けぬ体力と筋肉には自信がある。だてにハーレで働くため、アイツを負かすためにやってきたわけではない。

人の夢を邪魔するな。

「だいたい私は受付のお姉さんになりたいんです！　小さい頃からの夢を曲げるつもりはないですし姫とかどぉ～でもいいですしっギャア!!」

だがそれがどうしたとでも言うようにマイティア王子は凝りもせず私の、今度は両腕をガシッと掴んできた。

「いてててて！　思ったんですけど、魔法使わないいんですか!?」

「害為《な》す魔法は使えないと言っただろう」

「そうじゃなくて自分の筋力を高めるとか、そんな感じのでも使えば楽勝なんじゃゃ」

「番になるのに魔法を使うのは愚か者のする行為だ」

「嫌がる女性を無理やり番にするのも、どうかと僕は思うけどね」

ん？　今何かおかしな台詞が会話中に聞こえたような。

すると私と王子の間を、光の速さで何かが横ぎった。ヒュン！　という音の代わりに泡しぶきが顔の周りにかかる。今のは何だろうとマイティア王子と目を合わせてゆっくりと斜め下を見てみれば、そこには鋭く長い槍が海底に突き刺さっていた。

「避《よ》けたか」

チッ、と軽い舌打ちをしながら腕を組んで海水中に浮かんでいたのは、ロックマンだった。そのすべらかな金髪を揺らし、赤く光る瞳は鋭く私達を射貫《いぬ》いている。

夢でも幻でもない。いつからそこにいたのか、息も水中でできているようだ。気配も感じなかった。

しかも背景にドデカイ謎の生物を背負っている。私を海に引きずりこんだ怪魚とは違い、それは普通の魚の形をしていた。なんだあれは。それに今の発言と状況からするに、この海底に突き刺さる鋭利な槍は十中八九あの男の投げた物に違いない。さっきも色々危険を感じてはいたが、それを上回る命の危機を感じた。なんて奴だ。助けに来てくれたなんて思いたくもないし思うのも癪だけれど、というか助けるはずの人間に対し巻き込まれても良いみたいな具合で槍を投げてきた時点で、だいぶおかしい気がしなくもない。

「私に当たったらどうしてくれるわけ⁉」

「当たったほうが悪い」

ああ言えばこう言う。

だが完璧主義者で狙った獲物は寸分の狂いもなく仕留めるアイツにしては、珍しく標的から随分ずれた所に槍が刺さったものだ。水中だし魔法も使えないから鈍ったのだろうが、それが良かったのか悪かったのか少しホッとしている。

目の前でこの魚人間が槍に刺される姿を見るのはあまり良い気分でもない。

「誰だ人間、邪魔をするな。大魚のハウニョクまで連れてどういうつもりだ」

『マイティア王子、ハウニョクはその人間の娘を陸に戻すためにこの者とやって参りました。海王様もそれを分かって、わたくしを海の国にいれたのでしょう』

「うるさい！」

ハウニョクと呼ばれた怪物的な大魚は、ロックマンをその大きな目ん玉でギョロリと見つめた。

「うるさいのは貴方のほうだ。そろそろこのちんちくりんを返してもらえないか」

「ちんちくりんって言うな！」

「君もうるさい」

ロックマンはそう言うと、私よりも滑らかな動作で泳ぎ隣にやって来た。

悔しい。泳ぎが得意なんて聞いてない。今度は泳ぎで敗北である。

「下がれ人間。この娘は僕の番として迎えるんだ。邪魔をするのなら、それ相応の理由があるのだろうな？」

「これ僕の妹なんで。帰って来ないと僕の両親も悲しみますから」

「なら貴様には関係ない。ただの兄ならなおさら首を突っ込むな」

「じゃあ奥さんだって言ったら諦めるの？」

肩をふわりと抱き寄せられた。

何故そんな突拍子もない話になるのか疑問である。というか宣言通り必ず来てくれたことが無性に、なんというか、こう、うん、悔しい。

「その程度で揺らぐ想いなら、いっそなくしてしまえばいい。君の探している姫ではないことを分かりきっているのなら、大人しく引き下がってくれないか。――貴方に危害を加えるために来たのではないので」

さっき思いきり危害を加えようとしていたような。

「何が妹？　誰が奥さん？　嘘をつくならせめて姉でしょ！」

白々しい嘘をつかれたうえに、下っ端《ぱ》扱いはいただけない。嘘でもそこは譲れないものがある。

いやそもそも姉と呼ばれても鳥肌ものだし、嘘はいただけない。まぁこの場合は嘘も方便ということで、嘘は悪いが時には身を守るために必要なことだとは分かっている。だからなにもそこまで嘘潔癖症ということではないので、勘違いしないでくださいと誰にでもなく自分に言い訳をした。

「どこまで馬鹿みたいに意地を張ってるの君。馬鹿だね」

「だいたいあんた何でここにいるの？　どうやって」

肩に置かれた手を叩いてロックマンから離れる。二回も馬鹿と言われたことはこの際流そう。

「ナナリー！　大丈夫⁉」

「うわ粘液でベトベトじゃねぇか」

「でも息ができるなら良いじゃない」

巨大魚の口があんぐり開いたかと思えば、中からそんな会話を交わしながら私のほうへ泳いでくる三人を見つけた。

その後ろからは続いてゼノン王子とウェルディさんが出てくる。

「美人な人魚なんて見当たらねーじゃん！」

「ナルくん最低」

「良かったナナ――きゃ！」

皆助けに来てくれたようで、私は目一杯友人らに抱きついた。こんな海の中まで危険を冒してやって来てくれる友人はそうそういない。本当は危険な目に遭《あ》わせやしなかったかと不安に思っていたが、皆を見ると不謹慎だがそんな考えは吹っ飛んでしまい、ただただ嬉しかった。

ウェルディさんにも抱きつこうとしたら「私に抱きついていいのは隊長だけなのよ！」と言われたので握手だけにとどめる。彼女にもありがとうと言いたい。

「ふざけるな！　やっと番になれそうな者を見つけたんだ！　姉上の代わりだろうとなんだろうと、僕はこの娘を」

まだ諦めそうにないマイティア王子を見て、ベンジャミンがナナリーは変なのに好かれやすいわね、と感慨深げに言う。あまり共感はしたくないうえに、あの魚人間は別に私のことを好きではないので勘違いだと彼女に話した。

姫が私に似ているらしいと説明をすると、結局男は顔なのねと残念そうな軽蔑した目を王子に向ける。

「もう失うわけにはいかないのだ。その娘を連れて行くと言うのなら、僕は魔法を行使する」

マイティア王子が人魚式の呪文を唱えようと、厚い唇を大きく動かした。魔法を行使するとは、すなわち仇なす魔法を使うということだろうか。そんなことをされたら流石に敵わない。ゼノン王子だってロックマンだって魔法を使えないのに。

仲間？　になっている大魚はそれを察してか、マイティア王子に向かって泳いでいく。

けれど次の瞬間。

「っなんだこれは！　魔法が――父上！」

辺りは白い光に包まれていた。

気がつくと、海王様がいる場所、海の城の中に戻って来ていた。

上を見れば、先程と変わらず海王様が王座に座っている。

「マイティア、愚かな」

「何故です父上！　僕は本当に」

「人の子らよ、息子を許してやってはくれないか。想いの行き場がないだけなのだ」

ハウニョクという大魚と共に、皆城の中に移動していた。状況から察するに、海王様が私達をこの場に飛ばしたようである。

ベンジャミンやウェルディさんは、ポカンと口を開けて周りを眺めていた。あらがいようのない反応である。海王様はハウニョク、と私達の後ろにいる大魚を呼び、「みなを連れて陸へ戻るのだ」と穏やかな声で話した。一方マイティア王子は、海草に縛られて身動きが取れなくなっている。

「ナナリーあれって？」

「海王様」

「あれが？　大きいわねぇ！」

ニケは私の背中に隠れて海王様を見上げる。驚くのも無理はない。魚とはいえ半分人間なのだ。大きさも相まって、巨人を目撃したのと大差ない。

ゼノン王子が早くハウニョクの中に行けと、美人の人魚を見つけては目を輝かせているサタナースや、背中にいるニケに声をかけ誘導する。

「ナナリーも早く来い」

私も急げと言われて海王様に背を向けるが、この一連の騒ぎはナンニョクという怪魚とマイティア王子が起こしたものだ。海王様は私に親切にしてくれて、私を自由にしてくれて、それに助けてくれた。

私はおもてを海王様に向けて、ペコリとお辞儀をする。

「ときに、娘よ。このわしをおじい様と、呼んでみてはくれまいか」

お辞儀をしたあとは口の中に乗り込もうと、ハウニョクの唇に足をかけた。

だが海王様にそう言われて動きを止める。

「海王様をですか？」

意図はさっぱりだが、もう大魚の口内へ入るところだったので、言われた通り口を動かす。

「お、おじい様！　さようなら！　助けてくれてありがとうございました！」

「おじいさま？」

アイツは私の言葉を復唱する。

私の横にいたロックマンは、それから何か考える素振りをしたあと、胸に手を当てて海王様へお辞儀をした。深々とだ。

それに対し海王様は笑うと、その気配にロックマンが上体を上げる。

「手、かして」

「なに？」

「そっちじゃなくてこっちの手」

左の手を掴まれ、薬指から指輪を抜かれた。

「それなんで私に？」

「これ？　簡単に言うと君の居場所が分かるから」

「へぇ。ドルセイムの知恵ってそんなことにも使えるんだ」

「あれ君、これがそうだって知ってるんだね」

そんな道しるべみたいな使い方もできるのか。

海中で使えるのかは分からなかったらしいが、とりあえず気休めにと私に渡したのだと言われる。

じゃあなんだ、ロックマンも知らなかったということか。

なら海中でも使えることを教えてやろうと鼻を高くして説明すれば、ここに来られた時点で知ってる、と枝のように伸びた鼻をへし折られた。

「そんなことより早く中に入ってくれないか」

ロックマンに誘導されるがままに、歯が生えている内側に座り込む。大魚の口の中はまったく臭くない。

ハウニョクの口が閉じると中は当然暗くなったが、サタナースが持っていた手の平ぐらいの大きさの石が光り、皆の顔が見えるようになる。

「サタナースはその服どうしたの？」

「これか？　すっげぇ大変だったんだぞ」

サタナースの服は所々破けている。

聞けばここに来るまでに他の生き物に襲われたり、ハウニョクの口から出されて肉食魚に食べられそうになったりしたらしい。サタナースだけ。

どうりでこいつの服だけ、やけにボロボロになっているわけだ。

「でもあのおまじない、効かなかったんだね」

「え？」

「箱開けたんだろう？」

組んだ膝に頬杖をつきながら、ロックマンにそう聞かれる。

海水で満たされていたハウニョクの口の中。だが徐々に水は減っていき、首や頬にはりついた髪先からはポツポツと水滴が落ちていた。

「私、開けてないよ」

「ん？」

今何て言ったとばかりに、私の言葉に眉間へ皺を寄せる。

耳が悪いのだろうか。何度でも言ってやろう。

「開けるわけないじゃん。まだ勝負は終わってないんだから、たとえ軽いまじないでも開けてやるもんですか」

部屋の窓辺に置いてある緑の小箱を思い浮かべる。

確か私はあれを貰った直後、売り言葉に買い言葉でコイツに『寮に帰ったら開けるから！』なんて啖呵《たんか》を切ったような。

確かにそれなら開けたのだと思われても無理はない。あの時その場所で、開ける気満々でいたことには違いないのだ。

でもいつもは会わなくて良いけれど、一生会えないとなると話は違ってくる。

一生会えなくなるのなら、せめて何か勝負をしてこいつに勝ってからあの箱を開けるのが一番いい。

「やっぱり君は馬鹿だ」

頬杖をついていた手を口元にあて、ロックマンは馬鹿にしたような笑いでもなく、本当におかしそうに笑ったのだった。

そうして大魚の口内に入り海の中を移動したのち。ほどなくして、私がナンニョクという巨大生物に捕まって海に引きずり込まれた浜辺から幾分か離れた、人気《ひとけ》のない岩陰へと到着した。

「いたっ」

ハウニョクは唾を吐くように、岩場に私達をペッと吐き出す。

全員が一度に吐き出されたので何人かと重なって倒れたが、上に倒れ込んできたロックマンの膝がメリメリと音を立てて脇腹に食い込んできたので正直死ぬかと思った。

布一枚隔てているならまだしも、肌が剥き出し状態のところにそれはない。

偶然そうなったのなら仕方がないが、こいつのやることなすことに関しては全体的に裏があると思っている。奴の脇腹に右の拳を丹精込めて食らわせたのでお相子《あいこ》である。

体勢を整えて立ち上がると、皆の送り迎えをしてくれたハウニョクはどこへやら。

彼女は（雌《めす》だと聞いた）何も言わず海へ帰ったのか、私達の前から姿を消していた。

「良い女の去り方だね」

「魚にまでですか⁉」

腰に手をあて海を眺めるロックマンに、異性の守備範囲が広すぎやしないか、とウェルディさんは両頰に手をあてて叫ぶ。

胸元が緩く袖の長い庶民的な白い上衣《うわぎ》を、完璧に着こなしているこの男。黒いスラッとした下衣に包まれた長い足を見せつけるかのように、岩に足をかけて立っている。なんだか見ているだけで腹が立つ。

そんな隊長も好きだけど魚まで……と何かと葛藤しているウェルディさんを横目に、私も海を眺めた。波の音が耳に心地好い。

ハウニョクに力を貸してもらった経緯は帰ってくる途中で聞いていたので知ってはいるのだが、一言ぐらいお礼を言いたかった。

畏《おそ》れ多くも、聞けばセレイナ王の助け舟だと言うし、王に直接会うことができないというので、せめてハウニョクにはと思っていたのに。

「君達はこれからどうするの？　僕らはセレイナの城に戻るけど」

浜辺のほうに移動すると、ロックマンが空に浮かぶ島を指す。

空は夕焼け色に染まっていた。先ほどまで一面青色の世界にいたせいか新鮮味を感じてしまい、じっと空と雲を眺める。それに私の大好きな兎鳥《うさぎどり》が飛んでいた。浜辺には人がいて、今の時間帯いない。

のせいか男女が寄り添っている姿が多かった。ゾゾさんがいたらさぞかし面白くない顔をするに違
今更ながら帰ってこられて本当に良かった。

ハウニョクの口の中で海の国での出来事を根掘り葉掘り聞かれたが、未遂だったものの危害を加えられた覚えもなく、今思い出してもただ観光に行ったような状態だったなと拍子抜けする。

あの魚王子もお姉さんのことが好きで忘れられなくて、顔が似た私に……いや待て、具体的に何が似てるとかは言われなかった気がする。性質が似ているとかそんなことを言われた気がした。

顔が似ているのなら両親や親戚をあたればいいのかもしれないが、まず人魚が人間になること自体あり得ないらしいので、微妙だ。とりあえず終わりよければ全てよしということにしておこう。

連れ去られた時点で危害加えられまくりだとニケは怒っていたが、彼女の怒りようが私が吃驚するくらい迫力があったので、逆に私が落ち着けていた。

こんな時になんだが、本当に良い友人を持ったものだ。

「やっとナナリー連れ戻せたんだし、観光するに決まってるじゃねーか」

「でも僕達が海に入ってから、もう二日経ってるよ」

「は？」

ロックマンが念のためにと、ウェルディさんの懐に入れていたらしい時の砂の瓶。彼女にそれを出させて、ほらと目の前に掲げられる。

小さな木製の台についた硝子の瓶の中には、砂が上下に分かれて積もっていた。硝子には目盛りがついていて、一日経つごとに下へと積もる。よく見れば砂は二番目の線まで積もっていた。

それを円になって取り囲んだ旅行組の私達は、口を開けて瓶を見つめる。

海の国へ着くまでに一日、帰るまでに一日、計二日の時が流れていたらしい。体感的にはそうでもなかったが、私があの海の国で目覚めた時点で一日が経っていた可能性もある。

「皆ごめん、せっかくの、せっかくの旅行が」

砂浜に手をつけて項垂れた。冷たい潮風が身に染みる。濡れて束になった長い髪と、セレイナ王国の薄緑色の民族衣装が冷たい。お値段のわりに手触りの良い柔らかな布は、足にぴとりと貼りついている。

あんなに暑い暑いと騒がしくしていた時が懐かしく思えた。

「そんな気にしないの。不可抗力だったし。こう言っちゃ悪いけど普通に過ごしてたらできない体験だし、海の国にも行けたし、十分楽しかったわよ」

そう言ってベンジャミンは背中を撫でてくれる。

夕陽に照らされた彼女の赤い髪は鮮やかで、空を包み込むそれと同じだった。

「海王様だっけ？　すごい大きかったわよね」

「美人な人魚も最後に見れたしよ」

ベンジャミンの言葉に続いて、ニケとサタナースが気にするなと話を始めた。ぐすんと鼻水をすすって目を擦《こす》る。

そう言ってくれるのならありがたいが、皆お土産物はまだ買ってないよねと話せば、そうだったとさっきみたいに三人ともまた口を開けた。本当にごめん。

「ヘルさん、ちょっとこっちに来て」

「ウェルディさん？」

同じような民族衣装を着たウェルディさんは、手首につけている大きめの腕輪をジャラジャラと鳴らしながら私の腕を掴むと、三人から離れた場所まで連れて行く。

茶色い髪が夕暮れの風に吹かれて、普段はあまり見えない彼女の小さな耳がチラリと見えた。

「海の国で魔物らしい姿とか見なかった？」

「いえ、見てないです。調査のですか？」

「その、まぁそうね、その一環みたいなものかしら。無ければいいのよ、ごめんなさいね」

揺れる横髪を耳にかけて、ウェルディさんは海を見た。

確か彼等が調査に出たのは魔物の行方と正体を探るためである。ハウニョクの中ではベンジャミン達がいたので詳しい話は聞けなかったが、彼等の調査目的の場所は海の国だったはずだ。けれどあの国では魔法が使えない。

そしてセレイナ王の厚意で皆を海の国まで連れて行ったハウニョクがいなければ、入れなかった国。

「それと海の国に行ったということは、周りには話さないようにって殿下と隊長からの伝言よ。セレイナ王からそう言われたらしいわ。一応、それはブルネル達にも話してあるから」

「分かりました」

色々弊害があるのだろう。私は頷く。

もしかしてロックマン達は、あの時初めて海の国に入ったのかもしれない。

気がついたところで首を突っ込むつもりもないが、ウェルディさんの表情を見る限り調査は難航してそうだと気の毒に思った。

「寸胴《ずんどう》なのに腹出しねぇ」

「いたたたただ！」

いつからいたのか。後ろからロックマンに脇腹の肉をつねられて腹が捩《よじ》れた。つねられるなんてものではない、もはや千切り取られる。そこはさっき痛めた場所だ。

隣にいたウェルディさんはそれを見て自分の腹周りを気にし出したのか、お腹に手を当てて隠していた。

「ウェルディは違うよ。ずっと着ていてほしいくらい綺麗だ」

「やだもう、隊長ったら、もう」

ロックマンの言葉に首から脳天までを真っ赤にしているウェルディさんは、傍《はた》から見ても可愛い。身体をくねらせてもじもじとしている。

というか待て、寸胴だと？　自慢ではないが、悪いがこれでもダルンダルンにならないよう、私は寮で毎日身体を鍛えぬいている。

「こんの――」

「ナナリー靴っていうか、履物は？」

「あ！　たぶん岩場に置いてきたのかも」

ニケに足を指さされる。海の中にいた感覚を引きずっていたせいか、元がペラペラで薄い履物だっただけに言われて初めて気がついた。

アホなのか私。足裏の砂の感覚で分かれという話である。

「それじゃあ女の子二人。気を付けて帰ってね」

「ええ」

「ありがとうございます」

私が目を離している隙にニケとベンジャミンの身を心配してか、どこから出したのか分からない綺麗な外套を渡しているロックマンがいた。

本当にどこからそんな物を。

それを見て嫉妬《しっと》したのか、ウェルディさんがつかつかと三人の元へ行き「勘違いしちゃ駄目よ！」と騒ぎ出したのが遠目から見てとれる。

「相変わらず女にはとことん甘いよなアイツ」

「あんた当然のように私の隣に来るけど、男じゃないからね私」

「やー。つい」

ついとは何だついとは。

腕を組んでその光景を見つめる私の横に、未だボロボロの衣装を着ているサタナースが後ろ首をかきながらにこやかにやって来た。せめて破けて穴が開いている下の服だけは綺麗にしたほうがいいと修復の呪文をかける。

一瞬で元に戻ったそれに当の本人は感嘆の声を出すが、サタナースもできないわけではないだろうにと呆れた。

魔法の使いどころがいまいちよく分かっていないのか、それともわざと使わないのかは謎である。

「でも不思議だよなぁ」

「なにが」

「あんなモテ男に優しくされてんのに、ベンジャミン俺のこと好きなんだぜ？」

「ベンジャミン七不思議だと私は思ってるから」

ちなみにその内の一つは、あの石のように硬い枕である。

「お前は理由を聞いたことはないのか」

「うわ！　急になんだよ黒焦げ」

サタナースが肩を跳ね上げた。ロックマンと同じような胸元の緩い白の上衣を、こちらも同じく完璧に着こなしているゼノン王子。

脚部を全て覆う、その黒の下衣に包まれた長い足を組みながら、彼はサタナースと私の後ろに立っていた。

「いや、理由なんかどーでもいいけど、たまにもし嫁に来たらいったいどうなるやら……今のはなしな」

「聞いちゃった」「聞いたよな」

私は両手で、ゼノン王子は片手で口元を隠しながら笑う。

艶のある黒い瞳は楽しげに輝き、ついに言ったかと王子はいやに満足げな表情をしていた。

なんだかんだでこの二人もやっぱり仲が良いのである。

「俺はめちゃめちゃ胸のでっかい年上が好みなんだっつーの！　初恋だって近所の巨乳のねーちゃんで！」

「はいはい。あ、そうだ。本当に愛してるとね、そういうのが自然と言葉に出ちゃうものなんだって。お父さんが言ってた」

「昔世話になった乳母《うば》もそんなことを言ってたぞ」

「お前らなぁ！」

耳の傍で必死に好みを言われるが、サタナースの好みなど百も承知なので聞き流す。

さっさとお土産を買わないと日が暮れると言いながら、私はニケ達の元へ歩み寄った。

「じゃあ行こっか」

ゼノン王子とウェルディさんにはもう一度深く感謝の言葉を告げ、私と三人は町側へ、ロックマン達は城側へ足を向ける。

互いに背を向けて数歩進み出したが、しかし重要なことを言っていなかったと、私は足を止めて振り返った。

「次会ったら覚えときなさいよ！」

大口を開けて叫んだ私の声にロックマンが歩みを止め、肩越しに顔をこちらへ向ける。

誰とは言わなかったが、自分にかけられた言葉だと認識したらしい。

「その脇腹の贅肉《ぜいにく》のことなら一生忘れないよ」

「やかましいわ！」

贅肉だと。聞き捨てならない。

つまめても指の先ぐらいだと反抗するも、口に手をあて頬を膨らまし、わざとらしく笑われて終わった。

ナナリーのあれが贅肉なら私のお腹はどうなるんだとベンジャミンが隣でそわそわし始める。本当に売り言葉に買い言葉ね、なんてニケがサタナースに同意を求めているが、サタナースはベンジャミンの脇腹をつまんでいて話を聞いていなかった。ベンジャミンが顔を真っ赤にして怒っている。当たり前だ何やってんだこいつ。

話は済んだか、とまた歩み始めたロックマンに気づいた私は、慌てて、一度しか言わないから耳を塞いどけ！　と自分でも訳の分からない言葉を言い放った。

耳の穴をかっぽじってじゃないのかとジト目でニケに突っ込まれるが、口から出た言葉をいちいち戻すつもりはないので、そのまま続ける。

「ありがとう！」

ぶっきらぼうに言い捨てて、そそくさと私は背中を向けた。

「んまー珍しい。思ったよりちゃんと言った」

「ベンジャミンから見てちゃんとなら、大した進歩よ。ね、ナナリー」

「知らなーい」

一応人として大人の礼儀として、仕方ないが、最低限の感謝の言葉は述べなければ。

不覚にも今回も前回も奴に借りを作ってしまったわけだが、今に見ていろ。

またいつ会うのか、半年先か一年先か二年先かは分からないが、その長い足をバキバキにへし折っていつか私より小さくして見下ろしてやる。

ああ、今気がついたけれど、あいつに見下ろされるのが嫌だったのかと文化館の建物を思い出した。合点《がてん》はいったが、終着点がロックマンだということにいまいちスッキリしなかった。

「ナナリーはロックマンのことやっぱり嫌いなの？」

「嫌いっていうか、気に食わないっていうか。あっちは私のこと大嫌いでしょ。というか人間って思われてるのかも怪しいし」

「嫌いって言われたことあるんだ？」

「そりゃ当たり前で……」

「どうしたの？」

「当たりま――ん？」

顔を上へ向けた私に、ベンジャミンが頰を小突《こづ》いてくる。

今までの記憶をたどる私の耳に、その光栄なようで実に不快な言葉を探したが。

「そういえば、ううん、そんなはずは」

今回ばかりは私の記憶違いだろう。そうでなければ、今までの奴とのやり取りは何だったのかと疑問にさえ思う。

【嫌い】

見つからなかった言葉に、少しだけ焦った。

受付嬢二年目・二

最近はやたらとお化け虫が湧いていて、この前も似たような依頼を破魔士が受けていった。お化け虫は楕円系で身体が白く透けており、それにもかかわらず心臓や器官がまるで見えない幽霊のような生き物だ。

大きさは大人の男性の靴ぐらいで、なかなかの気持ち悪さがある。

お化け虫が湧くのも魔物と同じく時期があり、光の季節の初めの頃に大量発生の報告が多くあった。

駆除するには意外と手間がかかる。手で触れると皮膚がかぶれてしまうため、大抵は蔓の呪文で操ったり、浮遊魔法を使ったりして住処《すみか》にしている屋根裏や草むらから引っ張り出す。そして火炎の呪文で燃やすなりなんなりし処分をするわけなのだが、お化け虫には親玉がいるので、それを見つけなくては永遠に繁殖が止まらない。

人に直接危害を加える生き物ではないけれど、湧きすぎると周りの生命力を奪うのか、体調を崩したり病気になる人間が出てくるという事例もある。詳しい原因は解明されていないが、そういう面では害虫の類いであることに間違いない。一匹二匹ならば一般の人でもなんとかなるが、大量となり、親玉も探すとなると破魔士に頼ることは少なくなかった。

「でもこれは王国が報酬を出してくれるんだろ？」

ふくよかで、口の周りにモジャモジャの髭《ひげ》を蓄《たくわ》えた破魔士が、依頼書を見下ろして腹を撫でている。受付台に置かれた三枚の依頼書の真ん中の紙を手に取り、それに顔を近づけて文章をよく読んでいた。

男性は大剣を背負っている。

剣を扱う人は、私がもつ女神の棍棒《デア・ラブドス》のように、剣に魔法を宿らせて戦うことが多い。

「騎士をそこに割《さ》くわけにもいかないようで、徐々に王国から破魔士に依頼する事案が増えているんですよ」

「ほぉ～。仕事が増えるのは良いこった！」

じゃあ俺がちょっくら行ってきてやるよ。

そう言って男性は依頼書に調印を済ませて、ポヨポヨとお腹を揺らしながら張りきって扉から出ていった。

魔物の依頼もそうだが、王国から破魔士へ報酬を出す依頼が以前より多くなっている。

破魔士達は仕事が増えたと嬉しそうにするし、民間の人からは助かると安心した声をいただくことが多いのだが、微妙に、ほんの僅《わず》かに魔物の量が増えていたり異常現象が長引いていたりと、所長が眉間にシワを寄せる案件が増えていた。

もちろん私達も、ましてや騎士団を含めた王国の上層も気づいていないわけがないだろう。

「これでお化け虫の依頼は何件目？」

「今ので十五件目です」

破魔士が出ていったのを見て、後ろで珍しく書類仕事をしていた所長が聞いてきた。

いつもは所長室で仕事をしているので新鮮味を感じる。

「じゃあ一先《ひとま》ず終わりなのね」

「今日だけで三件ぐらいでしょうか？」

「こっち二件やったから五件よ～」

ハリス姉さんが手をヒラヒラと動かして教えてくれる。その直後、

「ヘルさん、私新しい氷の魔法作ってみたのよ」

「この前話していた魔法ですか？」

「ええ。直ぐに終わるから見ててちょうだいな」

破魔士の受付に、艶やかな長髪の美女がにこやかにやってきた。

「いくわよ」

私に突き出した彼女の指先から、シュルシュルと細い糸が出てくる。まるで蜘蛛《くも》の糸のような細さだ。

これは？　と尋ねると、これは氷の糸だと言われる。指をクルクルと回せば、糸もそれにならって動き、綺麗な流線を描いては受付台の上に積もっていった。

「結構丈夫だから、これで服なんかも作れたりしてね」

片目を瞑って茶目っ気たっぷりに指をふるう。

「凄いです！」

「ヘルさんも何か作ってるんでしょう？　今度見せてよ」

「見せられる代物になったら声をかけますよ」

迫る彼女の顔を避けて私はグッと親指を立てた。

「楽しみだわ。あ、これ氷の糸の呪文のやり方ね。試してみて」

「ありがとうございます」

「こういう話し相手がいてよかったわ。じゃあ仕事行ってくるから」

「いってらっしゃい」

ヴィヴィア・ハーヴさん、二十五歳。

お気に入りだという赤いブーツの爪先を鳴らしながら、ハーヴさんは扉から出ていく。

彼女は氷の魔女だ。新しい氷魔法を作っては毎度私に披露をしてくれる。

つい最近までは私の型を知らないハーヴさんだったが、たまたま外の仕事で魔法を使っている所を見られていたようで、受付台に来て一緒なんですねと話しかけられたのが彼女との交流の始まりだ。

誰が何型であるのかは私達のほうでは把握済みなのだが、自分から「あなた~型なんですよね、私も同じで~」などという会話は業務上よろしくない切り口とされている。相手から言われるならまだしも、私達からはけして言わないのが決まりだ。

氷の魔法使いは私の他に数人いて、西と東のハーレにも一人ずつ先輩がいる。いずれも女の人で、寮で話すこともあった。

氷の魔法は他の型と比べて呪文の数が少ないため、自分達で作っているというのをよく聞く。

先輩達は完成した魔法を見せてくれたりするので、先程の彼女のようなことは日常茶飯事だった。

他の型の人から見るとそれは異様な光景なのだそうだが、可能性を導き出して新しい物を作る彼女らの姿は実に逞《たくま》しく誇りに感じた。

「来たぞ！」

「こんにちは」

入れ替わり立ち替わりで破魔士はやってくる。今度は小さな破魔士ベック少年。

以前より背が微妙に伸びたベック君は、受付台の下からひょっこりと顔を覗かせた。

「悪いねヘルさん。いつも息子が」

「いえいえ、今日も元気いっぱいですね」

彼の父親であるマッカーレさんが、ベック君の頭にその大きな手の平を置いて苦笑いをする。

ベック君は父親似なのか、笑うと目尻にできる皺がそっくりだった。垂れ目な父親に対して息子の彼は少々ツリ目気味ではあるけれど、目が三日月のように細まるとクシャッとなるそれは、流石親子だと誰もが頷くだろう。

ぴょんとはねた黒い髪を揺らして、受付台に手を伸ばしている。依頼書を見ようと踏ん張っているらしい。背が伸びたとはいえ、まだこの台に届くまでには時間が必要なようだ。

それから暫《しばら》くして昼をとったあとは、本と資料の番号付けをするため資料室に篭りきりになる。

「ヘル先輩～、あっちの棚のやつです」

「ありがとうチーナ」

資料室の整理にはチーナも名乗りを上げてくれた。

「所長が、一々出し入れするの面倒臭いからうまくやってほしいって」

「浮遊魔法で戻せるのにですか？」

「出すのはしょうがないとして、本が勝手に戻るのが理想なんだって」

なかなか高度な要求だが、任せられたからにはそれにお応《こた》えしなくては。

背表紙に貼り直した番号を元に、私とチーナは意見を出し合いながら、あーでもないこーでもないと知恵を絞る。

実際に一冊の本に魔法をかけて、戻す棚の場所・位置を覚えさせてみた。けれどそれには戻す時の条件を付けなければならない。そうしないと手から離れたすきに本が棚へと勝手に戻ってしまうからだ。

「本が開いている時は戻れないようにしたらどうですか？」

「そうだね。でも閉じたら浮いちゃうことになるから……重石《おもし》とか使う？」

「はい。それで皆に試しに使っていただいて、採用か不採用か決めていただきませんか」

「よし。じゃあ順番は変えずに、貸出帳には本の題名を一つ一つ書いて、その隣に皆の名前書いていこっか」

棚からその本が出されている時は貸出帳に記入されている書名の横に名前が出るようにする。

番号の紙に探りの呪文をかけてあるので、それをうまく使えば、紛失時に誰が持っていたかなどが直ぐに分かるだろう。

それに今誰が持ち出しているのかも、その本が今は使えないということも貸出帳を見れば一発だ。

「ハーレ全員の名簿をもって来ましたよ」

「ありがとう。所長なんだって？」

「面白そうね、なんでもやってみなさいな。でも皆ビックリしちゃうから説明文をでっかく書いておいてね。って言ってました。あの、先輩」

「ん？」

「全部手書きで？」

「だね」

新しい帳簿に手書きで名前を書いていくのは骨が折れるが、手書きでなければ魔法が使えないので仕方がない。魔法陣もそうだが、何事も最初が面倒で重要なのだ。それさえ過ぎてしまえばあとは楽ちんにいくのに、とハーレの名簿の山を見ると倒れてしまいそうになる。

けれど、こんな状況にこそ燃えるのもまた事実。

お気に入りの筆を用意し、私はチーナと手分けして文字を書いていった。

＊　＊　＊　＊

「ウォールヘルヌスに出るわ」

「はい？」

椅子から立ち上がりそう宣言した所長に、ハーレの職員達が目を瞬かせる。

月に一度行われるハーレの近況会議。最近はどんな依頼が多いだとか、破魔士の人数がどのくらい増えたか、また引退した人数は何人だとか、建物内で直したほうが良い所、食事を提供している場所から新しい料理の提案など、様々なことを話し合っている。

此処《ここ》は資料室の隣の部屋だ。この部屋は本来そんなに広さはなく、寮の私の部屋より幾分か小さいのだが、空間拡張魔法を使い室内を広くして、今はそこを使っていた。

大きな丸い机を囲んで座るのは、所長、アルケスさん、ハリス姉さん、夜勤ですれ違うことの多い先輩や食事処の人など、二十人くらいのハーレの職員だった。

「ウォールヘルヌスにですか？」

「踏み切ったわね」

ゾゾさんが横でコソコソと私に耳打ちをしてくる。

ウォールヘルヌスとは、火、水、地、雷、風、氷の力を持った魔法使い六人が一組となって、他の出場組と魔法で戦うという、いわば五年生の時に行われた技術対戦の大人版みたいなものである。

「ハーレの名を上げようと？」

「そうよ。あの大会で優勝すれば有名になること間違いなし。新人もガッポガッポよ」

「安直な」

以前新人を増やすにはどうしたら良いのか所長が意見を集めるみたいなことを言っていたが、まさかそんな所に落ち着くことになるとは全く想像していなかった。

ウォールヘルヌス。五年に一度、大陸に属する国が順番で開催国となる大きな競技祭。

優勝組には賞金があり、開催国外からも参加者が集まってくる。

舞台は地上だとそれに相当する場所の確保ができないため、空中に作ることと毎度なっているらしい。王の島の隣に作るのが決まりで、中には地上に城がある国もあるらしいが、基本は皆空に会場を作っているのだと以前破魔士のおじさんから聞いていた。

会場は国中から集めた、建築に必要な知恵と魔法を学んでいる建築士と、第三騎士団を中心に作っていくらしい。

大陸中の魔法使いが集まる開催国は、前に行われた時すでに決められていて、五年後となる来年はドーランの番となっていた。

「これはほぼ決定事項だと思ってちょうだいね」

しかしそんな大会に出場せずとも、今のままでもハーレは十分有名な機関である。

ただ何が問題かと言うと、そこで働こうと思わせる何かが足りていないということだ。ハーレの魅力的な業務内容を世間に晒さなければ、誰も関心を持ってくれない。

私のように、ハーレのお姉さんに憧れて目指すなんていうのは、ごくまれであるのだと所長は言っていた。

ちなみに憧れのお姉さんが所長だったという事実は未だ本人には言えていない。

「これから一、二年先まではこのままやっていけたとしても、いつか限界はくるわ」

「ですがロクティス所長。何もそこまでやる必要はないのでは」

「色々なことを先送りにしてきた結果、今の状態になっているのよ。ここで早めに手を打っておかなければ、来年は一人も入職しないわ。退職する人間も出てくるだろうし、減る一方じゃない。そんなのは絶対駄目」

「五日間に渡って行われる大きな競技祭ですよ。そんなに長い間、そこへ人員を割けと申されますか」

「異議があるのなら、他の案を出してちょうだい。その時期はハーレも毎年暇になっているでしょう？」

ロクティス所長へ返す言葉がなくなったのか、このハーレで一番の年長者であるモルロ爺さんが、年甲斐もなく頬を膨らませて彼女を見た。

今のところそれに代わる案を出す人もおらず、所長の案の内容が良いのか悪いのかを皆考えているようだった。

「出場してもらう人間は、後日、また決めるから」

その所長の言葉で、会議は終わった。

会議の内容を書きとめた大量の用紙を持って、ゾゾさんと資料室に入る。

部屋の中にはまばらに人がいた。仕事でいる人もいれば、図書館感覚で気軽に来ている人もいる。

私もここはもっぱら趣味の読書や勉強で使っており、受付、寮の部屋に次いで長くいる場所だった。勘違いしないでほしいが、別に私は暇人ではない。

「あっちに座りましょ」

「はい」

「今日お休みだったのに〜。会議って嫌いだわ。ウォールヘルヌスって光の季節一月目だっけ？」

「そうですね。所長の資料に書いてあったと思います」

机に置いた資料へ目を向ける。

今日はお休みだったので制服ではなく、いつもの一枚着。袖の広がっている部分を腕まくりして、一枚の用紙を束の中から取り出した。枚数が多すぎて必要のない紙まで引っ付いてくる。ええい、ままよ。

紙には来年のウォールヘルヌスの日程、競技参加条件、賞金についての詳細が書かれている。

机を挟み、二人でその資料に目を通す。

「四年前は、まだナナリーは学生よね」

「ゾゾさんはちょうど卒業したくらいですかね」

「五日間やってるから、お休みの日にヴェスタヌ王国まで入場料金払って見に行ったのよ～。ちょおっと高めの料金だったけど」

「でもそれが賞金の一部になるんですよね。良いことです」

「現実的だわ。でもはたしてこれで新人が来てくれるかが問題よねぇ。来てくれたら嬉しいけど」

「書類仕事ばかりだと思われてるんですかね」

「受付の後ろで堂々と書類仕事をしてる姿見てたら無理ないわ」

アルケスさん達が黙々と書類をさばいている姿を思い浮かべた。

確かに、と思わざるをえなかった。

「そういえばチーナと色が違うのね、これ」

「色は被らないほうが良いかなと」

ムゥと口をすぼめて用紙を見ていると、貝の飾りがついた腕輪をしているゾゾさんが、それを指さし私へ小首を傾げてきた。

彼女がつけている腕輪は旅行のお土産に皆（とはいっても受付で関わる人くらい）に買ってきたもので、ゾゾさんには緑色の貝殻がついた腕輪を献上していた。

ただのお土産といえども女性陣には一人一人に合いそうなものを慎重に、色の系統が同じ物はあれど、皆に違う色の物をと選んでいる。

チーナは黄色味がある緑で、ゾゾさんの緑とは少し違っていた。

「貝といえば、海の向こう側にある国の人も参加するくらいだもの。優勝したら世界を救った勇者並に崇《あが》められるとは思うわよ」

「四年前はヴェスタヌ王国の人達が優勝しましたよね。新聞の一面を飾っていた覚えがあります」

「あーヴェスタヌは強いわよ～」

騎士団がある国があれば無い国もある。開催地になった国からはだいたいその国に騎士団がいれば一つの組として出場するのが恒例だ。

四年前はヴェスタヌ王国で開かれたので、ヴェスタヌの騎士団が参加したそうなのだが、その騎士団は自国での優勝をはたした。しかもその時だけでなく、その前の大会もヴェスタヌの人達が優勝をしている。

ヴェスタヌは魔法教育に特化している国だ。

魔法を教わるのは義務であり、魔法を教わらない子どもがいないようにと制度や法律などの基盤がしっかりと作られている。

しかもドーラン王国魔法学校のようなところに国中の子ども達が通っているらしく、教育の根本からして諸外国とは力の入れようが違っていた。

「ボリズリーがもう、凄かったし」

現代の崇高《すうこう》なる魔法使い百選に選ばれていた人だ。

「今回はドーランで開催されるし、っていうことはドーランの騎士団も絶対出るわよね」

「例にならえばそうですね。ああいう戦いを見るのって私好きです」

「ナナリーは出たくないの？　騎士団が出るなら、ロックマン公爵のご子息も出るかもしれないのよ？」

「どうしました？」

「ん？」

「ああ、あんまり私は」

二年目に入り私が奴を目の敵《かたき》にしているのを何となく分かってもらえたのか、ロックマンと戦える機会が巡ってきたのかもしれないのにとゾゾさんが不思議そうにこちらを見てくる。

確かに闘争本能をかきたてる大きな大会だし、それに奴が出るとなれば負かすにはもってこいの場だ。ロックマンをふにゃふにゃのけちょんけちょんにして千切ってもいで競技場の地面にポイ捨てしたいくらい、絶好の状況と舞台。だが、そもそも二年目に入ったばかりのひよっこが、ハーレの顔としてそんな大舞台に立ちたいなどとどの口が言えようか。

それだけではない。

「個人でしたらともかく、団体戦はちょっと。それにあいつが出るとも、私が出られるとも決まったわけではないですし」

氷型の人は少ないけれど、私の他にもハーレには氷型が何人かいる。

皆私とは比べようがないくらい優秀な人達だ。出るならば当然先輩達だろう。

「ふーん」

「私としては、今は魔法であいつを負かすより、仕事で高みを目指したいと言いましょうか」

まぁ機会があれば負かしたいけれども。あいつを倒すのは私の夢でも目標でもなく、生きていく中でいつかは絶対に越えておきたいふてぶてしい山であり、下らなければならない谷なのだ。

つらつらと文字を並べて自分でも何を言っているのかよく分からないが、つまりは今戦う気など全くないが闘争心は無限大にあるということを言いたい。

「天駆ける馬、ね」

窓の外を見てゾゾさんが呟いた。

＊＊＊＊

お菓子の甘い香りが漂う店内。

周りには花の髪留めやお化粧をバッチリ決めた、お洒落な女の子がたくさんいる。

丸く白いテーブルに頬杖をついては、友人達との談笑を楽しむ、そんな可愛い女性達の姿。

目の前にある焼き菓子を手にしては口へ運び美味しそうに頬を撫でる姿は、子どものように幼くて幸せそうだ。

私はお茶の入った、これまた可愛らしい花柄の陶器の杯を両手に持つ。

そしてそれを口元に持っていきながら、向かいに座る友人二人を眺めた。

「んもう！　ナル君ったら最近ちっとも私に構ってくれないのよ！」

「まぁまぁ落ち着いてベンジャミン。サタナースだって一人になりたい時があるのよ。それにもともとそんな感じじゃない、性格的に。でしょ？　ナナリー」

天高くある太陽の光が降り注ぐ午後。

ハンカチーフを噛みしめて顔を真っ赤にしているベンジャミンの赤い髪は、重力に逆らいメラメラと浮いている。もはや泣く一歩手前というのを通り越して怒っていた。ハンカチーフを噛みしめる姿に貴族の女子達を思い出すが、恋をしていると皆布を噛みたくなるのだろうか。

そしてその彼女の背中を優しく擦《さす》って隣に座るニケが、お茶を飲んでいた私にそう同意を求めてきた。

今日は女三人で優雅に街の喫茶店でお茶をしている。

私も大人になったなと感じるのは、こうして魔法三昧遊び三昧ではなく大人しく慎ましやかに舌でお茶とお菓子の味を堪能している時だ。

お茶の詳しい種類も流行《はや》りのお菓子の名前もよく分からないがまぁいい。

野生動物のようだと密かに言われていたらしい（ニケから聞いた）学生時代と比べれば、今の私はそれとは似ても似つかない完璧な大人の女性になれていることだろう。

「サタナース、ねぇ」

さて本題に戻るとしよう。ベンジャミンが近頃サタナースに距離を置かれていると嘆いているのだが、ニケの言う通りサタナースは確かに元々そんなにベタベタする性格でもない。

それに目を離せばすぐフラフラとどこかへ消える癖もある。

授業中に教室を抜け出していたことも度々あったし、一つの所にじっとはしていられない性分なのだろう。

サタナースの色々な行動を振り返り、私はニケにウンと頷いた。

「でもでもそんなこと私だって承知よ！　私が言ってるのはそういうのじゃなくって！」

「何？」

「知らない女の人と仕事に行ってたりするの！　最近なんてずっとそうだし、一緒に行こうって誘っても用事があるからって断られるし」

事の経緯は分からないが、事態は私とニケが考えていたより深刻そうだった。ベンジャミンが荒れている理由もそれなら頷ける。でもそんなことを言ってもまだこの二人は。

「付き合っては、いないのよね？　サタナースとは、まだ？」

「まっまだ、よ」

ベンジャミンが俯《うつむ》いて口をとがらせた。そこが問題なのだが、二人はまだ恋人関係ではない。これが恋人関係にあるのならサタナースに「恋人を差し置いて何やってんだお前は」なんて言って大きくツッコめるのだが、そうではないのなら無闇やたらと踏み込むことはできない。

またそれが分かっているので、ベンジャミンも悶々としている。

魔法で白状させることもできるが、それをすれば二人の仲が今以上に悪化するだろう。信用もなくなるしあまりよろしい手でもない。

二人の間に亀裂が入ろうとしている時点で信頼もなにもあったものではないが。

「女の人と仕事に行ってるって、なんで分かったの？」

「ドルモットの店の前に、キャンベルの実家の酒場があるんだけど」

「キャンベルの？」

キャンベルは魔法学校時代の友人だ。

「キャンベルが今たまたま実家に帰省してててね。お店を手伝ってたらしいんだけど。なんでも、仕事の話をしながら、お店の中に二人で入って来たんですって」

「キャンベルは声かけたって？」

「かけないかけない」

ベンジャミンが手を振る。

「なんか怪しいって思ったから、変装してばれないように接客してたみたいよ」

「女の人って、こういう時凄いよね」

「ええ」

そんなに怪しいと思わないだろう普通。

キャンベルのとっさの行動に、ニケと二人で顔を寄せ合いヒソヒソと言葉を交わす。

「え、でもちょっと待って」

私はベンジャミンに向けて両手を出し、待ったをかけた。

今日三人で集まった理由を思い出す。今回は友人とお茶をする目的もあったが、本当の目的は別にある。もともとはベンジャミンの知り合いのお店が人手不足ということなので、一晩だけそこで助っ人として働くことになっていたのだ。

そこは酒場で、お勘定《かんじょう》と料理を運ぶくらいで接客の一から十までを叩き込まれるほどでもなく、そこまで身構える必要はないとのことなので、お酒が苦手でない私は二つ返事で了承し、一応賃金ももらえるということで所長にも了承を取っていた。ニケはお店の名前を出さず団長にそれとなく許可を取ったようだが、仲間内には働くこと自体伝えてはいないらしい。

それもそうだろう。酒場の客には女性もいるだろうが、少なくとも男性客を相手に会話をするのも仕事の内となる。見る人によってはその場所で働いている女性をいかがわしい目で見ることも多いため、おいそれと知り合いや友人ましてや職場の人間などにあまり教えたくはない。

それにしてもキャンベルの実家の酒場でそんなことが。

もしかしてと、私はテーブルへ手を置く。

「まさか手伝うのって、キャンベルのお店？」

「フフフ。あ、た、り」

片目をパチっと瞑り舌を出すベンジャミン。

なるほどそういうことか、と私は苦笑いをした。要は偵察に行くということだろう。

キャンベルもいるので一人ではないものの、やはり不安なので私とニケも一緒にということになったようだった。

「じゃあ記憶探知で、サタナースとその人が何を話していたのか見てみる？」

「それは……ちょっと抵抗あるかも」

やはりできれば魔法を使いたくはないようである。

「でも今夜来るとは限らないでしょう？」

「ううん絶対に来る」

「そんなに言い切っちゃってもう」

ニケは困り顔でお茶を飲みほした。

当の本人は確信があるのか自信満々にそう言い切ると、だって、と話を続ける。

「今日は週一の男性割引の日みたいだから。来てるのはいつもその日なんですって」

「男としてそれでいいのかアイツ」

情けない奴だがサタナースらしくもある。けれどそんなことをしている時点で、相手の女性への気持ちは愛や恋なんていうものとはほど遠いのではないか。嫌われること間違いなしである。

そう思ったことをベンジャミンに伝えれば、しかしそれが問題ではないのだという。

じゃあ一体何が問題なのだと聞けば、相手の全てを知りたいというわけではないけれど他の女と酒場で密会、しかもそういう雰囲気のあるところで会っているというのが気になって気になって夜も眠れないのだと言う。

男性割引の日だけ店に行くというそのセコい性格でさえ受け入れてくれる理解のある大人の女性だったら私太刀《たち》打ちできない、といつもより弱気なベンジャミンが顔を覗かせた。

「いつもみたいに堂々と言っちゃえば……でもできたらこんなに悩んでないもんね」

「ななりぃ～」

「よぉし！」

私は景気よく膝を叩いて拳を握った。ニケにおじさん臭いからやめなさいと言われる。

「今日は真相が分かるまでとことん付き合う！　キャンベルのお店まで行こう！」

「ありがとうナナリー！　ニケ？　どうしたの？」

「ううん、なんでもない。ちょっとね」

途中から下を向きあまり乗り気でなさそうな様子のニケに、ベンジャミンが頼んでおいてあれだけど無理しなくていいからと声をかければ、違うの、とブロンドの髪を揺らして声をあげた。

「でもいつもドルモットの店だし騎士団の皆は来ないよね」

一人で口をもごもごさせながら呟いているニケの顔の前で手を振るが、まったくこちらは眼中に無いようである。けれどしばらくすると吹っ切れたように顔をあげて「私も協力する！」とベンジャミンの背中を叩き元気に立ち上がったのだった。

キャンベルの実家は彼女の父親が酒好き、ではなく、彼女の母親がお酒が好きで酒場を始めたのだと聞く。

お店がどこにあるのかはだいたい把握はしていたが、キャンベルの家に遊びに行ったことはない。学生の時は友達は連れて来ちゃ駄目だと釘《くぎ》を刺されていたらしいので当たり前と言えば当たり前である。

お色気たっぷりのお姉さんがいる酒場は私のよく行く繁華街にもあるが、友人である彼女の実家の店はもっと過激な場所にあった。

少し詳しく言えば男の人が女の人と一夜明かすことを目的とした宿が何軒も連なり、そこらの女性が足を踏み入れるのは大変勇気のいる場所である。

中でもベンジャミンとの会話で出てきたドルモットの店というのはその手の店の中では高級店であり、そこへ足しげく通っている貴族なども多いのだと周りからは聞いていた。

父が一度でいいからそのドルモットの店に行ってみたいと冗談半分で母に話した時は、怒られるのを通り越し「あなたじゃ無理」と母から言われていたほどである。その一言でドルモットの店がどういうところなのかが全て分かってしまうくらい冷たい声だった。さすが母である。

そんな昔のことを思い出しながら、私はドルモットの店の前にある『デラーレの小指』という、人の小指を模した看板にそう書いてあるキャンベルの実家の店を仰ぎ見た。

通称「裏街」とよばれるここら一帯は、夕方から人の気配が盛んになる。

静かだった街並みが息を吹き返したようにぽつり、ぽつり、と徐々にお喋り声やグラスとグラスがぶつかる音など、騒音に包まれていった。そして女だけで賑やかな通りを歩いていると、まだお酒の入っていない人が多いせいか視線が遠巻きに刺さってくる。

私やニケ、ベンジャミンは気にも留めずにキャンベルの店の扉を開けた。

木板でできた出入り口の横には小さな植木に花が飾られている。

荒くれ者や無法者も少なくない街にあるお店にしては、とても綺麗な店構えだった。

ドルモットの店も全体的に薄桃色で、窓も入り口の扉も小綺麗なお城みたいな可愛らしい作りであり、けして汚くはないが、いかにもないかがわしい雰囲気が滲《にじ》み出ているので清潔感はあまりない。

しかも酒場というと少し薄汚いような、壁の汚れも装飾の一部みたいなところがあるのだが、キャンベルのいる店の中に入ればそんな光景は何処《どこ》へやら。

夕暮れの店内は、外の暗さと比例するようにぼんやりと明るくなっていた。

一歩足を木の床へ踏み出すと、靴の汚れも許さないとばかりに足跡がキレイに消えて行く。

店の隅では箒《ほうき》がひとりでに塵《ちり》ゴミを掃いており、通り側の窓は何分おきにかは分からないが、水が窓硝子をつたい汚れを落としていた。

「綺麗好きなんだね」

中に入ってから店内を案内してくれているる金髪の女性、キャンベルにそう一言感想を述べた。

だいぶ、いやかなりの綺麗好きだ。

私の両親もそこそこ綺麗好きなほうではあるが、これにはさすがに負ける。靴の汚れはいつもそのままだし。

「そりゃそうよ～おとうさんここらじゃ潔癖で有名なんだから。……で、お勘定はその場でしてもらって」

綺麗好きなのは父のほうなのか。

フリフリのレースがあしらわれている前掛けをつけ、可愛らしい八重歯を覗かせて笑うキャンベルを見て感慨深げに頷く。

「あとはうちの母親があそこで料理作ってるから、注文の紙を飛ばしてもらって」

「なるほど」

キャンベルの説明を一言一句聞き逃さず耳に入れる。

旧友に久しぶりに会ったのもつかの間。

もうお店が始まるとのことで、今は急いで接客やお酒の種類、会計の仕方を学んでいた。開店の札が立てられていないので、まだお客はいない。

再会を喜ぶ時間も書きとめをする時間もなかったが、そんなに身構えなくても大丈夫と言われてはいたので深く考えないようにしようとは思う。

「説明は簡単にしたけどニケは分からないところとかある？」

「だいたい分かったけど、品書きはあれ見ればいいの？」

「ええそうよ」

椅子のあるカウンター席の前で、横一列に並びながら説明を聞く。

ニケは下ろしていた髪を鬱陶《うっとう》しそうにはらいながら改めてキャンベルへ念入りに確認をし直し、ベンジャミンは呪文で腕にそれを書きつけていた。

キャンベルの学校での印象は、どちらかというとベンジャミンに抱いていた感想と同じだ。お洒落な女の子、という感じである。

服装が派手めなのが原因だろう。

なんでも異国の衣装に小さい頃から魅入られているようで、特にあのセレイナ王国の民族衣装が大好きなのだと言っていた。

また服飾関係の仕事に携わりたいとのことで、卒業後は大陸全土に名をはせる衣装店「バーバー」で働いている。バーバーの本店はイラヴィン王国にあるので、彼女はそこで働くためドーラン王国からイラヴィン王国に住まいを移していた。

魔法学校に通う者が誰しも破魔士、騎士を目指しているわけではない。

カーラ・ヤックリンのように考古学者になりたいという人間やこのキャンベル・パーのように国外へ出て好きなことを仕事にしたい人間も多い。何も魔法学校にわざわざ通わなくてもと思う人もいるだろうが、キャンベルの場合は習った魔法を応用し服飾の技術に役立てるのとともに、衣装の機能性なども考えて作業できることから、二年目にして製布部門の長を任されている。

昔は勉強嫌いで授業中寝ていることもあったそうだが、こと興味のあること、服飾に関して習得できそうな魔法があると知ればその探求心は先生に滅多《めった》にしない質問攻撃を繰り出すほどだった。

授業中、毎度キャンベルの頭が上がるか上がらないかがその日の先生の体調を決めるなどと教室担当の先生に言わしめたくらいである。私と彼女達の教室は違ったけれど、平民の子達とは食堂で一緒にご飯を食べたり寮でお互いの部屋を行き来したりと満遍《まんべん》なく付き合いがあったので、友達じゃない女の子はいないくらいであった。

「じゃあベンジャミンは変身呪文で化けててね。サタナースに見つかると厄介だもの～」

「もちろんよ。でも三十分しかもたないからお手洗いに頻繁に行くかもだけど、そこはごめんなさい」

話は進んでいき、本題であるサタナースの件での打ち合わせが始まった。

ベンジャミンはバレるといけないので、顔と声を少し変えての行動となる。

彼女の場合変身魔法が最長三十分ほど持続するので、その時間をうまくやりくりすればどうということはない。

変身魔法は普通の人は五分ほどしかもたないので、それが三十分となれば十分な時間である。

「それからナナリーとニケには特別な変身をしてもらうから。ね」

ベンジャミンに向けていた身体をクルリとこちらへ向け、後ろ手に手を組んだキャンベルがニッと綺麗な白い八重歯を見せて笑った。

和ませるとは程遠い、いたずらな笑みというか、何か企《たくら》んでいるような表情。

横にいたニケと横目で互いを見合うが、ニケのこめかみには汗が伝っていた。ベンジャミンはまたキャンベルの悪い癖が出たわねと可笑しそうに口元へ手を当てる。

「ナナリーどうしたの？　腰が引けてない？」

「キャ、キャンベルこそどうしたの。何か企《たくら》んでるんじゃないよね」

「何言ってんの、企むなんてそんな。私はただ新作の服をお披露目しようとね」

指通りの良さそうな短い金髪をピョンと跳ねさせて、垂れ気味の茶色い瞳を輝かせるキャンベル。

彼女の悪い癖。キャンベルは服作りもさることながら、人に服を着せるのも大好きなのである。

着せかえ人形として犠牲となった友人達は数知れず。

彼女が指をパチンと鳴らすと、白い煙を立てて何かが上から落ちてきた。

反射的にそれを両手で受け止め広げてみると、キャンベルが着ているフリフリの前掛け以上にいやに作りのしっかりとした、布の面積が幾分か少ない服の全体像が見える。

「あのねキャンベル」

「なーに？」

「知っての通り私の胸は慎ましいわけなんだけど」

ぴら、と服の端を持ってキャンベルのほうを向く。

「そんなことないわよ。私よりあるわ。それにそれはニケの衣装で、ナナリーのはこっち」

パチン。こっちと言って彼女が魔法で出したのは、先程の服よりもずいぶん布地がありそうなもの。広げて見せられたそれは下の丈が長く、反対に上の面積が少ない。

胸元がふんわりしている作りのようなのでそこは隠れるだろうが、肩がむき出しの形である。学校の卒業パーティーや仮面舞踏会で着たドレス、セレイナ王国で着た民族衣装よりも恥ずかしい。

布面積がニケのより多いはずなのに、破廉恥《はれんち》な感じがするのはなぜだろう。

「ポッケル肉の揚げ物三つですね」

注文を用紙へ記入し、カウンター内で調理をしているキャンベルのお母さん、ウェラさんへと紙を飛ばす。

壁に貼り付けてある品書きの金額を頭に入れては札に書き足していった。

ふとその横を見れば、品書きの横にウォールヘルヌスの告知の貼り紙があった。

最近はどこのお店でも、ゾゾさんと行く草食狼のお店にも貼り紙がしてある。

「これ持ってってってちょーだい!」

「はい!」

店内は賑やかだった。男の人の笑い声があちこちから聞こえてきて、ウェラさんの声もわずかに聞き取れるくらいである。男性割引の日なので、男性が多いのも無理はない。今のところ女性客は来ていないようだった。

「お勘定よろしくねー!」

注文をとっては運び、洗いものを魔法で済ませてはお客さんのお会計をとる。

「ふぅ」

後ろで丸く纏めた長い髪を片手で直して、横の後れ毛を耳にかけた。なんだか暑い。

「まーナナちゃん、肩直してあげるからちょっと待ってな!」

「あ、ありがとうございます」

肩が出ている服を着ていた私は、さらにずり落ちそうになっていた服の袖をあげてもらいながら調理台に立つウェラさんにお礼を言う。

恥ずかしい。

キャンベルの着せかえ攻撃に折れて着てみたものの、中々慣れることはできそうにない。

「それにしても、焦げ茶色の髪も似合うじゃないか」

「一応変装はしておこうと話していたので。さすがに声までは変えませんでしたけど」

ニケも私も髪色だけは変えている。ニケのほうは赤色に変えていた。

ベンジャミンだけ変装したところで、私達が先にバレてしまっては元も子もない。

「女と男ってのはむっずかしーんだ。メダちゃんには頑張ってほしいよ」

メダとはベンジャミンのことである。

「ウェラ、今日は可愛い子達揃えてどうしたんだい？　ついにそっちの商売でも始めるつもりか？」

「違うよ違う、色々あんだよ。男にはないしょさ、ね、ナナちゃん」

クルリと癖の強い金髪を横に一つに結い上げているウェラさん。

キャンベルは母親似なのか、ウェラさんも緩やかで優しげな垂れ目だった。

またふくよかなのでおっとりとしていそうな印象だったが、さすがこの裏街で酒場を営んでいるだけあって、お客に対しても私達に対しても積極的でかつ面倒見がよく、大きな声で豪快に笑ってはお喋りもよくしてくれる。

ベンジャミンの恋を知ってか、悪戯《いたずら》な笑みを浮かべている。

「ナナちゃんって言うの？　明日もいる？」

「いいや、今日だけだよこの子達は。だから思う存分飲んでってくんな」

今も男性のお客さんに話しかけられては、娘と同じ八重歯を覗かせて楽しそうに話していた。

「今日だけぇ～？　ケッチいなぁ～ねぇナナちゃ――」

「こら、その手をもがれたいのかい」

「いったたたい！」

私へ向けて腕を伸ばしてきた恰幅《かっぷく》のよい男性客の手を、ウェラさんがバチンと横から叩き落とす。

「それにしてもこんなにお客さん……。本当にいつもお一人でやられているんですか？　大変じゃないですか？」

料理皿を調理台に並べるのを手伝いながら、店内を見回す。

全ての席が人で埋まっていた。これを一人で回すのは並大抵のことではない。

「なーに。いつもはこんなたくさん来たりしないよ。メダちゃんへーラちゃん、ナナちゃん達のおかげで、今日は繁盛どころじゃなく大繁盛になりそうだ」

毎日繁盛とまではいかないが常連客もおり、一人で回せるくらいの今がちょうど良いということで人を雇う気はないらしいとキャンベルから聞いている。

「あれ、メダは？」

「お手洗いに行ったよ」

料理を運びカウンターに戻って来たキャンベルが、キョロキョロと店内にいるはずのベンジャミンを探す。

私は変身魔法が解けそうになってきたから直してくる、と少し前に声をかけられたことを思い出してキャンベルにそう伝えた。

メダとはベンジャミンの中間名で、ニケも同様、今日はそれで通すことにしている。変装しているのに間違って実名で呼ぶことがないようにということだった。

ベンジャミンの変装も完璧だった。

魔法で肩上まで髪を短くし、髪色も赤から薄桃色に変わっている。また声も声帯変異という呪文で全く違うものに変えており、話していてもその相手がベンジャミンであるとは中々見抜けない。

それほど手を加えていないのに、髪と声が変わるだけでずいぶん違う。

そういえば公爵と仮面舞踏会に潜り込んだ時、私は声までは変えなかった。

今思えば粗《あら》のある変装であったと恥ずかしくなる。

「おねーちゃん、注文よろしく～」

「はい！」

手を挙げているお客さんのところまで行き注文をとり、私はまたカウンターのほうへと急ぎ足で戻る。

「あっごめんニケ」

「うん」

「ニケ、どうかした？」

同じく注文をとっていたニケとすれ違い様に肩が当たったのでごめんねと謝る。

けれどどこかニケの様子がおかしく、私はとっさに彼女の腕を掴んだ。

「へ？」

「そわそわしてるっていうか、ずっと窓のほう気にしてるから」

さっきからずっとだ。

サタナースを気にして外を見ているのかと思っていたが、ベンジャミンが気にするならともかく、先程からニケが不安そうに、けれどどこか恥ずかしげに服の胸元を正しながら窓の外を見ていることに、どうも違和感が拭えない。

私より露出の多い部分において恥ずかしがってしまうのは仕方のないことだとは思うのだが、そういう様子とは少し違っていた。

「ううん別に大丈……！」

気もそぞろになっている姿を見ると私も心配になるので声をかけたが、変わらず窓の外を見ていたニケの動きが突然止まり、しかもその場で伏せ始めたのでこれは何事かと更に心配になる。

しゃがんで俯いているせいで、結わずにそのまま下ろしている彼女の赤色の長い髪の毛が背中と顔を覆っていた。

「おねーちゃんどうした？　具合悪いんか？」

「新人のナナちゃん、酒持ってきてくれ〜」

「やっと来たメダちゃん！　新しい杯よろしくー」

ニケの様子にお客さんが声をかけてくれたり、遠くからまた注文の声が聞こえたりと、夜になっていくにつれさらに忙しくなってきた。

お手洗いから戻ってきたのか、さっそくお客さんのお気に入りになったベンジャミンが呼ばれている。

「ニケ、立てる？」

「うん、ごめんナナリー。立てるけど、外に」

ニケの言葉に、彼女を立たせながら窓の外を見てみた。窓はキャンベルの父親のお陰で、一点の曇りもなく綺麗だ。それに夜になっても外は店の明かりや道脇にある街灯で明るいため、道行く人達や外の景色がよく見える。

そんな中、ドルモットの店の前。デラーレ《この店》の前でもあるそこに、黒色の集団が見えた。

そこには何故か、王国の騎士団がいた。

あの集団の中に奴やゼノン王子がいるのかは定かでない。

窓の外を凝視する私。あいつの身長は同世代の中でも高かったが騎士団の中でも抜きん出て高い。そして後ろ姿だから分からないが、頭の形、骨格、髪の毛の雰囲気（どんな雰囲気だ）からして、それに該当する人物が約一名見える。何を迷うことがあるのか、さっきからドルモットの店の前にいるというのに黒い集団は中々その中へ入っていこうとしない。早くそのお色気むんむんの薄桃色の城へ入っていけばいいのに。

けれどなにやら今この店から出ていったお客と話をしている。

何を話しているのか知らないが世間話だろうか。

「ドルモットの店に入るんだよね」

「うん。たぶん」

でもナナリーがいると鉢合わせがよく起きるから分からない、と赤い髪を揺らし首を振るニケ。

なんだと聞き捨てならない。そんなに面倒な事態を引き起こした覚えはない。

「よぉー。今日は珍しく混んでるが、良い女が揃ってんだって？」

友人の言葉に横目を向けて訴えていると、扉の鈴を鳴らして体の大きい男性が入ってきた。

「まぁまぁ騎士団長さん珍しい。いつもはドルモットんとこ行ってるじゃないのさ」

男はまさかの騎士団長だった。騒がしい店の中、耳を澄ませて僅かながらに会話を聞き取る。

「これだけ混んでたら気になるだろうや」

「言っとくがウチの子達は売り女じゃないからね」

「つれねーなぁ。まぁいいか。おいお前ら、今日はデラーレで飲むぞ！」

ウェラさんと話をしたのち、騎士団長がそう叫んだのが聞こえた。

「入ってきたけど⁉」

私達の予想に反し店の中へ騎士達が続々と入ってくる。

先程まで悠長に彼らを眺めていた私は、ニケの背中をバシバシと叩いた。

「つっかれたな〜」

仕事終わりだからか両手を組んで伸びをしながら入ってくる騎士の姿も見える。格好よく締まりのよい黒の騎士服だが、今だけは少々窮屈そうに見えた。

今更ながら、幻影の魔法で空いている席を無くしてしまえばよかったのにと悔やまれる。

何で入ってくるんだ。

いつもドルモットの店に行っているのならそっちへ行けばいいではないか。何も混みあっている店内へわざわざ来なくともいいではないか。

「お祓いしたばっかりなのにっ」

汚れのないピカピカの天井を仰ぎ見た。クルクルと茶色い換気羽が回っている。

私はこの遭遇率を低下させたいとかねて思っていたのだが、ついに先日神殿へ行き親女《しんじょ》様と呼ばれる神殿に勤める女性にお祓いをしてもらった。

祈りを捧げる場でお祓いなどするものではないが、基本神の道に反さないことであれば快く受けてくれる。親女様は背のお高い美人さんだった。

何を祓いたいのですかと言われた時に血走った目で「誰とは言いませんが火の魔法使い特に男で金髪の奴にあしき呪いをかけられているかもしれなくてですねやたら嫌な奴とあちこちで会うものでもはやこれは私の周りの何かがそういうものを引き寄せてしまっているのではないかと思いまして今日は……」と息をつくひまもなく喋り出した私を温かな眼差しで見ていた親女様は、何も言わずそっと私の頭に手を乗せて清めの言葉を唱えてくれた。

帰り際に感謝の気持ちの分だけお払い料を払うのだが、お給金の三分の一を握りしめそれを渡した私に、こんなにいりませんよと今まで落ち着きをはらっていた親女様があたふたしていたのを思い出す。これで悪いことが減るなら大した金額ではない。

それに世の中は所詮お金である。

神の使いと言えど神殿も神殿を支える人もお金が無ければ始まらない。救いの手を伸ばしてくれた人間に対してのせめてものお礼だと言って神殿をかっこよく去った私だが、

「ほんとに行ったのね」

「有言実行だから」

「ときどきナナリーが馬鹿なのかアホなのか分からなくなるわ」

どういうことだ。

「おーいねーちゃん、刺肉一本くんな！」

「こっちもなー！」

「は、はーい！」

いけない、今は仕事中だった。お客さんの声で我に返る。

私は注文用紙へ刺肉と記入し、ウェラさんがいる調理台へと飛ばした。

「キャンベルー！　騎士さん達を席に案内してやんなー！」

「はーい！」

母親に頼まれてキャンベルが急ぎ足でカウンター前まで行き、彼らを席まで連れて行く。

「君かわいーね」「ワージマル酒ある？」

ぞろぞろと扉から店へと入ってきた騎士達は、混んで熱気のある店内に顔を顰めることなく、まるで何度も来たことがあるように、席へ案内されながら慣れたようにキャンベルへ飲み物やつまみを頼んでいた。

十人、十五人……あれ、外にいた人数より少ない気がする。もっとこう、三十人くらいいたはずだ。

もう一度窓の外を見る。やはり十五人くらい、残った半分ほどの騎士達がドルモットの店の前におり、店から女性が出てきたと思えば、扉の中へと順々に消えていった。人数が多いから分かれたのだろうか。

店内へ入ってきた騎士達のほうを、持っていたおぼんを盾にしてニケと共に遠目で確認する。

もちろんお客さんに頼まれた刺肉を持ってくるついでにだ。

「ん？　いない？」

するとと金髪は何人かいたが、あいつ、アルウェス・ロックマンはいないようだった。

「なんだ、良かった」

「良かったぁ」

「え、ニケ？　良かったの？」

「あ、え」

ニケと言葉が重なった。

横を見れば彼女は目を泳がせてどぎまぎとしていた。

「ロックマンがいなかったからとか？」

そういえばゼノン王子の姿もない。今日は一緒に来ていないのだろうか。

公務など最近はやけにまた忙しそうだとニケから聞いていたので、こういう場にくることはあまりないのだろう。それに今更であるが王国の王子様にそんなホイホイ会えるなどと考えること自体間違っている。意識改革をしなくては。

「と、とにかくナナリー、素知らぬ顔で接客するわよ」

「ニケが立ち直った」

「どぎまぎしてたら駄目よ、逆に怪しまれるわ」

どぎまぎしていたのはニケのほうであるが、私は分かったと首を縦に振る。

確かに不審な動きをしているより、このまま自然に接客していたほうが怪しまれないだろう。むしろ私は知り合いという知り合いも騎士団にはいないので、ニケのほうが大変だ。

またよく見なければニケだということも判別がつかないはずだ。

なにより聞かれてもシラを切りとおせばいいし、彼女に至っては団長には許可をとっているのでバレてしまっても事情を考慮してくれるだろう。

私達は徐々に壁際へと寄って、待機場所である樽《たる》の横に足を落ち着けた。

「騎士団が来たけど大丈夫？」

騎士達を席へと案内していたキャンベルが、騎士団に所属しているニケの身を心配して早足で近づいてきた。すまなそうに両手を合わせていた。

ベンジャミンはどうしているだろうと店内を見回せば姿がなかったので、また御手洗いで魔法をかけ直しているのかと察する。

未だサタナースは来ていない。

色々重なってしまった現状に、ニケがハァと小さくため息をついたのが分かった。

「ナナちゃんかへーラちゃん！　こっちでお酌《しゃく》してくれるかい？」

男の人に名前を呼ばれた気がしたので、カウンターのほうへと顔を向ける。

「こら、あの子達は売り女じゃないんだよ」

「いやだな～ウェラ、ついでもらうだけだって。いいだろ？」

「ったく仕方ないね。ナナちゃーん！　こっち！」

ウェラさんに呼ばれた私は、刺肉を先程のお客に届けたあとカウンターへと急ぐ。

「何でしょうか？」

名指しに何用かと聞けば、なにやらお客さんが若い子にお酌をしてもらいたいとのことで、カウンター席に座るその男性へとお酒を注ぐこととなった。

顔も既に赤くこれ以上飲んで大丈夫なのかと心配になるが、いつもこの人はこうなのだとその隣に座っていた連れだか常連客だかの人に言われたので少し安心する。

これは対人仕事だ。

いつもの受付の仕事の要領でこなせばなんてことないはず。

――チリン。

「はーい、いらっしゃい」

またお客さんが入って来たのか、扉の鈴が鳴った。

「カウンター席は空いてる？」

「ああ構わないよ」

「ありがとう」

私は反対側を向いているので入ってきた客を認識できないが、どうやらこのカウンター席についたようである。

「おおっと溢《こぼ》しちまったや」

「服大丈夫ですか？」

お客さんがお酒を少し溢してしまったので、指先を向け呪文を唱えてテーブルを綺麗にした。服にもついてしまっていたのでそれも綺麗にする。

「あんた、きっれぇーな顔してるねぇ。騎士ならドルモットんとこ行ったほうがいいんじゃないかい？　団長さんがこっちにいるって言っても、楽しめないだろうこんなとこじゃあ」

「いいや、今日はこういう綺麗な所で飲みたかったんでね」

「あら、お疲れなのかい？」

「ウォールヘルヌスに出る出ないで揉めましたもんね、隊長」

隊長。その誰かの言葉がやけに耳についた。

「ウォール、ああ！　あれかい？　そういや騎士団も出るみたいなことになってるんだろう？」

「まぁね。本当なら開催自体やめにしてほしいくらいだ」

首をそちらへ向けようとするも、身体が拒絶反応を示しており中々向けない。

あの声。この声。その声。ついに声だけで奴を判別できるようになるとは。

「お兄ちゃんは開催に反対なのかい？」

「そうだね。あまり好ましくはないかな」

カウンターの後ろにある棚の硝子の扉をそっと見る。そこを見れば席にいるお客さんの顔が硝子に映って見えた。私は一瞬でここから消えたくなった。

「なんで」

金髪の男。髪はまた切ったのか珍しく肩上で、長めなのは変わらないがスッキリとしている。

騎士服の胸元は気持ちはだけさせており、少々ダラシのない格好。

そしていつかのように銀縁の眼鏡をかけている。

アルウエス・ロックマン。

奴が呑気《のんき》にそこで兎鳥の揚げ物を食べていた。

「お祓いっ……」

「支払い？　まだまだいるよー？　俺」

お祓いしたのに。やっぱりまったく祓われていない。落胆していると、会計と勘違いした男性が私に手を振った。むしろお支払いをして早くいなくなってほしいのはロックマンのほうである。

「まぁまぁ隊長、ウォールヘルヌス開催は決まっていることですし仕方ないですよ。とりあえず乾杯しましょーよ」

あいつの横に部下らしき騎士、亜麻色の髪の男性が一人いるが、ウェラさんとの会話を一旦終えると二人で杯を重ねて軽く乾杯をしていた。

よりによってカウンター席に来るとは。

騎士団長達が座る店の一番奥に行けばよいものを、まったく空気の読めない男である。

「女将《おかみ》さん、デラーレっていつもこんなんでしたっけ？」

「今日は可愛い手伝いが四人もいるから助かってるよ」

「あー確かに可愛いっすね〜。ドルモットは高級なわりにいまいちな女が多いから余計に……」

後ろを通りすぎたベンジャミンを眺めながら、ロックマンの隣に座る騎士は鼻の下を伸ばしていた。

「ナナちゃんは〜恋人いるの？」

「いませんよ」

いまいちとは女性に失礼だなあの男。けれどお客さんから話しかけられるので、とりあえずこっちに集中する。ベロンベロンに酔っているとまではいかないものの、男性は葉巻を吸いながら伏し目がちにつまみへと手を伸ばしていた。

「そっかそっか、俺もいないんだなぁこれが」

「はい、お水どうぞ」

「ナナちゃんがなってくれたらなあ〜」

「あはは、冗談がお上手ですね」

酔っ払いの言葉は基本聞き流すのが一番だということを、様々な付き合いの中で学んだ。

「ナナちゃん今まで恋人は？」

「いえ、いないです」

「ええ！　そんなに別嬪《べっぴん》さんなのに一人も？」

「ほんとに冗談がお上手ですね」

生まれてこのかた、告白をされたことなど一度もないどころか、好きな異性ができたこともない。それに対して女として恥ずかしいとかそういう感情を持ったことはないが、こういう話になる時は少し困りものである。

どう反応していいものかと基本笑って流しているのだが、男女どちらもかわりなく皆恋愛話が好きなのかと思うとなんだか微笑ましくなった。ベンジャミンとサタナースも、早く元に戻れば良いのにと思わずにはいられない。そしてあいつ早く帰ればいいのにとも思わずにはいられない。

さらに夜は更けていく。

ベンジャミンも無事に御手洗いから戻り、また接客に行っている。まだサタナースは来ていないかとこっそり耳打ちで聞かれたが、まだあいつの姿も影も形も見えない。

今日は真相が分かるまでとことん付き合うと言ったので最後までお供するつもりだが、ロックマンの姿を認めたベンジャミンが驚いて大丈夫⁉　とついなのか大声で叫んだ時は生きた心地がしなかった。

今世紀最大の恥を奴に知られるところであった。

いやもうこの姿を見られているも同然なのだが、私と認識しなければいいので気づかないにこしたことはない。ニケはうまく騎士達を避けているのか、ほぼあの席にはキャンベルとベンジャミンの二人が接客に行っているのでひとまず安心だった。けれどときどきニケだと知らずに彼女を軟派する騎士が見えたので、油断もしていられないようである。

まったく話は違う方向にいくし不謹慎なのだが、あれがニケだと彼らが知ったらどう反応するのかが地味に気になった。ニケは普段から可愛くて美人だが、今の彼女は服装も相まって二割増しで魅力的である。ニケから恋愛話を聞いたことがないので、そこのところも気になっている。

「ねぇねぇ宿命って信じる？」

「宿命ですか？」

お酌してほしいと言ったお客さんはかわらず席に座っており、私が料理を運んでカウンターへ戻って来る度に話しかけてくる。

すると私の待機場所は自然とカウンター席の内側になってしまい、樽の横で立っているニケやベンジャミンには心配そうな表情をされた。

今もちょうどお客さんにつかまり、話が始まると同時にカウンター越しに腕をとられたので他の場所へ行けなくなる。

「生まれる前から絶対に逃れられない定め。俺がナナちゃんに出逢ったのは運命じゃなく宿命なんだと思うんだ」

「宿命ですか」

酔いが確実にまわってきたのか、頓珍漢《とんちんかん》なことを話し出すお客さん。

宿命とはまた凄い話になってきたものだ。

腕を掴まれたまま大人しく話を聞いていると、まったくウチの子になにしてんだと料理を作る手を一度休めたウェラさんが男性の頭をペチンとひっぱたいた。強い。さすが酒場の女将さんである。

いってぇーと台に突っ伏して悶《もだ》えるお客さんに大丈夫かと声をかけようとする私だったが、良いんだよとウェラさんに止められた。

それよりも、と彼女は私をちょっとニヤニヤとしたような嬉しげな目で見てくる。

どうしたのだろうか。

良いことでもあったんですかと聞こうとすると、

「ナナちゃん、あっちのお客さんよろしくね。お酌してもらいたいんだってよ」

と言われて肩を押される。

あっちと言われたがどのお客さんなのか分からないので首を傾げていると、あそこの騎士さんだよと顎をしゃくって目線を誘導された。

「いえ、あ、あの、冗談じゃ」

「そんなビクつくこたないよ。せっかくだからしてやんな。助け舟出してもらったと思って」

助け舟とはなんの話であろうか。

むしろ助けられるどころか非常に嫌な展開になりつつあるということをウェラさんに伝えたい。

「ほらこっち来な」

ウェラさんに言われて連れて来られたのは、さっきの場所から椅子三個分離れたところに座る客の前。

下を向いたまま台を見れば兎鳥の揚げ物の串が、食べ終わった形でお皿の上に置かれている。

ずっと下を向いている私にそんなに照れることないじゃないか可愛いねぇとウェラさんが声をかけてくれるが、仕事である以上こういう態度は失礼なのですみませんと謝った。

またここから離れることもきっとできなくはないのだが、なんだか敵前逃亡しているようで悔しい。

「あの、ええと、……今注ぎますね！」

怪しまれない程度に声を高く上げて開き直った。素知らぬ顔だ、素知らぬ顔。

「やっぱ可愛いっすね。ね、隊長」

ウェラさんが用意してくれた酒樽から杯へと注いでいると、お客である騎士の男性がおつまみを口にしながら窺《うかが》い見てきた。

隊長。嫌な響きである。少なくとも私にとってはこの世で二番目に耳にしたくない言葉だ。

そして一番はもちろん。

「そうかな」

「えー？　隊長が呼んだんじゃないですか～」

隊長とはその隣に座るアルウェス・ロックマンのことである。

何杯飲んだのか知らないが奴の顔は涼しげだ。眼鏡は外さないのかずっとかけている。

以前もかけている姿を見たがこの男、視力が悪いのだろうか。視力を回復する魔法は肉を生成する魔法同様存在しないので、目が悪い人は眼鏡だけが頼りとなる。

まぁ奴の目が良かろうが悪かろうが私にはどうでもいいのだけれども。砂粒ほどにどうでもいい。

それに私を呼んだと言うが、本当にコイツが呼んだのかと疑わしいほど興味無さげな視線を送られる。呼んでほしかったわけではないのだがなんだか釈然としない。微妙に腹が立つ。

「しかしあ～ついっすね～」

亜麻色の髪の騎士はロックマンと違い酔っているのか、顔が赤らんで目元がトロンとしている。

「ねぇ君」

内心苦虫を噛み潰していると、おもむろにロックマンが口を開いた。

「今日だけって聞いたけど、本当に？」

杯に唇を付ける仕草をして、上目遣いに見てくる。

いきなり声をかけてきたのでびっくりするも、それもまた悔しいので平然とした態度でいることを意識する。

「はい、今日だけです。ただの手伝いなので」

「へぇ、手伝いで。お酒は飲めるの？」

「飲めるほうだとは思います」

「そう。でも逆に飲まされないようにね。近頃は女性のほうの警戒心が薄いから、こういうところでは特に気を付けたほうがいい。子どもは特に」

「私はそんな迂闊な人間ではないのでご心配なく」

「そっか。それにしても全然こっち向いてくれないね」

「あはは、恥ずかしくて向けません」

「そう？　恥ずかしがっているようには見えないけど」

「きっと目がお悪いのではないでしょうか。お眼鏡していますし」

「いつもよりよく見えてるんだけどなこれでも」

「度が合ってないのでは？」

「子どもみたいな意地をはるね君」

平然と言ったものの、視線が合わないことを疑問に思ったのかそう言われた。目敏《めざと》い奴め。

そういう時は聞かないのが紳士というものではないのだろうか。社交界の馬鹿だか華だか知らないが、心配りのない男である。このエセ紳士が。

「隊長の好みってこういう子なんですか？」

「なに？」

「饒舌《じょうぜつ》っていうか、ドルモットの店じゃあまり話もしませんし笑わないですし」

隣に座る騎士が顎を手に乗せながら、さっきの眠たげな顔が嘘のように目を見開いてこちらを見ている。

こういう子。それは私を指しているのだろうが、この男性騎士もロックマン同様目が悪いのかもしれない。そこまで話はしていないし、笑ってもいないではないか。

むしろ真顔で怒っているようにも見えるというのに、やはり彼はそうとう酔っている。

「俺もけっこう好みっすよ～この子」

酔っている騎士が手にはめている薄革の手袋を外してこちらに腕を伸ばしてきた。酔っているのは分かるが、その行動の意図が計りかねる。

どう反応すれば良いのか受付の技術をもってしても分からないので、私は手で腕を押し返そうと前のめりになった。

「だからさ」

「え？」

別の腕が横から伸びてきたと同時に、手首を掴まれる。

そして引っ張られたと思えばさらに前のめりになり、カウンターから上半身が飛び出た。

後ろで結っていた髪の毛がその反動でハラリとほどける。

私の手首を掴む、黒い手袋をはめた大きな手。

「子どもがこんな所で働くものじゃないって言ってるんだけど」

ドスの利いた声のほうを向く。

腕の元をたどれば、ロックマンが私の手首を、声とは裏腹な穏やかな表情をしながら掴んでいた。

今、何と言ったか。私のことをまた子どもって言ったのかコイツ。

「私、子どもじゃありませんけど」

お前と同い年だ、馬鹿め。ムッとした私は、しかしそれは言葉に出さず不機嫌な声を出す。

下に見られる発言をされるほど屈辱的なことはない。

「君は子どもだ。腕も手首も白くて細くて、首なんてほら、折れそうなくらいこんなに」

そう静かに口にした部分へ手を伸ばしては、確かめるようにそっと触れられる。体勢的に相手は座っているので飛び出た私が見下ろす形となっているのだが。

顔が近い。私の長い髪が前へと垂れて、その憎たらしいほど艶やかな金色の髪に混じる。

「ちょっ、なななな に」

なんだ、なんなんだこいつ。どういうつもりなんだ。

見境もなく女を口説《くど》く女タラシだと認識はしていたが、口から砂糖の塊でも出す気なのだろうか。

普段からこんな感じで女性達がやられているのなら、皆凄いな。この腕を振り上げて殴り飛ばしたい衝動をどう抑えているのだろう。

ウェラさんならガツンと言ってくれるだろうかと視線を向けて助けを求めるが、ヒュウと口笛を吹かれてうらやましいねと親指を立てられた。ちくしょう、彼女もこいつの見た目に騙されている。

「指も小さくて華奢《きゃしゃ》だし」

こんなところにいたら食べられちゃうよ、と今度は手をとられる。

そして流れるように中指を掴まれたと思えば、そのまま薄く開いた唇へ——。

「やめんかぁああい！」

この破廉恥野郎！　ぶっ飛ばしてやる！

我慢ならなくなった私は、腕をふりほどき背中に手を隠す。

隣に座っていた騎士が目を丸くして私を見てきたが気にしない。度が過ぎた触れ合いは犯罪に値するのだとその身をもって教えてやりたいくらいだ。

「次こんなことしたら訴えてやるから！　この破廉恥バカ炎《ほのお》！」

「ほーう」

「……ハッ！」

かけていた眼鏡をゆっくりと外し、サッとかき上げた前髪から現れた、悪魔のような楽しげな赤い瞳。

「迂闊な人間ではないと言ったけど、君って迂闊だよね」

私には確かに迂闊なところがあるらしい。

「ごめん、この子ちょっと借りていい？」

「いいよいいよ、でも嫌がることはなしだよ」

さっきのウチの子に何してんだ発言は何処へいったのか、ウェラさんは扉のほうへと手を向けてさぁさぁとロックマンと私を外へと促した。

嫌だ、絶対嫌だ。なんでここまできてそんな面倒な展開にならなくてはいけないのだ。何を言われるのか何をされるのかは全く分からないが、馬鹿にされたり嫌味を言われたりそんなことになるくらいならいっそのことここで奴の頭をぶっ飛ばして気絶させたほうが数倍マシである。と私はこの際ベンジャミンには悪いがハッキリ嫌だと断って裏方に徹しようと抵抗を決めた。

が、何がどうしてか誰かの魔法にかかってしまったのか私の口は全く動かなくなってしまったのだった。

これは閉口術だ。開こうとしても上唇と下唇がくっついてしまっていて、モゴモゴと口の中で声がこもるだけ。食べ物を咀嚼《そしゃく》しているかのようにただ口が動く。

こんな術を知らず知らずのうちに私へ仕掛けるのはコイツしかいないと睨んだが、本人はそんなのどこ吹く風で私の背中を、というか首根っこを掴んで店の外へと私を引っ張り出した。

隊長が女の子を連れ出したぞ！　と遠い席のほうからそう言って騒ぐ騎士達の声が聞こえたが、

連れ出されたというより逮捕されたような心持ちである。

ニケとベンジャミンに助けを求めようと二人を見れば笑顔で手を振られたので、見放された、と私は絶望感に打ちひしがれた。

友よ何故笑う。さすがに店内で暴れまわることはしたくないので、大人しく付いて行った私だった。

「それで？」

デラーレの隣の店との境にある薄暗い路地裏。

客引きをする女性の甘ったるい囁《ささや》き。それに応える男性の陽気な声。瓶の割れる音。パチパチと音をたてる今にも壊れそうな店の照明具。ぐらついた外階段を、錆びた鉄の扉でも開けた時のように、ギシギシと音を鳴らしてかけ上がる誰かの足音。道脇に転がる塵ごみ。

ほのかに煙草《たばこ》の香りも漂っていて、その特有の煙たさも感じる。先程まで誰かがここで葉巻でも吸っていたのだろう。

煙草の香りは嫌いではないが好きでもなく、私自身好んで吸うこともないが興味はあるので嫌悪感はなかった。そんな少々物騒な場所で。

「それで、君は転職でもしたのかな」

ハーレの所長は許しているの？　とロックマンからまるで尋問でも受けているかのような状況に、私は眉を顰める。

にこりと笑ってこちらを見てくる奴の顔がいつもの数倍胡散臭《うさんくさ》い。誰が転職などするか馬鹿者が。

じめついた路地裏は、薄黒い霧が辺りを包んでいるように暗い。けれど目が慣れてきたのかぼんやりと相手の輪郭や顔全体が見えてきた。距離も人一人分しか離れていないので、ロックマンの騎士服にある胸の紋章や金具なども見えるようになってくる。

「髪色を変えたくらいで変装したつもり？　バレバレで笑いそうになったよ僕」

「うるさいなっ、声だって変えてるし」

閉口の魔法が解けていたようで思いきり声を出せた。思うように出た声に、さっきまで自由に声が出せなかったせいか一瞬だけ驚くも拳を握って胸を落ち着かせる。

するとその動作が目についたのか、ロックマンは素早く私の両方の手首をとった。まるで野生動物を捕まえる狩人のような動きに咄嗟《とっさ》に顔を見上げると、口を引き結んで目を据《す》わらせながらこちらを見る奴と目が合う。負けじと私もそれに睨み返す。

「ふん。別になにもしやしないってのに」

殴られるとでも思ったのだろうか、それなら喜んで殴ってやろう。

いつまでも離さないのでこの野郎何するんだと腕を振っても、掴まれた手首はびくともせずに革手袋の感触だけが肌にぴとりとくっついていた。

「いい加減放してよ。さっきの店の中でのことといい本気で訴えるからね。こんのベタベタ触りやがって気色の悪い――」

「言葉遣いが荒い」

両手首を掴まれ建物の壁に押し付けられながらも、私はそっぽを向く。

あんた本当に腹立つ！　と髪の毛を逆立てる勢いで叫ぶも「よく立つ腹だね」と耳元で小バカにされて返されたので、今まで何度も口にしてきた言葉だが本当に腹立たしいと地団駄《じだんだ》を踏んだ。

そもそもここで働いている理由をコイツにいちいち話す必要はない。

「というか何であんたがそんなこと気にするわけ？」

眼鏡の奥の細まった瞳に見下ろされながら、不快感を覚えつつも問いかけた。

私の質問に奴は目蓋《まぶた》をピクッと動かしたが、それから数秒目を閉じてから口を開く。

「君こそハーレの職員が、こんなところで働いていると周りに知れたらどうするんだ。よく考えて行動しなよ」

「だから変装してるんじゃない」

「へったくそな変装だね」

「へったくそ!?」

「その程度じゃ学校の試験にも落ちる。それに本来なら僕もこんなことで君に声はかけない。けれど近々王国からハーレ魔導所へ……詳しくは言えないが魔物関連での防衛要請を出す予定になっているから。あまり問題を起こさないでほしいんでね」

片目を瞑り、ため息をつかれる。

「は？」

試験に落ちるは一言余計だと反論しそうになったが、ハーレに防衛要請とはどういうことだろうか。初耳である。

話を聞く限りロックマンはハーレ所属の私へ、ここで働いているということによってハーレの悪い印象を外部へ与えないようにと声をかけたということだろうか。

けれどそんな話は初めて聞いたし、所長もここで働くことは了承してくれたので実に疑わしい。

私は眉を歪めて訝《いぶか》しげな視線を送った。

「なに防衛って。一体何を守るための要請なのよ」

「それはハーレの所長に聞くといい」

「ここまで引っ張り出しておいてよく言う」

道行く人達は路地に目を向けることなく過ぎ去って行く。

薄暗いし、ここに人がいることさえ誰も気づいていない。

路地裏なんておっかない人間か酔いどれ野郎か犯罪者がうろついている雰囲気しかないし、それはあくまで私の想像で偏見にすぎないのだが、このままこの男の股間《こかん》を蹴り飛ばして逃亡するのも一つの手かもしれない。

けれど、やはり、と思い直す。

今日は友人のためにここへ来ているので、また言い合いを繰り返すのも時間を無駄にするようなものだ。

「ええと、働いてる理由だっけ？」

口をへの字に曲げて嫌々事情を語ることにする。

けれどその前に、肩の袖がまたはだけ落ちそうになっていたので直そうとすれば、それより早くロックマンが手を出してきて襟元を直された。「まったくみっともない」と直しながら自分でも分かりきっていることを唾を吐き捨てるように言われたので、当然感謝など皆無である。大きなお世話だ。

「一言余計だっていうの！　とにかく、私がここで働いてるのはサタナースが、ベンジャミンとは別の女の人と、最近ここに飲みに来てるっていうから。それをちょっと」

「ああ、そのこと」

「うん、そのこ、……そのことって⁉　あんた知ってんの⁉」

奴を二度見する。私やニケがベンジャミンのため奮闘していたというのに、それをこの男は嘲笑《あざわら》うかのように『ああそのこと』などと言いやがる。

「それよりまた君はそんな偵察まがいなことをしているの？　懲りない女だな」

「舞踏会のこと口にしないでくれない？　忘れたいんだからねこっちは」

もう二度と金色の蝶の君とか呼ばれたくない。

青ざめた顔で自分の両腕を抱きしめた私にロックマンは鼻でフッと笑うと、サタナースのことだけどと話を始めたので鼻で笑われたことは見逃すことにした。

「ウォールヘルヌスに出るらしい」

「サタナースが？」

「ハーレの掲示板でも破魔士同士で仲間を集めているだろう。それを見て参加を決めたって言ってたよ。仲間には女性もいて、最近は仲間集めのために飲みに出かけたりしているとか」

建物の壁にもたれて腕を組むロックマンは、胸のポケットから一本の茶色い葉巻を取り出すと、指先から火を出してそれに着けた。

邪魔たらしい横髪を耳にかけ眩しい火の明かりに目を細めながら葉巻を吸えば、顔を天へ向け、今度は口からフゥと白い煙を出してひと息つく。

初めて吸っている所を見た。驚きとは違うが、葉巻などは父親やそこそこお歳を召した人間、っまり大人が吸うものだと認識していたので、こいつでも吸うんだなと変に感心した。

同時に奴と同い年である私も、そういえば大人なんだったな、そういう歳になったのかと自分の年齢を再認識する。

葉巻の白い煙を魔法で操っているのか、動物の形に変えたりなどしては空へと飛ばして遊んでいる。

こちらは真剣に聞いているというのにまったく緊張感の欠片もない奴である。

「ベンジャミン抜きで?」

しかしそれならそうとサタナースも正直に言えばいいものを。

男女の間柄では、話し合いは口付けよりも大事なことであると母が昔言っていた。言葉足らずが何よりも駄目なのらしく、何故なのかと聞いたら『言葉足らずの奴が口付けしたら、そのまま言葉を全部飲み込んじゃうのよ。言わせたいなら簡単に口付けさせちゃいけないんだから。ナナリーも大きくなったら気をつけなさいね』なんてことを言っていた。

母の恋愛遍歴は知らないが、ことそういう類いの話題に関しては言葉が尽きない。

「フェルティーナに言ってないことは聞いていたけど、サタナースにも考えがあるんだろう。けして彼女が心配するようなことにはなっていないと思うよ。意外と一途だしね。どこかの馬鹿氷みたいな図太い神経をもつ女性には分からないことだろうけど」

「ハッキリお前だって言ったらどうなの」

一言余計な、いや二言余計なうえに嫌味たらしい奴だ。

それにしてもサタナースがあの大会に出ようとしていたとは。しかもロックマンの話によればキャンベルが見たサタナースと一緒にいた女性というのはその仲間内の人であるという可能性が高い。

「それにもう飲みには来ないと思うよ」

「なんで?」

「キャンベルがここで働いてるだろう? この前それにやっと気がついたみたいだよ。そういうことに関してはよく勘が働くから、もう違う所に行ってるんじゃないかな」

「はあ?」

そういうことに関してとは、キャンベルからベンジャミンに情報が流れてしまいバレる可能性があることを察知してということだろうか。

なんにしても要領の良い奴である。何だかんだ魔法学校でも自分は頭が悪いと自虐しているくせに、のらりくらりと重要な試験も突破し、破魔士の職にも難なくつき、階級もいつの間にかイーバルからクェーツになっているだけのことはあるものだ。

それと今回のことを結び付けるのは些《いささ》か違う気もするが、とにかくアイツはまるで風のようにスルスルと障害を避けていく。

魔法型が風だけに風の魔法使いはそういう性質なのかとふと思うが、それは偏見だろうと首を振る。あれはアイツの性格だろう。とにかく店の中へ戻ったらいち早く彼女へ伝えなくては。

「そういえばウォールヘルヌスの開催、なんで反対なの?」

「君聞いてたの?」

「聞こえてきただけ」

「ふーん」

蔑《さげす》んだ瞳で見られる。身長差により眼鏡の縁の下からジロリと見下ろされている形なだけに威圧感が半端ない。だが怖くもないし、盗み聞きをしていたわけでもない。たまたま、耳に入ってきたので気になっただけだ。

ウォールヘルヌスと言えばデラーレの店内にも貼り紙がしてあったように、国中、大陸中がお祭り騒ぎになる大会だというのに。

それなのにこの男はまるでくだらない茶番劇だとでも言うようにウォールヘルヌスの開催に反対する発言をしていた。何事にも執着せず色々な意味で寛容そうな奴の言葉にしては、珍しく感情的になっていた節がある。そこまでこいつに言わせる問題が、ウォールヘルヌス関係で何かあるのかと疑問に思った。

何か問題でも？　と腰に手を当てて首を横に倒せば、地獄耳だなと小さく悪態をつかれる。いやお前が言うな。

私はこいつが黒髪になったり声が変わってしまっていたらそんなに関わらない限りは気づかない自信があるというのに、私の正体を一発で見抜いたその目も地獄耳ならぬ地獄眼だと言えよう。

開催への反対について今度はこっちから問い詰める形になると、ロックマンは視線を横に流したあと小さく下唇を噛んで再び私を見た。

「オルキニス女王が、何を集めていたのかは知っているよね」

会話が誰かに聞かれないようになのか、奴は人差し指を上に向けてクルクルと回すと、私達二人の周りに防音の膜を張り出す。

あのロックマン流血瀕死《ひんし》身代わり事件の実質犯人であるオルキニス女王の名前を出したということは、けっこう機密的な話なのだろう。

それとウォールヘルヌスに何の関係があるのかは与《あずか》り知らないところだが。

「うん。一応」

確か氷型の乙女の血だった。目的は聞かされることなく、私は分からず仕舞いだったが。

「今ヴェスタヌで身柄を拘束されている、そのオルキニス女王の元側近が、最近妙なことを話していてね」

「妙?」

「氷の血を集めれば命を再生できる。女王はそう悪魔にそそのかされたのだと」

悪魔?

不思議そうな顔をすれば、悪魔はつまり魔物のことを指しているのだと言われる。

魔物に、そそのかされた?

「魔物が言葉を話すの?」

「さぁ。でも僕達が見た……君もいたよね? あの時。ドーラン王の住むシュゼルク城で見た魔物は、少なくとも人間と意思疎通を図れるモノだ」

シュゼルク城で見た魔物。シュテーダルがどうのこうのと意味深な言葉を残して消えた、あの得体のしれない魔物のようなよく分からない物体。

もしかするとそれが、オルキニス女王に取り憑いていたと、側近の言っていた魔物かもしれないのだと奴は話す。

「女王が氷の血だけを集めようとしていた理由だけど」

「何だったの？」

「『幼い頃より愛していた少女を甦《よみが》えらせるため』というのが、オルキニス女王の言い分だったんだ」


『このうえないほど愛しく想っていたのだ、毎夜夢に見るほど、ひとつになってしまいたいほどこの胸に』


「結局甦らせられることもなく、彼女は息絶える時までそう言っていた。だからその理由に嘘はないと思うんだけどね」

その時のことを思い出しているのか、視線が上を向いている。

また女王のその言葉の経緯は定かではなく、ロックマンもその少女が何者なのか、女王との関係についてを私に話そうとはしなかった。

「集められた血はごくわずかにしか残っていなく、ほぼ行方は知れない。だとすればなぜ悪魔と呼ばれるその魔物は、女王の弱味につけこみ、生き返るなんていう戯言《たわごと》を信じさせ、魔法使いの血を集めていたのか。これは魔物が女王をそうそそのかしたという前提で考えて」

「氷だけの血を？　それとも他の型の血も順番に集めているとか？」

「それが分からないまま大会が開かれようとしているんだから困りものだよ。六つの型の魔法使い達が大陸中から集まるんだからね」

何が起きても大丈夫だと言い切れるほど、こちら側にはその魔物の正体についての情報は少ない。そんな中このドーランで大会が開かれるというのだから、国を護《まも》る、王を護る身としてはウォールヘルヌスの開催を快くは思っていないのだ、とロックマンは葉巻を最後まで吸うと地面へ放り投げた。

「それともう一つ」

手をはたく動作をするロックマンは、目の前に立つ私を見下ろすとさらに一歩踏み出し近づく。

思いがけず聞けた騎士団側の事情に、これは私が聞いても良い話なのかと内心戸惑っていたせいで、拳《こぶし》一つ分の距離に奴がいる状況にまったく嫌悪感を抱くことなく、次は何を言い出すのだろうかと相手の目を見てただ待った。

ロックマンは首を横にゆっくりと傾けながら、私の瞳を見つめ返してくる。

「君って――」

「わっ、押すな馬鹿野郎！」

「お前らもうちょい下がれ！　あああ！」

デラーレの店先から聞こえてきた声に、二人してバッと顔を向ける。

するとそこには、ロックマンの隣に座っていた騎士と、奥のほうで飲んでいた騎士の男達が雪崩《なだれ》を起こしながらこちらを見ていた。

いくつもの目と目が合う。

やぁ、と騎士の一人が苦笑いで私に手を振った。私もつい反射的に手を振る。

と思えば次の瞬間には、男達の頭が火に包まれていった。

「はげる！　はげるぅ！」

「やめて隊長！」

私も髪を燃やされている時はあんな感じなのか。

叫び転がる騎士達を眺めつつ、じろ、と私はロックマンを見る。

「そんな目で見ないでくれないかな。あれは本当の火じゃないから大丈夫だよ」

部下の教育は骨が折れる。そんな鼻につく発言を聞いたのち、騎士達はロックマンに平謝りをし、奴を含め皆デラーレの店の中へと戻っていった。

一人路地に残された私は思う。

「結局なんだったの」

ロックマンから聞いた話を頭の中でグルグル回しながら、私も店の中へと戻ったのだった。


「なにそれ！　私聞いてないわよ！」

ベンジャミンが真っ赤な顔で私に詰め寄ってきた。フンフンとものすごく鼻息が荒い。

「ろ、ロックマンが言うに、サタナースにも言えない事情があるんじゃないか、って、ベンジャミン、べ、ちょっやめ」

「でも良かったじゃない。あの隊長がそう言うんだから、サタナースが言い出すまで待ってみたら？」

ニケが揚げ菓子をつまみながら頬杖をつく。

可愛らしいレースの窓掛けや桃色のふかふかの枕、小さなお月様の間接照明に子馬の蝋燭《ろうそく》立て。

キャンベル作の真っ白な寝巻き。

店に戻り無事営業を終えたのち、キャンベルの部屋に泊まらせてもらうことになっていた私達は、四つ並べられた寝台の上にそれぞれ転がって話をしていた。

「ロックマンとベタベタくっついて路地裏で話してたと思えばそぉんな話をしてたなんてええええ！」

「言い方！」

結局ロックマンの言う通りサタナースが店に現れることはなく、ベンジャミンの落ち込みようが半端なかったためよかれと思い部屋について早々に奴から聞かされた話をすれば、彼女は絶叫とともに私の肩を鷲掴みして前後に振ってきた。

ううぎもぢわるい。

実はロックマンが去り際に『フェルティーナにはサタナースのことを伝えておいてあげて。丁《ちょう》度《ど》良い機会を窺うのは分かるが、サタナースにはまず彼女の不安を除く義務がある』なんて閉店間際になり裏へ行こうとする私の腕をいちいち引っ張ってまでそう言ってきていたのだ。サタナースが話さないのなら無闇やたらと話すべきではないと反論したが、ここに来てやはり奴の言い分にも一理あるかと思ってしまった私がアホウだった。

さっさと部下達を引き連れて帰ればいいものを、今度はカウンター席ではなく騎士団長も交えた奥の席に座り閉店ギリギリまでいたので文句も言えず、胃がキリキリとする思いで接客をしていたというのに。帰り際に騎士の人達からジロジロ見られて居心地が悪いったらありゃしなかった。

サタナースがベンジャミンに本当のことを言わない理由は知ったところではないが、私が話してしまったことによって二人の仲が拗れてしまうのだけは避けたい。

とりあえずベンジャミンが心配しているようなことは無いみたいだと伝えたかったのに、けれど言えば言うほどベンジャミンの熱は上がっていく。

「そんな大きな大会に出るなら私も一緒に出たいもん！　なぁんで他の女と出るのよぉおおお！」

「ぐほっ」

死ぬ。

「こらこらナナリーの肩から手を離してあげて」

ベンジャミンが分身して見えるほどまでに揺らされていれば、キャンベルが私の肩を掴んでいる手を押さえて揺れを止めてくれた。目がグルグルと回り吐きそうである。

恋する、いや愛する男の所業を聞かされた彼女の心の傷に比べたらへでもないし、つい話してしまった私も悪いのでおあいこだ。友人二人からたしなめられたのちベンジャミンは落ち着きを取り戻すも、悶々とした気持ちはやはり消えないのか眉間にしわを寄せながらだんまりになってしまっていた。

「私が話したばっかりに」

神様王様お母様。私はなんて浅はかな女だったのでしょう。

今の惨状を作り出した張本人、つまりベンジャミンにサタナースのことをチクった私は、友人達に向かってごめんと頭を垂れた。

深く深く反省をしている。人の色恋沙汰に軽々しく口を突っ込むものではないと重々と身をもって知った。

「いいのよあれで。じゃなきゃ私達いつまでたってもサタナースのせいで振り回されっぱなしよ。ほらベンジャミンもメソメソしない！　これはもう直接話せってことなの！」

ニケはそうは思わないのか、むしろこれで良かったのだと場を収める。艶やかなブロンドの髪を一つに纏めている仕草を見て、こんな時だがこの友人のこういうサッパリした所が私達友人間の良い潤滑剤になっているのかもしれないとしみじみとありがたみを感じる。

「ああもう私行ってくる！」

「え？」

一方、気配りのない余計なことを友人から聞かされたベンジャミンはというと、前を見据えて勢いよく寝台から立ち上がり。両手に拳を作ると荒々しく息を吸い始めた。

どこへ行くつもりだと聞き返した私に彼女はもちろんナル君のところに決まってるじゃないと鼻息を荒くして興奮ぎみに答える。

ニケが直接話せと言ってからわずか十秒。

深夜の今行くつもりなのか、少し冷静になれとニケに言われるものの、ベンジャミンはブンブンと首を横に振った。

おいおいまてまて私が悪かったさっきの話はあくまで人づてだから思い直してくれと、思い立ったら吉日という勢いの彼女を私達は様々な理由を駆使して留まらせようとするも、一向に首を縦に振らない。

とても強情な友人だ。そのとても強情な友人をさらに強情にした私にはもう手も足も出ない。

桃色の枕をぎゅっと腕の中で抱き締める。

「ナル君が何を考えているのか知らないけど、仮にも仕事仲間、ううん、仕事の相棒である私が、仕事へ一緒に行けない『理由』を聞かなくっちゃ」

「でも今じゃなくても」

「ナナリーなら分かってくれるでしょう？　これは仕事上の問題なのよ、仕事仲間に無断で仕事を休まれているのと同じだわ！」

その例えがはたして的を射ているのかということは別にして、ベンジャミンにとってはそういう捉《とら》え方になっているのだろう。一人でやる分には通常より報酬が減ることなく丸々貰えて良さそうなものの、彼女にとってその辺はどうでもよいのだということが窺える。

「それに私、やらないで後悔するより、やって後悔したほうが良い派なんだから！」

ベンジャミンは急いで身仕度を整えると、意気揚々と部屋の窓を開けてそこへその綺麗なおみ足を掛けた。

何をするつもりだと私が心配して駆け寄ると、くるりと首だけを後ろに向けてこちらを見る。

「話してくれてありがとナナリー、じゃあね！」

口をポカーンと開けている私達に向かい歯を見せながら笑うと、ベンジャミンは使い魔を召喚して夜空へと羽ばたいて行った。

「粋ね」

キャンベルが呟いた。

そしてそれから数時間後、ベンジャミンは「ナル君に白状させて無事に仲間に加わりました」と飛んで帰ってきたのだった。

「夜間勤務ですか？」

今日は破魔士が多い。皆仕事を探しに受付の列にならんでいる。週の中頃を過ぎたせいでもあるが、外も涼しく快晴で仕事日和な今日はやる気も上がっているのだろう。

父もまた私の顔を見に朝一でハーレへと来ていたし、私からしてみれば恥ずかしいからいちいち来ないでほしいというのが本音だが、親の元気な姿を見られたのが嬉しかったのも事実で、たまには私が受付で父の相手をするのも良いかななんて思ったり思わなかったり。

そんなことを呑気に考えていた時。

「ええ、そろそろやってもらおうと思って。ちょっとずつまた業務を覚えてもらうわね」

同じ頃に出勤した所長に後ろから肩を叩かれて、所長室へと呼ばれた私が昼過ぎに彼女の部屋を訪れれば、言い渡されたのは初の夜間の仕事だった。

渡された夜間勤務についての業務内容が書かれた資料を、私はわなわなと肩を震えさせながら見つめる。

「い、いいんですかっ」

目玉が飛び出るのではないかというほど瞼を開けて、椅子の背もたれに身体を預けてお茶をのほほんと啜《すす》る所長へと私は食い気味に聞いた。一昨日ロックマンから聞かされた国からの防衛要請の話についてもついでに聞こうとしていたが、それどころではない。

夜間勤務と言えば少人数で所長やアルケスさんのいないハーレの夜を任される、いわば受付の仕事上最も信頼を必要とされる職務内容である。二年目に突入したとはいえまだ一年ちょっとしかここにいないわけなのだが、半年で破魔士の受付に座らせてもらえただけでなく、夜間にまで進出させてもらえるとはこれ如何《いか》に。まだ自分自身早い気もするだけにとんでもなく戸惑っていると、所長が心配そうな顔でナナリー？　と声をかけてくる。

「まだ不安かしら？」

「いいえ！」

不安は多少あれど、所長がやってもよいと言うならば、私には拒否する理由もない。

「ああそうだわ、それともう一つ頼まれてくれる？」

「なんでしょうか？」

夜間と一緒の時期で申し訳ないんだけど、とすまなそうに断りを入れられる。

「ウォールヘルヌスの会場受付についてもらいたいと思っていて」

「ウォールヘルヌスの受付？」

と言われたような、いや聞き間違いではないだろうが、ウォールヘルヌスの受付とは……。

目が文字通り点になっていると、それを見た所長がアハハと可笑しそうに笑って次にゴホンと咳をする。

「王国から正式に申し入れがあったのよ。うちから三人。誰に行ってもらおうかと思ってたんだけど、それぞれ魔法型が被らないほうが良いって言われたから、氷型ならナナリーで行かせようかと思って」

なんだそれは。

夜間勤務の話でもびっくりしたというのに、次から次へと新しいことがありすぎて、仕事を貰えるのは嬉しいしあるにこしたことはないけれど、どう収拾をつければよいのか。

「その業務は、その、内容としてはどんなものに」

「そうねぇ。うちの受付より魔法を使った作業が多いかもしれないわね。まぁでも、やることはたくさんあるわよ～？」

とりあえずどんなことをすればいいのかと具体的なことを聞き出そうとするも、それはそれで説明をすると長くなるからまた後日それについての資料を渡す、と言われて所長室から出される。

パタリと閉まった扉を見上げる。頭に入れることがいっぱいだ。

夜間勤務の資料を両手で握りしめながら所長室の扉を見つめて、私は廊下を歩いていった。

「どうしたの？　そんなに難しい顔して」

休憩中、所長から頂いた資料に目を通していると、ハリス姉さんがお昼ご飯をもって私の前の席に座る。

彼女の今日のご飯を見るに野菜が大半をしめているのが窺えるが、最近太ったかもしれないと時折こぼしていたのを聞いていたので、減量でも考えての食事なのだろうかと目を瞬かせる。そんなに気にしなくても太っていないのに、太っていない人ほど体重を気にするから不思議なものだ。いや、太らないように気を付けているから太っていないのであって体型に敏感になっているだけなのかもしれない。なんて目の前で野菜を頬張り出したハリス姉さんを見て、私は資料の上に上品たらしく手を置いた。

「それ何？」

「夜間の業務一覧です」

「ほぉ～！」

私達が住んでいる寮の寮母さんが驚いた時に発する口癖を真似しながら、姉さんは大口を開けてニッコリと笑った。

いやはやとても似ている。

「これからは夜の女になるってことね」

「言い方あれですけどそうならせていただくことになりまして」

いつからだとかはまだ具体的には聞かされていないが、資料もいただいたことなのでそう遠くないうちにやることになるだろう。

「そうだ、今日の会議で誰が出るか決まるらしいわよ」

決まるとは、この前の会議で議題に出たウォールヘルヌスに出て認知度を上げようというやつのだろうか。誰がどう選出されるのか立候補制なのかはたまた推薦制なのかは知らないが、その会議で決めるというのだからそこで確実に決めるのだろう。誰が出ることになるのか少し楽しみである。

私はもう受付という役割を与えられているので（おそらくたぶん）名前が出ないことは確かである。所長やアルケスさんが揃って出られれば確実に良い所まで、もしくは優勝なんて文字が浮かび上がるが、二人が同時にこの魔導所から居なくなることはまずないと思うのでそれは期待するだけ無駄だろう。

「やっぱりアルケスさんが駆り出されてるのね」

「想像通りじゃないの」

就業後の会議で書記という位置につかされていた私は（なんでも二年目の人間の仕事らしい）、今は資料室をハーレのお偉いさん方が使っているということなので、中庭の休憩所にて用紙へと今日の会議内容をまとめていた。休憩所では私の他にも会議に出席していた職員達が、休日の出勤ってもうこれ休日じゃなくね？　など会議後に暇を持て余してなのか椅子の上で愚痴《ぐち》をこぼしながら寝ていたり、設置されている簡易な寝具で横になっていたりしている。

「ケルンに、ゾゾにモルディナ？　何よほんとに皆の予想通りじゃない～」

私が黙々と作業をしていると、テーブルに女性陣が集まってくる。彼女達は今日の会議に出た人達ではなく夜間勤務の人達で、夜間の人間が軽くお休みをとるこのちょっとした休憩時間と被っていたようだった。

また仮眠のための休憩時間などは真夜中に取るため、この時間にご飯などを食べてしまう人が多い。ハーレのお姉様方は白い制服をはためかせながら椅子に座り込み、私の書いている物を覗き込んでは話に花を咲かせていた。

「ナナリーは受付につくって聞いてたから除外だし、氷の型でやり手って言ったらディーンとかそこらへんになるしね」

大会に出場する人間は、アルケスさんやゾゾさんを含めた北のハーレから三人、南のハーレから一人、西のハーレからは二人が選ばれている。同じ氷型の女性で先輩にあたるディーンさんは南のハーレに所属している人で、以前そっちの魔導所へ行った時に話したことがあった。気さくでお話好きな人で、結婚もしており子どもも一人娘がいるという働くお母さんだ。寮ではなく町の一軒家に住んでいるので話す機会はあまりないのだが、外仕事もてきぱきとこなしていたディーンさんを思い出すと納得の人選だなと、決まった六人の名前を用紙に記入しながら思う。

「ナナリー、明後日に当日の仕事内容について城で説明があるらしいから、それも一緒に行こっか」

私と共にウォールヘルヌスで受付を任されているピジェット先輩がそう声をかけてくれる。

「え？　説明会みたいなのがあるんですか？」

「言い忘れていたから伝えておいてって、所長から」

お城で説明会。確かに当日になってから説明されるより、あらかじめどんな仕事でどんな段取りなのか運営のほうから直接教えてもらったほうがいい。

手引のようなものは所長からこの前貰ったものがある。中身は半分以上が開催予定地の空に作る大会の会場の設計図、どのあたりに何があるのか、参加国一覧、などの概要で、これでどう当日に臨んで行けばよいのか謎だったので、説明があるのなら非常にありがたい。

会場の運営と指揮は城の人間がやる決まりになっており、建築・設計士の手配から何から何まで王も交えた話し合いになるそうで、王国全体で盛り上げていく形となっている。その一部に私達ハーレの人間も関わっていくということなので、任されたからには全力で取り組んでいきたい。

「久しぶりに見たけど、やっぱ大きいわ～」

今、私とピジェット先輩が来ているのはドーランの城だ。今日はウォールヘルヌスでの受付担当として説明会へ出席するため、王の島に来ている。

わーいと気分高めに両手を上げる先輩を見て、私もそれを見上げた。

案内状を門番に見せて城の敷地内に入れば、来ることを分かっていたように中へ誘導してくれる人がいて、私達は言われるままに付いていく。

さすがお城仕立ての案内状というか、いちいち高級そうな紙を使っている。貧乏性な私はこれで一軒家くらいは買えるんじゃなかろうかと手に持つそれをじろじろ眺めた。

お城に入るのは人生で三回目だった。多いのか少ないのか、一般的に考えてみればまぁまぁ多いほうだろう。

緑にあふれた庭園をぬけて、城の中門を通り過ぎ、本格的に建物の中へと入っていく。一緒に来たピジェット先輩が目を輝かせているのが横目でも分かった。

「一回は入ってみたかったの」

「とても綺麗ですよね」

女の子が憧れる、お姫様が住むようなお城。だれでも一度は訪れてみたいドーランの名所第一位に毎年選ばれているのは伊達じゃない（流行誌調べ）。

しかしいつ見ても立派で美しいお城だけれども、私もこんなキラキラした瞳で見られたら良かったのに、前の二回で嫌でも目が肥えてしまったのか、また来てしまったという感覚になってきてしまっていた。

貴族でもないくせにこんな残念で贅沢な思考になってしまったのは、全てアイツのせいだろうと下唇を噛んで目を据わらせる。大袈裟《おおげさ》に言えば人生を狂わされたも同然である。大袈裟に言えば、だ。

会議という名の説明会が行われる部屋に通され中に入ると、そこには既に何人か席に着いて、もらっていた資料を黙々と読んでいた。シーンとした空間が学校の図書室の空気と似ていて、喋ってはいけない音を立ててはいけないというあの緊張感が私を襲う。

それにしてもどこへ座ったらよいものか。隣にいた先輩に小声で話しかけてみる。

「どこ座ればいいんですかね」

「あそこかも。名前がちゃんと書いてあるみたい」

先輩は名前の札が置いてある席までスタスタと歩き出した。

私達が席に着くとそのあとも続々と人が部屋へと入ってきて、まもなくほぼ全ての席が埋まった。

受付は計六人だと聞いていたけど、見る限り三十人はいるので受付の説明だけではないのだろう。

他にも伝達係とか案内係とか保健係とか役割のある人が集まっているのかもしれない。

みなさんお集まりですね、と今日の説明会の代表者みたいな人が最後に部屋へ入ってくる。眼鏡をかけた知的な男性だ。騎士の衣装を着ているので騎士団に所属している人なのだろう。

「まずは一人一人自己紹介をしてください」

眼鏡の人が真ん中の席に着くと、全員を見渡して一言そう言った。

言われた通り一番端から順番に立ち上がって皆が自己紹介をしていくが、どうやら城の外から来た人間は私と先輩だけのようで、『大臣』『騎士』『宮廷薬剤師』など城で働く人がほとんどだった。

完璧外野の私達は少々萎縮《いしゅく》したものの、自己紹介をすると温かな笑顔を向けてくれたのでとりあえずホッとした。優しそうな人達で良かった。

浮遊魔法で私達の前に数枚の用紙が配られる。

「意見がある者はその場で速やかに述べるように」

自己紹介も終わった頃、眼鏡の人がそう言うと、それからはまるで辞書がペラペラと喋っているような説明が始まった。

「大会は五日間行われます。初日は式典のみになり、そこで戦う組み合わせを発表いたします。術式にて決めますので、私達が決めるということはありません。二日目と三日目は競技場で対戦となります。四日目は決勝戦のため、場所を空の対戦場へと移し試合を行います。観客の移動はありません。下の競技場からの観戦となります。今回はわがドーラン王国魔法開発研究所にて開発された、同時映写という魔具を使います。遠い場所にあるものを、対象物を追うような形でこちらに念写に似た原理で映すというものです。これからはこの念写を映像という言葉に変えて説明をしていきますので、よろしくお願いします」

というか資料に書いてあることを話しているだけなので、資料が喋っているような感じである。一言一句躓《つまず》くことなく、無駄なところは一切ないという感じだ。

そのあともずっとこのような調子で話が続き、その場で意見を述べるように言われたものの、誰一人口をはさめないでいる。そもそも疑問を挟む余地などないくらいに説明をされているので、意見のしようもないのだが。

でも話が妙に長く感じるのは、資料にあることだけを話しているとはいえ、説明内容が膨大だからだろう。

要点をまとめれば、受付である私達の仕事は、

・お金をもらって観戦券を渡すか、券をもらって中に入れる
・無断で入ろうとする人間がいれば捕まえる
・参加者の署名に立ち会う
・誰に何を聞かれても良いように、各施設の場所の把握や人物の名を一通り覚えておく

この四点を頭に入れておけばいいような感じの内容だった。

書きとめを持って行ってはいけないなんて言われていないので、心配ならこの説明会で聞いたことを書きとめた紙を当日持参していけばいい。

と、横で難し気な顔をして覚えられるかしらと不安を漏らす先輩に提案をしてみた。確かに、なんて手をポンと叩いた先輩は納得のいった様子で用紙に書き記している。

「ヤックリンはこんな日に風邪なんて、当日も大丈夫かしら」

ハーレから三人と言ったが、私と先輩、あと一人は南のハーレで働いているヤックリンさんが選定されていた。本日はあいにく風邪ということでこの場には来ていない。三人というから先輩以外は誰なのだろうと思っていたものの、まだ決まっていないということで所長に聞いたのは一度きり。そしてヤックリンさんが受付だと知ったのはつい昨日のことなので、話す暇もなかった。

先輩はヤックリンさんと度々話しているようで、この前も風邪で倒れていたと笑っていた。ほんとうに仲が良いらしい。

そしてあれだけ構えていた説明会もあっという間に終わり、眼鏡の人に部屋から退出するように促される。

「せっかちっぽくない？」

「先輩、しーですよ」

終了予定時間ピッタリなのでせっかちというよりも時間を重視しているというか、まぁきっちりしているというか。ハーレの会議とは違い、時間外まで話し合うなんてことがなかったので余計そう感じたのだろう。でも無駄な話も一切なく、分からないところは分かるまで説明をしてくれていたので、まったく不満はない。——何様だ私。

島の下へ帰るのは私達だけだったのか、ここまで案内してくれた白い騎士に声をかけられたのは私達のみで、また城の外へ案内すると言われた。そりゃそうだろう。他の皆は城勤めだ。

「肩の荷がちょっと下りたってかんじ。まさか大臣と同席するなんて」

「運営は城の人間が行いますしね」

「私達いらないんじゃない？　って途中から思っちゃったわよ～」

「確かに騎士の人もたくさんいますし、今更ですけど何でなんですかね」

「ねー。ん？」

門のほうへ向かうため中庭の横の通路を歩いていると、何やら賑やかな声が聞こえたので先輩とそっちに目を向けた。

貴族らしき男女が数人いる。

「なにかしら」

目を向けながらも止まることはせずゆっくり歩く。

見ればあの集団（というほどの人数ではないが）は貴族の集まりのようで、おくるみに包まれた赤子を抱っこしている黄色の淡いドレスを着たご婦人と、それを囲むように男性が数人、女性も数人が和やかに話しているのが見て取れた。

そしてなぜかその中には三人ほど顔を知っている人間がいた。

とりあえずわき目もふらず歩みを速く――

「あら？　あららららら～？」

素《す》っ頓狂《とんきょう》な声をあげる赤いドレスの令嬢が、その賑やかな輪から外れてこちらまで歩み寄ってきた。

私は先輩の呼び止める声も聞かずに早足を続ける。捕まってなるものか。案内してくれていた騎士にも先に行かないでくれと呼び止められる。

城の中では走るまいと躍起になるが、相手はこの城に来ることも歩くことも、とびきり優雅に早歩きをするのも私より何倍もなれている。

門を手前にしてようやく出られると思った矢先、ふっと背中にそよ風とは全く違う風が吹いた。

背中に他人の体温を感じる。

「ねぇあなた、礼儀をご存じなくて？」

肩に乗った華奢な指先が私の頬を突っついた。後ろを振り向けばニッコリ顔の美人がそこにいる。

マリス・キャロマインズ。彼女は私の元学友であり、今でも連絡を取る数少ない友人の一人だ。

貴族のお嬢様だが、学生生活を共にしていくうちに仲良くなり、手紙も一週間に一度は届く。今はお城にミスリナ王女のお世話係としてあがっていて、たいへん光栄なことだと以前会った時は嬉しそうに話していた。

そんなマリスだが、確かに城に来ているとは聞いていたものの、こんな形で再会するとは思ってもいなかった。

「こちらはわたくしの友人ナナリー・ヘル。リーナ様、わたくしがいつも話していた子です」

「マリスから聞いていた通り、とてもかわいらしくて美人な方ね」

金髪の長い髪を惜し気もなく背中へ流し、陽に照らされた真白い肌は宝石のようにキラキラと輝いて（比喩ではなく本当にキラキラしている）、青い瞳は優しげに伏せられており、赤子をよしよしとあやしながら私へ向ける笑顔は、まるでそう、女神様。

マリスに手を掴まれたまま、リーナ様と呼ばれた赤子を抱いた大層な美人に美人と言われた私は、頭を下げて頬を赤らめることしかできなかった。そんなことはない貴女のほうが何倍も綺麗ですと初対面で容姿のことを軽々しく口にして良いのか、それに否定するのも失礼ではないのかとグルグル脳内で考えを巡らせていた結果である。

マリスの早足に負けた私は彼女にズルズルと引っ張られて、さっきの集団がいた場所とはまた違うところへ連れられ、久々の再会を喜ぶマリスの久々の恋バナを聞かされていたのだけれど（もちろん奴の話だ）、このご婦人がマリスの友人が気になってしまったとこちらに来てしまい今の状況に至っていた。

ちなみに先輩は私を見捨てて一足先に帰った。

「ごめんなさいね。友人がいたからと珍しくマリスが駆けて行ったものだから、どんな方かと気になってしまったの」

眠る赤子を腕の中であやしながら、横にいるお世話係のような人が腕がお疲れでしょうと抱っこを替わろうとするも、いいえ抱いているわ可愛いもの、とそっぽを向いて笑顔を見せるリーナ様という人は、いったい誰なのかと考えた。

『アルウェス様のお母様、ノルウェラ様に』

『リーナのことかい？』

あれ、もしかして。

「母上、ずっと抱かれていては大変です」

するとリーナ様を母上、と呼び彼女の背中に手を回した人物を私は凝視する。

その前に一つ問題がある。

今三人で話しているように思われるだろうが、あと二人私の知り合いがこの場に居るのだ。

そして正確にはその二人は今の今ここに来たのだが、なぜかそのご婦人を母上と呼ぶアイツ、奴、性格破綻者、男尊女卑、スケコマシ、そう――あのロックマンが貴族らしい格好をしてここに来ていた。今日もいつかのように眼鏡をかけている。

え、ちょっと待ってだれがだれの母上だって？　え？

若いじゃん、違うじゃん、お姉さんとかのまちがいじゃないのあんた母親って言った？

ここでロックマンに出会ったことよりも母と呼ばれたリーナ様のほうに意識をとられてしまい、もはや頭の中はそれ一色である。

確かに私よりマリスより年上に見えたが、赤ちゃんを抱っこしていたからそう見えるのかなと思うぐらい綺麗で年も離れて見えないいし、それにロックマンには兄も一人いて確か弟もいたはずで、それでそれで……四人？　子ども四人も産んでるの⁉　半端ない！

そういえばマリスが前にロックマンの母親が四人目を妊娠中だとかなんだとか言っていたような。

「もしかして今日はウォールヘルヌスのことで城へ来たのか？」

固まったままの私を不審がることなく、もう一人の知り合い、いや友人であるゼノン王子が私の肩を叩いて聞いてきた。ゼノン王子までもここへ来てしまうとは何事であるのか。来てしまうと言ってもここはゼノン王子の実質実家みたいな場所というかもろに実家なので居て当たり前である。むしろ私がいることのほうがおかしいのだけど、そんなことをおくびにも出さず今日私が来ていた理由を知ってか知らずかそう話しかけられる。

それに対して首を縦に振ると、そうかよろしくな、と殿下直々に激励をされたのでとりあえず「頑張ります」と気合いを入れて返事をした私だった。

「アルウェス、ゼノン、お待ちになって！」

その直後、また現れた貴族らしき令嬢の登場に私はもう帰ってもいいんじゃないのかとマリスに視線で訴えるも、険しい顔で彼女は私の耳へ口を寄せてきた。

「今の私の恋敵《こいがたき》ですのよ」

とても小さな声で告げられる。はて、恋敵とは、まさか最近手紙に度々書いてあった、あのどこかの国の王女のことではなかろうか。ロックマンが政略結婚でどこぞの王女様にとられてしまいそうだと嘆いていたのは先週の手紙のことである。あいつまたそんなことになっているのか忙しい奴だな、ともう驚くこともなく他人事に思っていたが、マリスの想い人である以上まったく無関心を貫くのもどうかと思うので気にはしているけれども、とその王女（まだ分からないけれど）らしき人物を見た。

「ノルウェラ様も、産後はお辛いと聞きますから、あまり無理をしないほうがいいですわ」

「ありがとう。心配をかけてしまったみたいね」

波うつ黒髪の美女。しかし美女というより、瞳が大きく幼く見えるので可愛いという言葉が合うだろう。瞳の色は澄んだ水色だった。

緑色のドレスの裾《すそ》を両手でつまみ上げながら優雅にやって来た王女を見て、私は頭を伏せた。

今日はロックマン公爵家の新しい一員を伯父《おじ》である王様と伯母《おば》である王妃様にお披露目に来ていたようで、今は気分転換にこの庭へ散歩に出ていたらしい。

ノルウェラ・アーノルド・ロックマン公爵夫人。

畏れ多いことに、ノルウェラ様は貴族の中でも一、二位を争う高位な公爵夫人だった。

「マリスの友人なのですって？」

「はい」

「さすが貴女ね。平民にまでご友人がいらっしゃるなんて、ふふ」

「ゼノン殿下もアルウェス様も、この者とは学友であり友人ですのよ。何もおかしいことはありませんわ、デグネア王女」

「え……あ、ええ。おかしくて笑ったのではないわ？　交友が広くて羨ましいと思っただけですのよ」

見えない女の戦いが私には見える。

お互いの頬に拳をめり込ませて殴り合っているのが見える。

彼女はあのヴェスタヌ王国の王女で、名前はデグネア・パーサー・ヴェスタヌ。

ドーランへは治癒学と経済学を学びに留学をしているようで、ここひと月ほど城に滞在しているということだった。

「アルウェスとゼノンも交友関係が広いのでしょうね。わたくしもたくさんお友達が欲しいわ」

「それなら、今度の夜会に是非とも招待させていただきますよ。王女の人柄でしたら友人もたくさんできるでしょう」

「まぁ！　公爵家の夜会に？　是非とも行きたいわ」

あと半年はいるそうで、ゼノン王子やロックマンと楽しく会話を交わしている様子を見ると、だいぶこのお城に溶け込んでいるようである。斜め前で若干苦虫を噛みつぶしたような顔を私に向けてくるマリスは冗談じゃないと言いたいのだろう。

まぁ気が気じゃないことは分かる。

どういう経緯で政略結婚なるものの話が出てきたのかは不明だが、最終的に既成事実でも作ってしまおうかしらとか物騒なことを手紙でも話していたので、ここは友人として静かに見守っていよう。

「ほらマリス、そう嫌そうな顔をするな。仮にもお世話係だろう」

「いやですわ殿下、そんな顔なんてしておりません」

マリスの心情を察してか、ゼノン王子がひっそりと慰めている。

それにしても王女も殿下もいる手前、今この場で私が隣に並んでいるのはどう考えてもおかしい。

いちおう今日は仕事の一環として城へ来ていたから、はやくハーレへ帰って報告をしなくてはいけないし、先輩がしてくれているだろうが、私も行かなくては。

ジリジリと半歩下がって輪から離れていると、リーナ様がそれに気がついたのか再び私の下へやって来た。

「ヘルさん、あなたは赤子に触れたことはある？」

「え？」

小さな赤ちゃん。リーナ様、いやノルウェラ様の腕に眠る子を見て、村にいた小さな子ども達を思い出す。皆家族という感じで、私は兄弟こそいなかったものの、面倒を見られたり逆に私が面倒を見たりと色々騒がしかった。でも、そういえば赤ちゃんの面倒は見たことがない。ある程度大きくなった子達とは遊び相手になったりしたけれど、赤ちゃんは比較的家の中で母親が見ていることが多くて、どちらかというと赤ちゃんで手一杯で下の子達に構えないから遊んでやってということがほとんどだった。

触れたことはない、と正直に言う。

身内で産んだ人がいればいいけれど、生憎従兄弟《あいにくいとこ》のお兄ちゃんは子どもができる以前に結婚もまだみたいなので当分は見ることがない。

「抱いてみる？」

「はぇ？」

ものすごく変な声を出してしまった。

いや、だって今抱いてみないかみたいなことを言われたような。

そんな経験もないし首はあんまり据わっていないっていうし早く帰らなきゃですしムリムリ絶対無理ですからと首をブンブン振る。

なのに徐々に赤ちゃんを抱いたまま距離を詰めてきて、ついには私の腕に「頭はこうで、腕をこうして」と赤ちゃんを乗せてきた。こういう強引で少々話を聞かないところはロックマンも似たような部分がある。

まったく畏れ多――うわぁちっちゃい何これ天使じゃん生きてるしうわぁ動いてる手ぇちっちゃ人間なのこれ。

「うっかり落とさないでよ。大事な弟だからね」

「おっ落としません」

失礼ながらも感動しながらまじまじと腕の中にいる赤ちゃんを抱いていると、銀の縁から覗く赤い瞳をおかしそうに揺らしながらロックマンが私を見てきた。酒場の件以来初めて会ったが、何がおかしいんだこいつ笑いやがって。

ムスッとして赤ちゃんだけに集中していると、さっきはノルウェラ様の隣にいたのにいつのまにか私の目の前に立っていた。影ができたので見上げるも、よそ見すると危ないよと言われて慌てて赤ちゃんに視線を戻す。

なんだか解《げ》せない。

それでも赤ちゃんが可愛いことに変わりはないので、もう数秒したらノルウェラ様に赤ちゃんを返そうと考えながら腕の中を眺める。

温かくて小さい。

細い金の柔らかな髪の毛は母親譲り、まるっこい茶色い瞳は父親譲りなのが窺える。肌の色は一族全員真っ白そうなので、この子もこのまま真っ白に育つのだろう。

ふと、クリクリした目が私を見た。かわいい。

「すごく、かわいい」

「力まないで抱くんだよ。凍らせられたらたまらないし」

ロックマンが腰を曲げて赤ちゃんを覗いてくる。

兄心で心配なのは分かるが、さすがにそんなことはしない。失礼なやつめ。

「凍らせないし」

「怖いなぁ。あ、手握った。このお姉さんが怖いのかな」

「怖くないし」

「よしよし、口に指を当てるとしゃぶるんだよ。ほら」

「へ〜。ほんとかわいい」

「かわいいね」

ロックマンの指先をしゃぶる赤ちゃん。意外に兄バカなのか、すごくかわいいでしょと顔をふにゃけさせて私を見てくる。こんな顔を見たことないので少々戸惑うも、これだけ可愛かったらこの万年嫌味顔も崩れるのは納得だと腕の中にいる赤ちゃんを見て思った。

「ウォールヘルヌスの運営に参加するんだって?」

「そうだけど」

「目に見えるところにいたほうが、まぁ安心かな」

「それどういう意味よ。というかそっちは出場するんでしょ?」

「まぁね」

ぷにぷにのほっぺを人差し指でつついている。

あーうと赤ちゃんがロックマンの指を目で追っていた。

「悪いけど優勝はハーレが貰いますからね」

「悪いけどそれは無理だろうね。僕達が意地でもとるよ」

「ふん今に見てなさいよ、けっちょんけちょんのぎったんぎたんにしてやるんだから」

「君が出るわけじゃないのに何を言ってるんだか」

あ、今赤ちゃんが笑った。笑った顔はノルウェラ様にそっくりだ。天使。

「このお姉さん顔が怖いね。魔物みたいだね？」

「怖くないよね～こっちのほうが怖いよね～？」

「うー？」

はからずも二人してなぜか赤ちゃんをあやしているような状態になっていると、「ちょっと貴女！」と王女が近くに来て腕を伸ばしてきた。

「私に抱かせてくださいな。ノルウェラ様、よろしいかしら？」

「え、ええどうぞ。王女に抱かれるなんて光栄なことだわ」

王女の腕にそっと赤ちゃんを移すと、途端にうぎゃあと泣き出す。あやしていればその内おさまるだろうと思うも、中々赤ちゃんは泣き止まない。さっきお乳をあげたばかりで下も換えたばかりなのですがとお世話係の人が話している。

「泣き止んでくださいな～」

王女はどうにか泣き止ませようと奮闘して歌を歌ったりゆらゆら揺らしたり、ついには王女にあるまじき変顔をしたりとそれはもう頑張っていた。

心の中で頑張れ王女と応援してしまったが、赤ちゃんがまた泣き声をあげた次の瞬間、目をつむってしまうほどの光が私達を襲った。

「なんですの⁉　今のは」

一瞬のことだった。目に被せていた手をどければ、リーナ様も目をぱちくりとさせてキョトンとしており、ゼノン王子は近くにいた衛兵に辺りを確認するように指示を出している。赤ちゃんはまだ泣いており、王女も光ったことに気をとられながらもあやし続けている。マリスは「アルウェス様？」とロックマンを探していた。

確かにあいつの姿が見えない。

「アルウェス様？」

マリスが私を見てそう言う。

「え？」

誰かと手を繋いでいる感じがする。ふと右手の先にいる人物を見ると、そこには金髪の小さな男の子がいた。

はて、これは誰だ。

「これはペストクライブかしら？」

私の右手に掴まる小さな男の子を、王女とマリスが頬をほくほくさせながら興味深げに見ている。

「今の記憶がないみたいだな。小さい頃のアルウェスだ」

こんなことになるならやっぱり早く帰ってしまえば良かった。

ノルウェラ様とゼノン王子が、その男の子に向かっていくつか質問をしている。

小さい頃のアルウェス。

つまり今私の手に掴まっている小さな金髪の男の子はあのロックマン。そう、あの光に包まれた瞬間に起こった異変がこれだ。

私もまじまじとそのロックマン（仮）を見る。

さっきから一切喋らないばかりか、母親であるリーナ様にも近づこうとしない。これだけ若々しい姿を保っていたら小さい頃の記憶で止まっているロックマンでも気づきそうな気もするのだが。

そして赤ちゃんが起こしたペストクライブの二つ目の影響かは知らないが、とにかく手が離れない。未だなんの反応もないロックマンの手を、やはり姿も幼く小さいのでゆっくり丁寧にはがそうとするも、接着液でくっついてしまったようにはがれることはなかった。

今のロックマンの姿は、おそらく私と最初に会った頃よりも小さいので推定四、五歳ぐらいだろうと思われる。髪の毛は腰に届くくらい伸びていて、一瞬女の子かもしれないと思ったけれど服装が男の貴族の装いだったため、ノルウェラ様とゼノン王子が判断した通りやはり男の子であり、確実にロックマンの幼少期の姿であるそうだ。

赤ちゃんと変わらないぷよぷよのほっぺが、長い前髪から覗いて見える。瞳も赤い。

小さい頃はこんな感じだったのかとゼノン王子に聞けば「魔力が制御できないため、この頃は確か親とは別々に暮らしていた」と話された。

なんでも、魔力が強いために周辺にある物が割れてしまったり燃えてしまったりと、大人の魔法使いでも抑える手立てがなかったので、半ば隔離に近い状態で施設にいたらしい。その施設とは私もよく知るアリスト博士の自宅で、昔からお世話になっていたようだった。髪が背中まで伸びてしまっているのも魔力がたまってしまってどうにか外に出そうと身体が頑張って踏ん張っている証拠なのだという。なるほど。だから不自然に髪の毛が伸びるのが早く、かつアリスト博士ともあんなに親し気だったのかと仮面舞踏会の時のことを思い出した。

ざっくりと昔のことを聞いたがなんとも言えない気持ちになる。

今の女性に甘いあの顔が嘘のようだ。

「ヘルさん、よろしければ一日預かっていただける？」

「え？」

「手も離れないんですもの。キースの起こしたペストクライブだとは思うんだけど、この子が元に戻してあげることはできないから」

キースとはノルウェラ様の赤ちゃんの名前だ。今はもう王女の腕からノルウェラ様の腕へと戻って、スヤスヤと寝ている。

癇癪《かんしゃく》を起こした時に魔力が暴走してしまうのがペストクライブという現象なわけだけれど、一連の流れからにするにどうやらロックマンが小さくなった原因は赤ちゃんのそれによるものだとゼノン王子もノルウェラ様も判断したようだ。

しかも術解除の魔法をかけてもまったく反応がないことから、赤ちゃん自身がロックマン、いやちびロックマンにかけた術を解かないと元に戻る可能性は低いという。

そんな馬鹿な。赤ちゃんに魔法を解けと言って解けるとでも思うのか。皆考えていることは同じなのか難しい顔をしている。

ちびロックマンにキャーキャー言っていた王女とマリスもだんだん事の重大さが分かってきたの

か「元のアルウェス様にもどりませんの⁉」と焦っていた。焦って当然である。ちびロックマンのままでは結婚はおろか、恋愛さえできないだろうに。

「ナナリー、髪色を茶色にしといたほうがいい。アルウェスの過去の記憶に今の記憶があるとは考え難《にく》いが、もしこのアルウェスが過去と入れ換わっていたら、色々やっかいなことになる」

「昔、大人の私と会ったことがあるっていう記憶が、ロックマンの中にできてしまうってことですか？」

言われるままに髪色を茶色へと変化させた。

「ああ。可能性は低いけどな」

「でも殿下達のほうが覚えられやすいのでは？」

ぼーっとしているちびロックマンを見て、ゼノン王子が目線を合わせるためかしゃがみこむ。

「アルウェス、ここは夢の中だ。夢の中だから、未来とは一切関係ないぞ。起きたら忘れるんだ、いいか？」

無理やり感が半端ないゼノン王子の暗示。

未だ何の返事もしないちびロックマンに少しだけ心配になる。少しだけ、だ。見た目が幼くなっているので、普段奴に接するようにはいかないし、ましてや今の記憶がないというならば余計慎重に扱わなくてはいけない。

「でも手が離れないのは何故なのかしら」

赤ちゃんが起こしたベストクライブにきっと意味はないのだろうが、ノルウェラ様はちょっと困惑ぎみだ。

「それに、この頃のアルウェスは話しただけでも魔力が暴走してしまって大変だったの。だからむやみに話さないようになってしまって」

「この歳でですか？」

だからずっと黙っているのか。この歳でなんて精神。どうせコイツのことだから昔から女の人にちやほやされたりベッタリしていたのだろうと勝手に想像していたのに、まったく見当違いである。

離れない右手。離れないのなら、と強くぎゅっと握った。

「一日、様子を見てみます。仕事も所長にわけを話してみますので、もちろん子どもがロックマンであるということは伏せますから」

王女が心配そうな眼差しで幼いロックマンを見ていた。

ララを召喚することもやめておいたほうがいいと言われたため、ゼノン王子が用意してくれた馬車で王の島から離れた。それから直行でハーレまで行き、人目を避けつつ（何人かには見られたけれど）所長室まで行く。ちょうど部屋の中にいたのでこれ幸いと事情を簡単に説明すれば、三日ほどお休みをくれるとのことで、それ以降は仕事にも支障がでるから私も協力するわ、と心強い言葉を貰えた。

三日も休みを貰ってしまうなんてと焦ったが、右手を掴むちびロックマンを見るとそんな焦りは違う焦りに変わる。

三日もこのままだったらどうしよう。

「ここ、どこ？」

「私のおうちだよ。……あれ？」

女の子のように少し高い声。あれ今喋ったぞ。バッとちびロックマンを見下ろした。

昔は施設に隔離されていたというので気分転換に外出でもしてみれば何か変わるんじゃないのかと思ったが、知り合いに会ったら面倒なことになりかねない。それになるべくロックマンの知り合いに会うのも避けたい。ゼノン王子がちびロックマンに言い聞かせていた通り、ここは夢の中ということにして、今日は私の部屋で過ごそうと、今は寮の部屋に入ったところだった。

ちなみに寮母さんは『親戚の子を預かってと言われた』で簡単に通してくれた。ちょっと心配になる（防犯面は大丈夫なのか）。

「おねーさんが、力をすってくれてるの？」

「力を吸う？」

「なにもこわれないから、手からすってくれてるの？」

離れない右手。ちびロックマンからしたら左手を見てそう言われた。

長い睫毛《まつげ》をパチパチと瞬かせて不思議そうにする姿に、なにちょっとこれ可愛いじゃんズルいと心臓が若干ざわついたのは内緒である。

念のため家具の配置も替えて、壁紙も替えておいた。ロックマンは一度この部屋に来たことがあるため、記憶に違いをつけるために。そもそも元に戻った時にこのことを覚えているのかも怪しいが、気を付けておくにこしたことはないだろう。

「おねえさんは、はかせのじょしゅの人？」

「アリスト博士の？　ううん、違うよ。君が迷子になっていたから、助けたんだよ」

「ぼくまいご？」

「手も、誰かのイタズラで離れなくなっちゃってるんだ。ごめんね」

今まで喋らなかったのが嘘のように、次々と質問をされる。

ここはどこなの、とか、おねーさんは誰、とか、外は楽しいか、とか色々だ。全て正直に話すのは危ないためそれとなくあやふやに答えたが、本人が納得いっているのかは分からない。たとえばお姉さんは誰なのの質問に対し、騎士団で働いていて迷子を助ける係、なんてあやふやどころか全くの嘘をついていた。嘘は大嫌いだが、時には必要な嘘があるということも学んでいる。

騎士団ということで、もし王の島にいたことを不思議がっても私も騎士だからと言えば多少つじつまが合うだろうと思ったが、小さい子がそこまで考えるかなと逆に考え過ぎなのではないのかと自分で思う。

いやでも、何せあのロックマンの幼少期だ。

当時は泥んこ遊びに明け暮れていた私とは違い、頭が冴えているのには変わりないだろう。なんて無意識にロックマンのほうが優れているような考えに自分で自分に腹が立った。

ちびロックマンは前後の記憶が薄いのか、迷子になる前（城でちびになるまで）は何をしていたのかと聞くと「うーん？」と困り顔になって分からないと言う。

分からないのなら無理に聞かないとそれで終わったが、ちびロックマン自身、自分のことはあまり話そうとせず、お菓子を食べたいだとか色んな遊びをしてみたいだとか、目の前の欲望に良くも悪くも忠実であった。

アリスト博士のことは会話中によく出てくる。博士はあれが嫌い、これが好きなんだと楽しそうに話す。

魔力が溢れて暴走してしまうからあまり話せないとノルウェラ様は言っていたけれど、ペラペラとまではいかないが普通に会話が成立していることに拍子抜けした。なんだ、大丈夫じゃないか。

「ナナリー？　親戚の子が来てるんですってー？」

「せんぱーい！　よければ夕飯一緒にとりませんかー？」

部屋の扉を叩かれ、ゾゾさんとチーナの声が私を呼んだ。まずい。

「ななりー？」

「いや、な、ナナナナ、ナイジェリーよナイジェリー！　私の名前はナイジェリー！」

ナイジェリーって誰だ。

己に突っ込みつつ、名前で呼ばれたことに冷や汗を流す。はーいナイジェリーですーと大声で返事をしつつ、ちびロックマンの手を引きながら扉に近づいた。

また呼ばれたらひとたまりもないので早めに扉を開けつつ、かつちびロックマンを見せないように、ちびロックマンにもゾゾさんとチーナが見えないように私だけ顔を出す。

「どうしたの、ナイジェリーってなに？」

「いやその、ちょっと遊びで……。親戚の子が少し具合が悪そうなので、今日は部屋で過ごしていようかと」

「そうだったんですか～。残念、先輩の親戚の子見たかったです」

「ほんとごめんね～。あ、こら」

ちびロックマンは声の主達が気になるのか、私の足をどけようと右手でつついてくる。

くすぐったい感覚に耐えつつ扉の前から二人が去っていく後ろ姿を見送った。

お風呂に入ろうと思ったがなんとなく気が引けたので、身体の汚れを落とす魔法を私とちびロックマンにかける。

指をひと振りすると暖かな風が私達を包んだ。長い金髪がふわりと舞い上がって、下へと落ちる。

「まほうすごいね」

「ありがとう」

「ぼくはまほう、できないから」

魔法ができない？

しゅんとした顔をするちびロックマンは、魔法が爆発しちゃうから魔法が使えないのだと話す。

「けっかんひんっておじい様にいわれた」

なにそれ。欠陥品とか、子どもに使う言葉じゃないじゃん。

ましてやそれを子どもが自分で言うなんて。

どうやらロックマンの幼少期は、思っていたより複雑というかとてつもない環境にあったらしい。

「あんたは将来、すっごい魔法使いになるよ！　私が保証する！」

「でも」

座ったまま前のめりになって、ちびロックマンの赤い目を見つめる。

「私より、誰よりも、すっごい魔法いっぱい使って、そんでもって女の子にもモッテモテになるんだから！」

何故か元気づけることに必死になってしまった私だが、ほんとにそうなると良いな、と呟いたロックマンに「そうなるよ！」とさらに念を押して言った。嘘は言っていない。

しばらくするとお腹が空いたと言うので、片手しか使えないけれど軽くおやつを作る。

私の腰ほども背がないちびロックマンは私の移動に付き合いつつ、お菓子作りに夢中になっていた。貴族だから当然こんな光景は見たことがないはずで、私が片手でポルカという焼き菓子を作るためにこねている生地を見て瞳をキラキラと輝かせている。

何ちょっとこれ可愛いじゃんズルいとまたしても胸がざわついたのは墓場まで持っていく私だけの秘密だ。

お菓子を焼き上げて、いただきますと二人で食べる。まぁまぁの出来具合。

もそもそ食べていれば「おいしい」とほっぺを膨らませてポルカを頬張るちびロックマンが笑顔を向けてくる。

はからずもちびになる前に赤ちゃんをあやしながら私に向けた、あのふにゃけた笑顔が思い起こされた。

「あんたって――なんで私にあの時、勝負ふっかけたんだろ」

思えば、出会い頭《がしら》に手遊びで勝負を仕掛けられたのが、今日《こんにち》まで至る私達の関係性を形作ったと言っても過言ではない出来事だ。

『じゃんけんしよう』

『は？』

あれがなければもう少し違う形で、もしかしたらよき友人になれていたかもしれないのに、と今は素直なちびロックマンを眺めては思う。貴族様相手に友人もへったくれもないけれど。

「ねぇ、おねーさん」

「なに？」

「おおきくなるまで、ぼくとずっといっしょにいてくれる？」

離れない右手をぎゅっと握られた。

ちっちゃい手だけれど、どこか力強いものがあった。

「ずっとは、ちょっと無理かなぁ」

いられて三日が限界というところである。

「やだ」

「ん？」

「いてくれないとやだ」

頬を膨らませて嫌々と駄々をこねている。

ずっと隔離されていたというから、久しぶりに触れ合えた大人に必然的に安心感を覚えてしまったのだろうか。

もうちょっとしたらアリスト博士のところに帰るんだよ、と言い聞かせればさらに駄々をこねた。

「えー……。じゃあ、」

手遊びで勝ったらね。

なんて、不覚にも可愛さに根負けして勝負を仕掛けてしまう。

自分で自分に『え？』である。

「てあそび？」

小さい子ども相手に何をしているんだ私は。

手遊びを仕掛けられたことを思い出していたせいか、うっかりこんなことを言ってしまうとは。負けたらどうするかも考えずに向こう見ずにする約束ではない。

けれど言ったからには責任をもたなくては。

「えっと、こう」

「こう？」

手遊びを知らないというので軽く手遊びの指導をしたあと、本番に挑む。

一回キリの勝負だ。せーの。

「じゃんけん、ぱー」「ぐー」

そして絶対に負けられない勝負に挑んだ私は、見事その手遊びに勝利した。

よし、大丈夫。や、なにが大丈夫？

「だめ？　いてくれないの？」

涙目になったちびっこロックマンは、ついに「ひっく」と涙目でおさまらず泣き出した。

どうしよう泣かせるつもりはなかったのにと焦った私は、あのロックマンが小さい頃寂しい思いをしていたということを今の今になって本当に実感し、できない約束はしないし破れもしないなら、と思い立つ。

「ちょっと待ってて！」

泣き腫らした顔をガシッと左手で掴んで私のほうに向かせる。驚いたのか瞬きをして止まっているロックマンをよそに、私は窓辺に置いておいた緑の小箱を掴み取った。

「私の分の箱。一生開けちゃ駄目だよ」

小さな手にそれをそっと握らせる。

「占いとかおまじないとかあんまり信じないけど」

これはロックマンが海の国へ調査に行く前に、所長がまた二人が会えるようにと（よけいなお世話なのだが）くれたおまじないの箱だ。ロックマンはその場で開けやがったのだが、私はまぁ会えなくなると色々困るしまだ勝ちを取っていないので負かせるまでは開けないでおこうととっておいてある。

「もしこの蓋を開けないで持ち続けていたら、きっともしかしたら、嫌でも顔を合わせることはあると思うし」

「会ったら会ったで喧嘩もしょっちゅうする」

「腕を凍らされることもあるだろうし」

「私の髪を燃やすこともあるだろうけど」

「でも絶対に凍らないし燃え尽きない」

「何年も何十年も」

「よぼよぼの老爺《ろうや》になるまで、ずっと喧嘩でもして」

「いつのまにか、一緒に歳を取っていくのよ」

涙で揺れる瞳が私を見つめている。

「兄弟でも友達でもない、恋人でもない、でもあんたと私はずっと繋《つな》がり続けるの。そしたらちょっとは寂しくなくなるでしょ？　私の箱、あんたにあげるから」

泣くんじゃない、と左手で小さな頭を撫でた。

すると私の言葉にほっとしたのか、はたまた泣き疲れたのか。目を擦ってしょぼしょぼさせているので、とりあえず夕飯をとって早めに寝台へ移動する。着替えはあいにく小さい子用のものが無いので、ぶかぶかだけれど上着だけ私の物を着させた。もちろん手が離れないので魔法でパッと着させてあげた。

夕飯の時には一旦テーブルに置いていたあの小箱も、気に入ったのか食べ終わったあとからずっと右手に握っている。もう寝るし邪魔だろうからと、寝台の横の台に置こうと手を出すも「ん」と喉を鳴らして離そうとしない。どうやら片時も離す気はないようだった。泣き止《や》んだしそれはそれであげて良かったと思うけれど、こうも繋がりを期待されてしまうとちびロックマン相手に気恥ずかしさを感じる。それと多少の罪悪感。

ちびロックマンはそれを胸に抱え込んで、私のほうを向きながら寝の態勢に入った。

「おやすみ」

目を瞑って寝息が聞こえてくるまでを見守ったあと、私は仰向けになって天井を眺めた。でも隣が気になってしまいつい横目でいちいち確認してしまう。これ、本当にアイツだよね。

すやすやと静かな寝息を立てて眠る幼子《おさなご》を見ては、これは夢の中の出来事ではないのか、とにわかには信じられない状況に今さらながら目眩《めまい》がする。

しかしこいつ寝相が良いな。とまたどうでもいい発見をした。

もうどうにでもなれ。

考え込んでも時間がただ過ぎて行くだけなので、今日はもう寝ようと私も眠りについたのだった。

翌朝。

「うーん」

ピチチと鳥が窓をつついて鳴いている。夢うつつに音に気がついてああ朝かとウーンと目をこする……こす…なんだ、手が動かない。

横になったまま視線を下にやって自分の腕を見る。

昨日は確かロックマンがちびになって色々あって、なんやかんやで手を繋いで眠りに入ったはず。ところが今は手が離れたのか私は自分の胸の前で腕を交差させていた。右手の先には小さな手はない。ん？　ちびロックマンはどこに行ったんだ。

それどころか、私は今後ろから蔓に縛られたようにガッチリと何かに……抱きしめられている？

私の腕とは違う太い腕が、私の胸の前に背中から交差していた。

「うで？」

しばし考える。寝る前の『どーにでもなれ』という、思考を放棄したことがいけなかったのか。

そういえばさっきも思ったけれど私の右手が自由だ。今はまったく繋いでいる感覚がない。

もう一度言う。ちびは？

私の身体にまとわりついている腕は、明らかに子どものそれではない。寝起きがそれ程いいほうではないので、とりあえず不審者だったら魔法で縛り付けて目的を吐かせよう等、思いつく限りの対策をしようと覚悟してクルリと後ろを向いた。

「ぶっ」

板があった。いや、ただの板じゃなくてあったかい板だ。これはあれだ、女性とは違う、大きな胸板。それが今私の前に広がっている。肌触りが良い男性用の黒いベスト。シャツの隙間から覗く首元。その上をすべる金色の髪。そして今気がついた、この香り。嗅いだことのある香り。これは卒業パーティーであいつといつも以上に近づいた時に香ったもの。香水とかじゃないあたたかな、お日様みたいな香り。

人間、本気でビックリすると本当に声が出ないらしい。

私を抱きしめていたのは、ちびでも不審者でもない、昨日半日姿を消していた大人になったロックマンだった。大人になったというか、戻ったというべきか。

とにかくあいつだった。

待って、なにどういう状況なのよ、ちびどこ行ったわけ、というかちびが元に戻ったのか、お願い誰かコイツ起こして、いややっぱ起こさないで。

綺麗に整った顔。睫毛がめちゃくちゃ長いし唇も薄いくせに色づきは良いし、父親に似ていないと思ったけど、そういえばよく見てみれば母親似なのだ。寝顔は寝る前に見たちびの時とあまり変わっていない気がする。というか本人だし、むかつくぐらい綺麗だし。

しかし起きる気配が全くない。騎士がこんなことでいいのか。私がもし万が一襲おうと思ったら確実にやられているぞお前。

でも起きたとしてどうこの状況を説明するかが問題だ。ちびがどうやって元に戻ったのか不思議だけれど、元に戻ったのでそれはそれでよしとして。

「わ、ちょっ」

どうしようと考えていると、ぎゅーっとまた抱きしめられる。というか抱きしめ直されたような感じだ。ちびロックマンは寝相がよかったのに大人になった途端これは酷すぎる。誰にでも抱き着く癖があるらしい。それに力が強いというか私はこのまま絞め殺されるのではなかろうか。

顔がグッと首元に押し付けられたので、私は勢い余って、ついに、仕方なく、

「起きろ変態！」

叫んだ。

「なに騒がしい」

「苦しくて息ができない！　放しなさいよ！」

「え？」

子どものような甲高い声とは全く違う、男の低い声。

やっと目を開けたロックマンは、枕から頭を上げ瞬きをして腕の中の私を見る。しっかりと見ている。朝日に照らされた前髪がパラリと頬に落ちた。

なのに暫くするとハァとため息をつき、険しい顔をして、頭を枕にボスっと戻すと一言呟いた。

「まだ覚めない」

覚めない？　片腕を目元に被せてまた寝ようとしている。こら起きろ寝ぼけてんのか。

「何言ってんのあんた」

「いや昔の――――？」

今度は意識がハッキリとしたのか、腕を外してしっかりと私の目を見た。

奴の動きがピタッと数秒止まる。やはり本気でビックリすると本当に声が出なくなるようだ。

「僕今、君に襲われてる?」

誰が貴様など襲うものか破廉恥な。

「んなわけないでしょ!」

それより早く放してほしいのだがと思いつつ、まずはこいつ自身混乱しているだろうからと、ちびロックマンに感化されたわけではないが寝ながら軽く説明をしてあげた。

お城にいたら赤ちゃんのペストクライブでロックマンに魔法がかかったこと。意識がなくなって私と手がくっついてしまったこと。ズルズル引き摺って仕方なく私の部屋に連れて来たこと。昨日から一日経っていること。

だいたいの流れを簡単に説明すれば、ふーんとビックリするそぶりも見せず、ロックマンはただ寝転がりながら私の部屋を眺めていた。つまらなそうな顔をしている。

いい加減身体を離しやがれと腕を凍らせようとすれば、今度は窓のほうを指さして呟く。

「模様替えでもしたの?」

「はっ」

こここここれは違う! 何が違うんだと思われただろうが、ロックマンを枕の横にベシリと突き飛ばし魔法で家具小物を元に戻す。危ない、どうしてこうも心臓に悪いことばかり起きるのか。

「痛い」

壁に頭をぶつけて痛がっているロックマンはさておき、念のために一つ聞いておく。

「ここまで来た記憶はないのよね?」

「少なくともこの部屋に来た経緯は分からないけど」

「なら、よし」

「よし?」

「なんでもない」

いつもの調子に戻ったことで私の心に少しの余裕ができた。大人の時よりよく笑っていたちびロックマンの、どこか痛々しい触れてはいけないような感じが無くなったからなのかもしれない。でもあの調子からどんな経験を経て今のスカした感じ、よく言えば何も苦労したことがないように見えるほど完璧な人間になったのだろう。

小さい頃の記憶がどうとかは聞けなかった。意識を失っていただけと言った手前、そんなことを聞いては色々と疑われかねない。ましてや勘が良さそうなこいつのことだから、気を抜いたらすぐにでも分かってしまいそうだ。

でも元に戻ったから三日も休まずにすんで良かった。まだ出勤時間ではないので時間になったら早めに所長の所に行こう。夜間勤務についての話も元々明日してくれる予定だったし、こんなところでつまずいている場合じゃない。

ロックマンは寝台から起きる気はないのか私の部屋をじっと眺めている。

いい加減目も覚めて手も元通りになったのだから帰れと言ったが、まったく聞く耳を持たないのか飽きることなくずっと部屋を見ている。

庶民の部屋がそんなに珍しいのかボンボンめ――あ、今欠伸した。まだ寝ぼけているだけなのか。

魔法で無理やりにでも追い出したいが、お互い起きたばかりなのでそこまでするのもなと考え直す。勝手に家に連れて来て起きたら追い出すとか、冷静に考えればかなり酷い奴である。朝飯ぐらいは振る舞ってやろうか。

いやいやなんで私は奴をもてなそうとしてるわけ。迷惑かけられたの寧ろ私のほうじゃん。

そういえば昨日食べて余ったポルカが食卓の上に置きっぱなしだ。

「なるほどね」

ポルカはポルトカリという果実を使ったお菓子なのであまり日保《も》ちしない。

保存箱に入れようと寝台から降りようとすれば、ロックマンがなるほどそっかと言って笑い出す。

「やっぱり君か」

はは、とたいそうおかしそうに腹を抱えて笑う。

その笑い顔を見て少し動悸がしたが、何がおかしいのかちっとも分からない。

細められた赤い瞳が私を見る。

「ほんとうに僕は意識を失ってただけなの？」

「そ、そうだけど」

ロックマンの意識はなかったのだから、嘘ではない。失ってただけ、ではないけれども。寝台の上でだらしなく胡座《あぐら》をかきながら、首を捻っていた。

この話を早く終わらせようと朝食でも食べる!? と勢いのままに寝台から降りていそいそと調理をし始める。しばらく経ってから、え、あ、うんと唖然《あぜん》とした表情で返事をされたが朝食を共にすることによって余計に話をする時間ができてしまうのではないのかと、鍋に野菜を入れてコトコト煮ている時に気がついた。自分は少々向こう見ずなところがあるとは何となく自覚している。

でもまぁ食事をとったら帰ってもらうし、私が早めに食べ終わって忙しそうに何かやってればわざわざ話しかけてなんかこないだろう、うん。

「これ読んでもいいかな」

「別にいいけど」

それにしても、と食卓に行儀よく座り私の机にあったプィリング著の推理小説を眼鏡をかけて読むロックマンはやけに大人しい。このたいへんおかしな状況にドギマギしているのは私だけなのかと半ば悔しさに似た気持ちが沸き上がる。

悔しいなんて勝負以外で思いたくはないのに、この敗北したような感覚は嫌いだ。

朝食ができたので早々にテーブルへ並べる。

飲み物もついでに出してやるかと何が飲みたいかと聞けば『ラキヤのデングル茶』とか王室御用達の茶葉名をさらっと言われた。

んなもんあるわけないじゃん！　と鼻息荒く威嚇《いかく》すればおお怖いとかたいして怖くも無さそうなのに本で顔を隠される。腹が立つ。適当に舌が焼けるほどの熱い飲み物を出したが、飲んでも表情を変えない姿を見てまた敗北した。何度も言うがこの感覚は嫌いだ。

「はいどーぞ」

席に着いていただきますと朝食を食べる。早めにかきこもう。特に味についての文句はないのか、これは全部自分で作ったのかとか、今日は仕事あるのかとか、当たり障りのない話をふってくるロックマン。構えていた私が馬鹿みたいな会話の内容に拍子抜けするも、なんだか実家の両親が朝食の時にする会話に似てるなと思いつつ私も答える。

なんだこれ。

「ヘル、口の端についてる」

「え、うそ」

「そっちじゃなくて、こっち。そんなにかきこんで食べるからだよ……だからそっちじゃないって言ってるでしょ」

頬に手を伸ばされて食べカスを拭われる。

馴れ馴れしい距離に手を叩こうとするも、どうしてか身体が固まって言うことをきかなかった。やめろ自分でできる。私はちびではない。

思えばこいつ、昔からわりと、いやけっこう嫌味なくせにたまに余計なお世話というか世話焼きな部分があった気がする。教室で自習をしていた時に、解いていた問題を隣から覗かれて『そこ違うけど』とわざわざ聞いてもいないのに指摘されたことがあった。なんだこいつ勝手に見やがってとそんなことがある度にムカついていたが、言い換えればわざわざ隣の生徒の、しかも毎度喧嘩をしている相手の間違いを正しているのだ。

当時は教えてくれているという解釈をしたことがなかったけれど、今更この事実に気づき始めている自分が、なんというか、嫌だ。これはまたあの感じに、敗北感に似ている。

朝食が終わればもう追い出しても良いだろうと、シッシと手を振り帰りを急《せ》かそうとするも「おいしかった」と何気なく溢されたであろう言葉にピシッと私の手が止まった。

なんだ、また動悸がする。今度はちょっと息苦しい。

え、なにこれ病気なの。もしかしたら心臓に欠陥があるのかもしれないし、今度ペトロスさんの所に行って見てもらおう。

固まっていると顔の前で手を振られたので、とりあえずその手を凍らせた。仕返しに髪を燃やされそうになった。

霧も晴れてきたしそろそろ帰るよと言い出したのはロックマンで、それはそれは良かったと満面の笑みで私は窓を開ける。窓？　と不思議そうな顔をする奴に窓から帰れと言えば、そうか女子寮だもんねとすんなり納得した。随分聞き分けがいい。

ユーリを部屋の中で召喚すると、窓の外で浮遊させて、その背に乗ろうと窓枠に片足をかける。イラつくぐらい長い足である。

さっさと外に飛び出せばいいのに、そうだそうだ言い忘れていたことがあるとロックマンは後ろを振り向いた。はよ帰れ。

「前にも言ったけど、髪色変えたぐらいじゃ変装とは言えないよ」

「なによ何笑ってんのよ！」

ぷふっと口元に手をやってチラ見される。

あ、確かに髪の色を元に戻すのを忘れていた。たまには気分転換に変えたい時だってあるの！なんて反論をして別に変装とかじゃないからと言っておく。

いつもそうだ。ちょっと良い奴かもしれないと思い直そうとすると、すぐにおちょくってくる。良い奴と思われたくもないのだろうが、はて、私はこいつを良い奴と思いたいのかと逆に自分に疑問が出る。

別にいいんじゃないか、嫌な奴のままで。

「じゃあまた、大会あたりでね」

「うんまた……ってまた？　またじゃない違う！」

「一人で楽しそうだよねほんと」

いや違うって何が⁉　と自問自答している私を珍獣でも見るような目つきで見てくる。

「それじゃあ」

「はいはい！　さっさと行きなさいよ」

窓を閉めて、ユーリの背に乗ったロックマンにあっかんべをした。

奴が去ったあと、軽く片付けでもしようと、洗面台の横に置きっぱなしだったであろう小さい服と、寝台の上のどこかにあるはずであろうあの小箱を探す。

「ん～？　おっかしいな」

部屋の中を探したけれど、小箱はどこにもなかった。もしかしてちびロックマンが本当に持って行った？　……んな馬鹿な。それに着せてあげた上着もない。元々着ていた高そうな服もないし、元に戻ったと同時に過去へ全て持って行ったとか？　……んな馬鹿な。

後日、ゼノン王子から手紙が寮に届き『アルウェスが世話になった。話を合わせておいたから安心してくれ』と丁寧にお礼の言葉をいただいた。

マリスも王女も奴が元に戻って喜んでいたらしい。良かった。

開いていた手紙を折り畳んで机に置く。

「さてと、早くハーレに行かなくちゃ」

人生は仕事だけではない。もちろんそれを取り巻く日常も、なくてはならないものである。

けれどこんなことは金輪際《こんりんざい》ごめんだ。しかも何回敗北感を味わったことか。

あいつめ、今に見ていろ。

この年の終わり、私はやっと夜間勤務を任されるようになった。
来年こそはさらに成長して、皆に負けないくらい魔法にも仕事にも精進していこうと思う。

王流論議会と騎士の円卓会議

「最終会議を始める」

ヴェスタヌ王国、バーツェン城の一室。

広い床には煌めく銀狼の毛皮の絨毯《じゅうたん》が敷かれ、硝子細工で作られた照明は緋色の光を放っている。上質な色石《しきいし》を組み込み魔法で練られて作られた巨大な薄青色のテーブルを囲んでいるのは、二十席もの銀の玉座。

その一つ一つの椅子の装飾は違っており、雄々《おお》しい獅子の姿が彫られた背凭《せもた》れの玉座もあれば、今にも芳《かんば》しい花の香りが立ちこめてきそうな、鮮やかな装飾が施されている玉座もある。

個性溢れる二十の玉座は、この部屋へと入ってきた、同じく二十人の王達の腰の下に据えられた。

そのうちの一人、目尻のシワをより一層深くし黒ひげをたくわえたヴェスタヌ王国の国王が、獅子の玉座に腰をかける。

「今大会について、主催国であるドーラン王はどうお考えか」

両手の指を顎の下で組ませて口を開いた、今回の王流論議会の開催国《バッチェス》であるヴェスタヌ王国の王、マリーファは、鮮やかな花の装飾が施されている玉座に腰を下ろしているドーランの王、ゼロライトへと意見を促した。

「考える間もない。明後日にはその日が来るのだ」

ゼロライトはこの重苦しい部屋の空気を持ち上げるように、己を奮い立たせるような、比較的大きな声で言い放つ。しかし玉座の肘掛けを親指で撫でながら城にいる妃《きさき》や子どもである王子達の顔を思い浮かべては、はやく国へ帰りたいものだとため息をつきそうになった。

自国が花の王国と呼ばれているとはいえ、この女性的な装飾もどうにかならないものかと、玉座を手ずから用意してくれたのであろうマリーファを恨めしげに見る。

友好のためにと称して隣接する国の王だけでもたれる話し合いの場、王流論議会《バッチェス》。

招集はひと月に一度、ふた月に一度のこともあれど、ここ半年ほどは月に二度など、頻繁にこの議会は開かれている。

今回の開催国はヴェスタヌ王国であるが、その半月前は大陸北西部にあるハルルク公国にて開催されている。

ハルルク公国はドーラン王国、ヴェスタヌ王国ともに距離は遠く、間には六つもの国を跨ぐ。ドーランやヴェスタヌとは近隣諸国でもなければ、交流も比較的薄い国。

つまり、以前までは隣接する国の王だけで行われていたこの王流論議会だが、いまやなんと、大陸中の王を招集しての大規模な話し合いの場となっていた。

ここまで大きくなるとは当初予想もしていなかった、いや、予想はできていたが、実際にそうなるとなればやはりどうにもため息をつかずにはいられないとゼロライトは頭を悩ませる。

王国内に増えた魔物。

大会を中止にしたくとも、できないそれぞれの思惑。

新たな場所で出現した正体不明の魔物。

他にも問題は山積みだが、それをどう捌《さば》きどう決断をしていくかが、王としての責務である。

二日後にはウォールヘルヌスだ。そして王達が懸念しているのは、まさにその大会のことであった。正体不明の魔物が今まで現れているのは、きまって王も含めた貴族達が集まる場であり、今大会ではその王や貴族達が来賓として会場を訪れる。歴代の開催国でもそれは同じであるが、大陸中の王族が一ヶ所に集まるのだ。

ついに国民の前にも魔物が現れてしまうという危険な事態は、今からでも十分に予測できる。

「逆に捉えてはどうでしょうか。襲撃があれば、その場には数多《あまた》の魔法使いがいる。戦力としては申し分ない」

大蛇《オピス》が描かれた銀の玉座に腰をかけた、オルキニスの若き王が意見を述べる。その声はこの一室にいる誰よりも年齢のいかない青年らしく高く、けれど堂々としていた。

オルキニス王の言葉に、過去の騒動の一端を知り得ているゼロライトやマリーファ、そしてシーラの国王は、対等な王の立場として、しっかりと声をあげて述べたオルキニス王を真剣な眼差しで見つめた。

今回の話し合いはオルキニスにも深く関わっていた内容なだけに慎重にいかなければならない。

そもそも大陸中の王が集まるような事態になったのは、各国で見られるようになってしまった正体不明の魔物が原因である。

内陸部だけならまだしも、大陸の端であるハルルク公国にまで現れ始めたという知らせがあっては、近隣で集まるよりは大陸が一体になったほうがよりよい。その魔物による被害は実際のところ無いにも等しく、やはりどの国でも脅し程度の奇襲を仕掛けられているとのことだったが、大陸全体で年々魔物が増えてきているのも事実であり、油断をしてはいられない。

そうしてドーランを発起人に各国に使者を出し、こうして集まったのがこの二十人の王なのであった。

「変に大会を中止しては、みなの不安を煽るだけだろう」

「危険があるなかで戦うのであれば、知らせねばならないと思いますがね。隠し立てすれば、のちに大ごとに、また大勢の国民を失うことになりかねない。信頼という意味でね」

「それに大陸の外に新たな大陸が見つかったとの情報があがっている。そのうえその大陸は生き物の大半が魔物であり、生息数が予想を超えるほどということも、いずれは大陸全体に認識を広めなければならないのでは」

「一気に情報を拡散しては収拾がつかないぞ」

――ごほん。

会話を繰り広げていた王達は、咳払いをした男に視線を集めた。

「わたしが当日の式典で知らせる」

ゼロライトは二度目の咳払いをしたのち、一日目の式典で今の情勢について語ることを決めていると話す。

「魔物の増加、それに伴う危険性、その中で大会を開催する意義、全ての国が団結する意味でも必要な大会だということを」

＊　＊　＊　＊

「ヴェスタヌの騎士が到着しました」

「ゼノン殿下、グロウブ殿、遅くなってすまない」

ゼノンとグロウブは、島の着地場でフェニクスの背にまたがる男を見上げた。

ヴェスタヌ王国の騎士であるサレンジャ・ボリズリーが、使い魔である青いフェニクスの背中から降りて地に足をつける。

黄土色の髪に端整な顔立ち、緑の騎士服に包まれた長い足を惜しみなくさらして、足取り軽やかに隊舎への道を歩く。

何度もここを訪れたことがあるせいか、足取りに迷いはない。

並びはゼノンを先頭に、右後ろにボリズリーがいる形だった。ゼノンは横にいるグロウブに話しかける彼を見ながら、真剣な表情になる。

しかしその眼差しの奥に映っているのは、王の島の横にできた巨大な競技場だった。

王流論議会の翌日。

各国の騎士達も一ヶ所に集まり、王が持ち帰った情報を基に話し合いが行われていた。

大会中にもしものことが起こった時のための交流であり、実質大陸を巻き込んだ作戦会議とも言える。もちろん場所は、開催国であるドーラン王国だった。

「よりによって何故氷なんだ」

ドーラン王国騎士団隊舎。灰色の要塞のような宿舎の隣には、騎士が鍛練《たんれん》の場として使っている広大な演習場、隊長室、会議室兼講堂と全てがそろう隊舎があった。

今その隊舎の講堂には、それぞれの国の騎士の長を担う人物達が集まっている。その数はざっと四十ほど。緑の騎士服、青の騎士服、赤の騎士服、茶色の騎士服を身にまとった、精悍《せいかん》な顔つきをした男達が揃っていた。こうして集まるのはふた月前に会議を行ってから二度目になるので、全員顔を見知っているせいか滑らかに話は進んでいく。

大きなテーブルを囲んでの話し合いだが、そこに椅子は一つもない。

大陸の地図を広げて話し合いの中心に立っているのはドーラン王国の騎士団長であるグロウブだった。そして大陸中の騎士が集まるということで少々警戒もしているのか、数人の大臣が後ろでことのなり行きを見守っていた。その中の一人にはキャロマインズ侯爵もいる。赤い髪は騎士達の服のせいか、普段より目立ってはいなかった。赤い髪はそれなりに珍しいので、このような集まりではいつも自然と目につくものの、それだけ今回は国、所属、毛色も随分違う者達が集まっているのだろうとゼノンはグロウブの隣で腕を組み、飛び交う会話の音を一つ一つ拾っていた。

海の向こう側まで続いていた魔力の痕跡は、もうなくなっている。

そして新たに隣国にあの魔物が現れたのだと、王の会議バッチェスで話が上がったのだという。また情報によると、どうやらその魔物は氷の魔法使いの技に弱いということが分かったようだった。この合同作戦会議。議題にあげられたのは、勿論そのことについてだった。

「我々の国で確認されている氷型は、僅か七人です」

「まだ七人いるだけいい。モロンド王国はそれより遥かに少ないんだぞ」

その数は他の型と比べるととても少ない。ましてや一年前に起きたオルキニスの件で、貴重な氷型の魔法使いが何人も死んでいる。更に数は減ったというのに、何故対抗する術《すべ》を氷が持っているのか。話はオルキニス女王の事件についてまで進む。

「オルキニス現王、当時王太子であられたコーズクリン王によれば、収監されている元側近の証言に『足りない』という言葉があったと言います」

「足りない？」

後ろにいた大臣が眉を顰めて声をあげる。

「血を集めていたならば、そのことでは？」

ボリズリーは氷型の血のことではないのかと大臣に投げかけた。

「氷に弱いから、氷型の魔法使いを消すことに必死だったという可能性もある」

「天敵が氷だというのならば、大陸中の氷の魔法使いを集めて、協力をさせてはいかがだろうか」

「それは」

黒い騎士服に身を包んだアルウェスが手を挙げる。

騒がしい講堂。その中で一際冷静に、けれど堂内に響く声で会話を遮った。

「得策ではないかと」

それからゆったりとした口調で、手元にある魔物が出現した場所を示してある地図を眺めて、大臣達に視線をやる。

「アルウェス？」

朝から姿を見せていなかった彼がこの場にいたことに、ゼノンは驚く。

確かアルウェスは城の魔術師長として、これから先被害が及んでは困る島の箇所を探しては魔法陣を敷き、また島の横にできた競技場の耐性や欠陥を調べるために部下をあっちこっちへ引き連れ回していたはずだった。いつの間に来たのだろうか。

「欲している者達を一ヶ所に集めれば、それこそあちら側の思うつぼです」

「しかしなぁ」

しれっと向かいに立っている彼は、大臣の言葉に少々苛立《いらだ》っているようであった。

伸びたまま、まとめることもせずに胸元へ流している金の髪は、メラメラと炎のように揺らめいているようにも見える。

それもそうだろう。遠回しに氷の魔法使いを囮《おとり》に使おうと言われているようなものなのだから。

けれどそもそも、この大会自体が囮のようなものだ。

ようはさっさと魔物をおびき寄せて一網打尽にしたいというのが、各国の狙いである。

ウォールヘルヌスの中止には半数以上の参加国の同意が必要だ。そしてゼノンの父であるゼロライトが他国に一度は同意を求めたものの、それに賛同してくれる国はヴェスタヌやシーラなどの近隣諸国のみだけだった。中止にしたくてもできない。

そうでなければ名誉と賞金以外特に利益のない大会を、王が強行するわけがないのだ。

それにドーランを囮にしているということを他国も自覚しているのだろう。こんな作戦会議を立てさせ、わざわざ自国の騎士を寄越してくるのだから。

「まぁまぁ、始祖《しそ》級の力を持った魔法使いが二人もこの場に揃っていることは、非常に心強いことだがね」

「願わくば、その力を持つ氷型の魔法使いが現れてくれれば、もっと心強い」

「ウォールヘルヌスに期待をしましょう」

完全に他人任せになっている大臣達を見て、アルウェスは呆れ顔も隠さずにこめかみに手をあてていた。

受付嬢三年目・一

『こっちへおいで』

『こっちへおいで』

『たりない』

『たりない』

『みたしておくれ』


緋色の光が窓辺に射す。

「んん」

目を擦って寝台から起きれば、もう夕暮れ。

のそのそと床に足を着けて洗面台に向かう。鏡に映っただらしない自分の顔を、冷たい水で洗いさっぱりとさせた。もうそろそろ出勤の時間だった。

受付のお姉さんになって早三年目。

「おはようございます。お疲れ様です」

「おはようナナリー」

制服の裾をととのえ、欠伸を噛み殺してハーレの扉を開く。

ふわりと木造特有の建物の香りが私の鼻先をくすぐった。まだご飯も食べていないので、食堂から香る良い匂いによだれが垂れそうになる。

よし、今日の休憩時間はお肉を食べよう。はやめに食事処のおじさんに頼んでおかなければ。

「ゾゾさんは明日から休みですよね」

「そーよ〜。足腰鍛えとかないと」

皆に挨拶をしながら、私はゾゾさんがいた席に座るので、申し送りをうけたあとは彼女の席に向かった。

ゾゾさんは大会前から数日間休みをとると言っていたので、すれ違いがてら今度お食事でも行きましょうかと話をする。

「チーナもお疲れ様」

「先輩〜今日もたくさん来てますよ〜」

「追い込みって感じだね」

チーナも今年から破魔士専用の受付についていて、ゾゾさんの隣に座っていた。クリクリの可愛い茶色の瞳を目一杯広げて、魔導所内を埋め尽くす破魔士達を見ている。

「ねーちゃん、この二つの依頼うけてもいーか?」

「大丈夫ですよ。終わりましたらすぐにこちらへ来ていただければ」

「俺は南の魔物退治のやつよろしくー!」

数日後に迫ったウォールヘルヌスの前に仕事をしてお金をためておこうと、皆考えていることは同じなのか、魔導所内はわいわいガヤガヤしていた。

それに魔物の量も相変わらず減っていないので、あちこちで破魔士が戦っている姿を見かける。もはや日常茶飯事というか、破魔士達のお蔭で大ごとにはなっていないけれど、町の人達も「最近多くなったわねぇ」と確実に変化に気づいていた。

それでもここ一ヶ月は新たに出没した魔物の情報はないので、少し治まって来たのだろうと皆安心していた。なので今は、既に出ている魔物の依頼を、破魔士達がどれだけ片付けてくれるかにかかっている。

騎士団も今年に入ってからとても忙しそうで、ニケからの手紙には、しばらく会えそうもないと大変さが伝わる言葉が書かれていた。

話は変わるが、アーランド記三六六八年。光の季節二月目《ふたつき》。

この年、ハーレには三人の新人が入った。なんと、何もしていないのに増えたのである。

「これなら大会に出なくても大丈夫なんじゃない？」

夜勤が被ったハリス姉さんと隣同士でおしゃべりをする。

夕方から出勤してもう真夜中。私と彼女の二人だけで、他の職員は誰もいなかった。

夜間勤務をさせてもらってから半年が過ぎたけれど、最近は昼夜逆転していて、たまにある日中勤務では欠伸が止まらない。もちろん隠れて欠伸をしている。

新人は女二の男一が入ってきた。皆やる気に満ちていて教えているこっちが圧倒されるのだと、また今年も教育係となったゾゾさんがお風呂の時に零していた。

新人増えたなら大会に出る必要なくない？　とハリス姉さんや他の人達も言っているのだが、いや、今年だけ増えてもしょうがない、この先も増えて行かなきゃ意味がないのだということで所長の意思は変わらなかった。

「ハリス姉さんは大会見に行くんですよね」

「何だかんだ私も同僚が出るのを楽しみにしているのよ」

その日は破魔士も仕事をしないどころか魔導所に来る人もいないと思われるため、何年かに一度の『休業日』となる。

何か用事があった場合には、入り口の鈴を鳴らしてもらえれば所長の耳飾りが反応して彼女が対応するため対策はバッチリらしい。

「今日もとても美しい人だ。今夜どう？」

魔導所の扉の鈴をカランと鳴らして入ってきたのは、依頼を受けに来た破魔士の男性。

カツカツと靴の音を床に響かせて受付へ歩み寄ると、カウンターに片肘をつけたほうの手で私の髪の毛をすくい上げる。そして片目をつむると、にっこりと人のよさそうな笑顔を向けられた。

最初はこういう誘われ方にあたふたしていたものの、この手の男性には最近やっと耐性がついてきたようで、また始まった、と半ば諦めに似た気持ちになりながら私は依頼書を台の下から一枚取り出した。

「こんばんはベギーさん。トールの泉に夜更けに不審な生物がいるとのことで、今夜はこちらのお仕事なんかどうでしょう？」

「うーん、つれない人だ」

「ではここに調印を」

「お安い御用さ」

破魔士の男性、中年とまではいかない茶髪のお兄さんは依頼書に名前を書くと、意気揚々と夜の街へ繰り出して行った。

「あの人相変わらず軽いったらないわ」

「でも毎回快く依頼を引き受けてくれるので助かりますね。ベリーウェザーさんのお兄さんって知った時は驚きましたけど」

「まぁね、仕事をノリでやってる感じだし。そのへん兄妹《きょうだい》同士似通うものがあるわね」

南のハーレで働いているベリーウェザーさんだが、彼女にはお兄さんがいたようで、近頃はそのお兄さんがよくここのハーレへ仕事を探しに来ている。

そして女性に声をかけないと死んでしまうとでもいうような勢いで、毎度毎度受付のお姉さん達を食事に誘ったりしているようだった。チーナも誘われたことがあるそうで、「職場の先輩の身内じゃなければ行ったかもしれません～」とベギーさんの容姿が中々かっこいいので行くかどうか迷ったと溢していたぐらいである。

あれは自分の容姿を分かっていないとできない芸当だ、とハリス姉さんは隣で呆れていた。

「そういえば掲示板の地図が古くなってきたから、新しくしといてって所長言ってたわね」

「今やります?」

空き時間を有効に使うのも良い。

そうと決めたら掲示板に貼ってある地図を剥がして、いつもアルケスさんや事務処理をしている職員が使っている机を借りて、地図用にと所長が買ってきてくれた大きな用紙を広げた。掲示板に貼っていた地図は三十年くらい使っていたと言っていたのでだいぶ古い。今度は向こう六十年くらい使っても損傷しないような高級紙を買ってきたのだ、と誇らしげに胸を反らせて所長が言っていたのを思い出す。

「ナナリー、私生活のほうで何かいいことあった？」

「え？」

紙に元の地図を転写させながら、ハリス姉さんが口を開く。

「最近すごく綺麗になったって、破魔士達も言ってるのよ」

「え、いや、そんなことないです。むしろなんでそう言われるのか分からないといいますか」

この前ベンジャミンにも言われたが、どこがどう変わったのかまったく分からない。髪の毛は前髪しか切っていないので、後ろも横もだいぶ長くなっているが、そのぐらいだ。

むしろハリス姉さんや他の職員の女性達のほうが美人だし。

「あの貴族のかっこいい隊長さんと何かあったり？」

「なんでそうなるんで」

「あー！　ちょっと顔赤くなって」

「ません。あ、ここ」

私は地図に記されている場所を指さした。

「母が今、調査に行っている所です」

大陸全体の地図。そこには母が遺跡の調査で滞在中の国があった。

「遺跡ってもしかして、火型の始祖の墓が新しく見つかったところ⁉」

「そうです」

「えー⁉　お母様もほんと動くわねぇ！　さすが親子！」

私達魔法使いには、始祖、と呼ばれるこの世界において最初に誕生した六人の魔法使いがいるとされている。魔法の源を造った人達でもあるので、崇める意味で精霊と呼ぶこともある。

とくに守護精の呪文というのは、その始祖の力を自分の身体から最大限に引き出す魔法だ。祖先の名前を使い盾にすることによって、一時的に魂がそちらに宿るため、失敗してはいけない超魔法などで、万が一己の身に害が及びそうになっても身代わりになってくれる。

それに守護精の呪文を使うと、なんでも、うっすらとだが祖先の姿が出てくるのらしい。以前使った時はまったく見る余裕もなかったが、そもそも出てきたのかもあやしいのだけれど、どうなのだろう。

ベンジャミンは一度見たことがあるらしい。綺麗な女の人が二人いたのだと言っていた。

「今現在六つあるとされている墓のうち、火と氷だけ見つかっていなかったようで。やっと見つけられて母も大喜びだったそうです」

「考古学者だっけ？」

新聞の記事にもなっていた。

「冒険好きなんです。そういえば遺跡調査に人手が足りないとかで、古代文字が読める破魔士をと依頼が入ってきてましたね」

「今は調査に出ているどころじゃない破魔士ばかりだから誰も受けたがらないわよ」

「そうで……ふぁ、……あっ、すみません」

「寝不足？」

ハリス姉さんの言葉に、口に手を当てたまま固まる。

きっちり睡眠はとっているのだけれど、実はここのところは寝ている気が全くしていない。

それもこれも最近見る夢のせいである。

『こっちへおいで』と何度も正体不明の怪物だかも分からない何かに呼ばれ続け、こっちは寝たいんだあとにしろと聞こえないふりをしても朝起きるまでずっとその声が耳についている。

ゾゾさんに相談したら夢占いの本を貸してくれたので、該当する夢の項目を開いて読んでみると、『誰かに呼ばれる夢は、あなたを必要としている人がいるか、あなたを邪魔しようとしている人がいるという知らせ』とあった。必要ならまだいいが、邪魔とはなんだ。怖いじゃないか。

「今日は帰ったらよく寝ます」

そんなわけで近頃の私はたいへん寝不足なのであった。

受付嬢三年目・大会編

王の島の横に浮かぶ、石と鉄と煉瓦で造り上げられた島。否、競技場。

六階建ての円形のコロッセウムに天井はなく、中からは空を見上げることができる。

一階は参加者達の戦う舞台となっており、二階から六階は観客席で、一階は観客席から見下ろすことができる作りとなっていた。

観客席に囲まれた舞台には土が敷かれている。まだ競技も何も始まっていないそこは、整備の人が凸凹のないように整えていた。杖のような箒を振って、塵ごみを掃き出している。

三階が貴賓席となっていて、その階は全て他国から来た貴族王族が座る。

初日は式典だけなので入場する人数はそれほどいないと思っていたのだが、その予想は大外れし会場の入り口には人だかりができていた。

「こちらですー！」

「押さないでくださーい！」

大会一日目。

競技場のためだけに作られたこの人工の島の着地場には、使い魔を持っていない人達向けにと用意された馬車がひしめき合っていた。

観客はドーランの国民が大半で、あとの二割が近隣の国から、残りが遠い国から来ている人達である。国内の貴族には元々招待状を出しているようで、彼らは受付でそれを提示して効率よく入っていく。

対して一般観客席に座る人達は入り口の受付で券を買わなくてはならないので、時間がかかる。

どこの席で何人かなど決めてはいられず、城の人間からは問答無用で端から詰めて行くようにとのお達しだったので、二階の席の番号を順番に渡して通していっている形だった。流れ作業で淡々とこなしていく。

不審な人物も今のところ見られず、マナーも守ってくれる人が多いので助かった。

お客さんの中には同じ村で育った子や、学校で隣の教室だった子など、知り合いも沢山来ていた。

その中でも久しぶりに見たのが、ヤックリンさんの妹、そして私の同級生でもあるカーラ・ヤックリンだった。

一緒に受付をしていたヤックリンさんは目を丸くして「お前帰ってきてたのか？」とビックリしていた。それに対して、真っ直ぐに伸びた茶色い髪を揺らしてカーラは笑っていたが、どうやら秘密にしていたらしい。

式典もそろそろ始まる頃になれば、受付に駆け込む人も減ってきた。

券の残りも少ないので枚数を数えていれば、黄色い岩石でできた受付の台に一匹の青い小鳥が飛んできてちょこんと着地する。

ヤックリンさんがお客さんの相手をしているのを横目に、作業をしていた手を止めて小鳥の頭を一撫でした。

《三人の内のだれか一人でいいから、参加者受付のほうへ応援に来てください》

小鳥がくちばしを動かすと、ハーレの先輩の声が聞こえた。

この小鳥は伝達鳥と言って、一種の魔法道具になる。

頭の部分に触ると魔法使いの魔力に反応して、声を記録したり放出したりでき、遠くにいる相手に飛ばして伝言を託すことができるという便利な代物だ。

繰り返し口を動かそうとする伝達鳥の頭をもう一撫でして、伝言を切る。ピチチ、と首を捻った状態で小鳥は動きを止めた。

「私が参加者受付の応援に行ってきます」

「頼みます」

一緒に受付をしていた左隣の男性に一言断り、席を立つ。

彼は普段は王国裁判院で働いていて、今回は私やヤックリンさんのように受付に駆り出されたのだと話していた。

受付にはハーレから三人だったが、残りの三人は裁判院からだったらしい。

説明会の時にも見かけた顔だったが、特別打ち合わせをしていたわけではなく今日初めて話したのでぎこちなかったのだけれど、こういう作業をしていると自然と一体感が生まれてくるせいか、そんなに話してもいないのに普通に会話が成り立つ。

私は急いで先輩の元へ向かおうと、ララを召喚して背に乗った。

白いスカートを翻《ひるがえ》す。

今日は私服ではなく普通にハーレの制服で来ていた。他の二人も同じく制服である。特別、城からこれを着てくださいとも言われず用意もされていなかったし、一応説明会を仕切っていた人にも聞いてみたが「自由です」と言われたので、三人で話し合った結果、じゃあ制服でいっか、となったのである。

だからそのせいか、え、なんでハーレの人がここで受付やってんの、という目で見られたり話しかけられたりと反応は凄まじかった。

とくによく依頼をしにくる顔見知りの男性の薬師《くすし》さんが券を購入しに来た時は「転職でもしたのかいヘルさん！」とびっくりされたものだ。

転職なんてするわけない。

「これはこれは、空から見ると圧巻ですね」

「こんなことに付き合わせちゃってごめんね」

飛んでいるララの首元を撫でる。

参加者受付は会場の入り口とは真反対の場所にあるため、走っていくにはまぁまぁ遠い。それだけこの競技場が大きいということなのだが、学校に隣接していたものとは比べ物にならなかった。

観客席は大勢の人の頭が動いているせいかウニョウニョと視界が揺れているような錯覚を起こした。

庶民から貴族から破魔士まで、さまざまな人種が入り乱れている。

花の王国と言われているだけあって、石と煉瓦と鉄で作り上げられたこの島には、その無機質な感じを打ち消そうとしたのか、地の魔法使いが咲かせたらしき花や植物がいたるところから生えていた。まだ花の季節じゃないのに花の季節みたいで変な感じがする。

「あそこ、抜けたとこー！」

「はい」

ララの背中に乗って、天井の無いコロッセウムの上を通過していく。

観客席の五階まではほぼ埋め尽くされていて、今日の式典だけでこんな風になるのならば、明日はどれだけの人が来るのだろうと苦笑いになる。

競技場を通過して反対側に辿り着いた。ララの背中から飛び降りて、彼女には手の平くらいの大きさになってもらう。肩に乗っていてもらおう。

こちらの受付はまだまだ人であふれていた。参加者の受付は今日の正午まで。大聖堂の鐘が鳴るまでとなる。あと三時間を切ったが、まだまだ参加希望の六人組は来るだろう。

「だぁから、あと一人は遅れてるんだって」

「六名揃ってからでないと登録はできないので、揃ってからお願いします」

「氷型の方はどちらになりますか？」

「俺が氷型だ！」

「セーメイオンの呪文をお願いします」

三列の長い行列をしばし眺める。

大会においての受付は二種類あり、一つは私がさっきまでやっていた観客受付、もう一つは参加者を受け付けるもの。

人数を多く受け付けるのはもちろん観客用のほうではあるのだが、ひと癖もふた癖もありそうなのはどうやらこっちの受付なようだ。

六人揃ってからが基本だというのに足りない状態で意地でも通そうとする組や、氷型ではないのに嘘をついて参加しようとする魔法使いなど、どちらにせよ受け付けられない組が三割はいる様子。

良い大人なのだからいい加減諦めたらどうかと思うが、この五年これに出るのが夢で必死に頑張ったんだと力説している偽氷男が泣いているのを見ると、五人でも出させてあげたらいいのではと思わなくもない。しかし決まり事は守らなくてはいけないので先輩がべしっと蹴散らしている。さすがだ。

そもそも五年も頑張ったのに、当日に嘘をついて氷型を名乗るとは何事か。

頑張る方向を間違えているだろう。誰か気づかせてあげてくれ。

「ああよかったナナリー！　あなたそっちで登録受付お願いできる？」

「分かりました！」

順番で詰まっていた後列のほうに声をかけ、空いている台に登録表を置いて席に着く。

参加者を対象に確認することは三つ。

六人いるかどうか。セーメイオンを発動してもらい、本当に六人別々の型であるのかどうか。名前、生年月日の記入。

大会に参加できるのは十八歳以上の大人、つまり成人を迎えている男女に限られているため、この署名は必須だ。登録表に書かれた情報はのちに対戦を組むことにおいても使われるし、自動的に魔法契約書にもなっているので、十八歳未満なのに偽りの年齢を記入すれば、対戦表にも組み込まれない。また十八歳以上であっても年齢を誤魔化そうとすれば同じことになる。

先輩や王国裁判院の人達がテキパキと厄介な参加者達を捌いているのを横目に、新しくできた列の受付を私も始めた。

「組名は『ロストアバンティオ』ですね」

「ああ！」

「左から順にセーメイオンの呪文をお願いします」

六人が受付台の前で横並びになり、片手を私に向けて差し出す。

左から順に呪文が唱えられていけば、見事に六人の型は別々。

ありがとうございますとお礼を述べたあとは、登録表を差し出してそれぞれ自分の名前を記入してもらい、年齢と型も書いてもらう。

「では登録されましたので、奥にお進みください。私の後ろにある入り口は一階の競技者控え席のほうまで繋がっています。混みあいますので、奥のほうから詰めて席に座ってください。これが案内図になります」

「やった！　ありがとうお姉さん！」

「行って来まーす！」

元気よく手を振り中へと入っていく彼等を見届けて、次の組、またその次の組、と登録をしていく。

幸いズルをしようとする人もおらず、ただ、人数が足りていないけど参加はできますか？　と聞いてくる組が多かった。

氷型がいないんですと泣きそうな目で訴えられるも、決まりならやっぱりしょうがないかと諦めて帰っていく人がほとんどである。

そんなにも氷がいないのかと、隣の受付台との間に置いてある箱の中に処理された登録表が入っているので、そこをチラと覗いて確認してみれば、未だ箱の三分の一も満たされてはいなかった。だいたい五十組というところだろう。大陸中から参加者が来ているわりには少ない。

それから終盤に差し掛かり、私の列にはあと三組ほどしか並んでいなかった。

一つ隣の裁判院の人が担当しているところでは、つい先程までハーレ魔導所の組が登録をしていた。

アルケスさんが寝坊してしまったらしく、時間ギリギリで焦ったのだとゾゾさんが彼を小突きながら呆れていた。やる気が全く感じられないのよと同じく大会に出る別の先輩からも叱咤《しった》されていたのを思い出す。

女四人の男二人で肩身が狭いのか、後ろの入り口に入って行く時に「すいません」とアルケスさんのほうが年上なのに小さな声で謝っていた。いつもの威厳とだらしなさはどこに行ったのか。

サタナース達の姿も見られなかったけれど、私がくる前にもう受付が終わっていたのかもしれない。

「組名は『ヴェスタヌ騎士団』ですね」

気を取り直して、次の組と向き合う。

ぞろぞろと緑色の騎士服を着用した男女混合の六人組。セーメイオンのあと登録表に記入してもらった組名を読み上げて、改めて彼等を見る。

「ありがとう――おっと？　お嬢さん、見たことあるなぁ」

「はい？」

黄土色の髪をした男の人にそう言われる。どこかで会ったことがあるのだろうかと思い登録表を再度確認してみれば、名前はボリズリー？

登録表に書かれた名前を見て、目を丸くする。

ヴェスタヌの騎士団。ボリズリー。

そこまでくればもうじゅうぶんこの人が誰なのか分かる。

現代の崇高なる魔法使い百選にまた今年も選ばれた、超超超凄い魔法使いだ。

口をパクパクさせて驚いている私を見て何を思ったのかボリズリーさんは、ああ、とひらめいたような声をあげて隣の受付を見る。

「アルウェスが変装していた女の子じゃないか？」

ボリズリーさんは私から向かって右側、先輩が今受け付けている集団に顔を向けて声をかけた。

今日は一つだけ良いことがあった。

いつもなら訳の分からない確率で遭遇し、あまつさえ関わりたくもないのに何がそうさせるのか何かと接触することが多く、こういう場では何故か必ずと言っていいほど私の列に並んでいそうだった奴が、今日は見事に私から逸れて隣の受付で登録を行っていたのだ。別に自意識過剰でもなく本当にこういう時の遭遇率が高かったので、不覚にも見かけた時は仕事中だというのに拳を膝の上で握って歓喜したくらいである。

だからこのまま騎士団の登録が終わればさっさとこの場をあとにして元の観客受付まで戻ろうとしていたのに。

なんで、なんでなの。なんで声をかけるんだ。

「半年ぶりに見たけど随分老けたんじゃない？　君」

「くたばれ万年色ボケ極悪猫被りド変態野郎」

隣で登録をしていたドーラン王国騎士団の集団に地団駄を踏みたくなった。

「万年反抗期性悪二重人格娘」

「はん！　よく言うじゃない」

「塞がらないのかなその口」

「この鬼畜金髪冷血外道……」

「よくまぁ口がぱくぱくと動くね。魚もびっくりだよ」

やれやれついに人間をやめたのか、と両腕を組みながら笑われる。

ムカッとするも、私は口喧嘩だけに留めた。

年頃の女に向かって「随分老けたね」なんて喧嘩を売っているも同然である。貴族女子達ほどではないものの、頬をうっすらと赤らめているヴェスタヌの女性騎士二人には、ボリズリーさんのほうが数倍かっこいいですよと言ってあげたいくらいだ。ボリズリーさんもなかなかの男前なので、やだ良い男が二人もどっちにしようかしら、と先輩がもう受付に誰も来ていないのを良いことに勝手に何かを妄想し始めている。

黒い騎士服に身を包んだロックマンは、ちょうど登録表に名前を書いていたのか手に筆を持っていた。

ボリズリーさんに話しかけられたならそっちだけに集中すれば良いものを、何故わざわざ悪口を言われなくてはならないのか。実に理不尽である。

ロックマンの後ろには見たことのある騎士の人や、いつも奴に付いている彼女、ウェルディさんがいた。他にも女性が一人いる。

「貴女こんなところでも仕事してるのね。出張なの？」

「はい。出張みたいなものです」

「それにしてももうちょっと隊長に敬意ってものをはらえないのかしら」

「それはちょっと」

もう私がロックマンに何を言おうと気にしていないのか、彼女に怒られることはない。相変わらず失礼な方だこと、とチクリと言葉で刺されたが前ほどではなかった。どうやらウェルディさんも大会に参加するようである。

「女性に老けてるなんて、アルウェスは失礼だな。ね、お嬢さん」

「え、ええ」

「でもなるほど、貴女がそうか」

変装していた、とボリズリーさんは言ったが、もしかしてオルキニスの事件の時のことを言っているのかもしれない。

私の顔を見ては感慨深げに指先で顎をなでている。

あの時はヴェスタヌの騎士団とも協力をしていたというから、ロックマンが私に変身している姿を見たことがあるのだろう。

ここの受付はもうこの二組で終わりなので、早くこの話を終わらせてほしい。

ああでも、百選に選ばれているボリズリーさんを生で見られる良い機会だから、少しくらいいいかも……なんて考えは捨てておくことにしよう。

頬をぺちぺちと叩いて仕事へ気を向け直す。ここが終わったら私は元の場所に行かなくては。

「ララ、大きくなれる？」

「あちらへ戻りますか？」

「うん」

正午の鐘も鳴り登録も終了したので、彼等ヴェスタヌの騎士団には中への案内を簡潔にしたのち、受付台を綺麗に片付けて締めきった。

「ドーランはその六人でくるか。グロウブ団長は出ないのかい？」

「観戦が良いって言ってたよ。それよりそちらの女性陣は初めて見る顔だけど、紹介してくれる？」

「アルウェス隊長！　私達がいるんですから紹介なんて必要ありません！」

「そうですよ！」

けれど騎士団二組は中々中へ入って行かず、世間話なら競技者控え席ですれば良いのにしばらくそこにいた。

ロックマンは自分を見ている二人の女性の視線に気づいたのか、紹介してくれなどとウェルディさん達の前で言うものだから彼女達はたいそうご立腹である。騎士団の男性の他の面々はその様子を羨ましそうに見つめていた。分からないけど痛いほど伝わるその気持ち。

式典まではあと三十分くらいあるし、絶対に参加しなくてはいけない決まりはないからそこにずっといても構いはしないけれど、とヴェスタヌの登録表を箱に入れようと席を立つ。

「待って。水色髪のお嬢さん、今夜お食事でもどうでしょう」

「私ですか？」

登録表を片手に持ったまま、変な体勢で動きを止めた。まだ肩に乗っていたララがキュッと鳴く。

さっきまでロックマンと話していたボリズリーさんが、腰を屈《かが》めて私の顔を覗いてきたのだ。

うわ、と私はびっくりして数歩後ろに下がってしまう。

「失礼、私はサレンジャ・ボリズリーと言うんだが、お嬢さんの名前は？」

「ナナリー・ヘルと申しますが」

「いやぁ、久しぶりに心躍るような女性を見つけたよ。アルウェスへの啖呵といい、あの威勢の良さ。貴女みたいな人は見たことがない」

これはたぶん褒められてはいない。

「そ、そうですか。ですが私はちょっと、夜は違う用があるので、ごめんなさい」

頭を下げて、そそくさと隣にいる先輩の所に行く。逃げられちゃったなと残念がっているような面白がっているような声が聞こえたが、どちらにせよあのボリズリーさんからの誘いは畏れ多くて食事にもならないだろうことが目に見えている。

あとなんだろう、ロックマンと同じ匂いを感じる。

「ナナリーいいの？　食事くらい行ってきたら？」

「何言ってるんですか。先輩達と食べに行くほうがいいです。というか今日一緒に食べる約束したじゃないですか。酷い」

「やぁね忘れてるわけないじゃな〜い」

「箱に登録表入れるのでいいですか？　これが最後なので」

「最後は騎士団ばかりだったわね。裁判院の人のほうにも一組シーラの騎士団がいたわ」

「そうなんで……？」

ヴェスタヌの分を箱に入れる前に、すでにその中に入っていた登録表を眺めていると、ある一点に目が留まる。

喋りかけて止まった私の様子を不思議がって、先輩がどうしたの？　何か間違いでもあった？と登録表の不備を心配してか肩に手を置かれた。

「アーランド記三六四四年、花の季節二月目と六日……？」

「隊長さんの生年月日がどうかしたの？」

「三六六八から二十引いたとして残りの年数は——四？」

ドーラン王国騎士団の登録表を手に取り、彼等のいるところへ急いで駆け寄る。

「あんたコレ間違ってるけど」

「何が？」

「二十四歳ってなってるから」

まだ話しこんでいたロックマンの背中を問答無用で叩いた。同時に騎士団の面々がこちらを見てきて居心地が心底悪くなったが、初歩的な間違いを正してやった私をありがたく思うといい。

けれどそう言った途端、ゲ、といつかの私のように蛙《かえる》が潰れたような声を奴が出した。

「げ？」

「いや」

思わずそれが出てしまったのか、奴はすぐに口に手を当てて咳きこんだようにごほんと喉を鳴らす。なんだ今のは。

視線が微妙に噛み合わない。じっと見つめるも、どこか気まずそうな顔で私の右を見ている。

「別に、それは間違ってないよ」

「は？」

「二十四歳だからね」

何言ってんだこいつ。

「嘘つくと大会に参加できないけど大丈夫？」

「いや、だから嘘はついてないから」

「ナナリーさん、彼は二十四歳で間違いない」

横にいたボリズリーさんがロックマンの肩に手をかけてそう言う。

「え？」

「そーよ、貴女知らなかったの？　隊長は私と同じ歳だもの。だから本当なら私が同級生だったのに～。ですよね隊長？」

ウェルディさんが今までに見たことのないような自信に満ちた顔でロックマンの腕を掴む。

この展開はなんなんだ。でも三人が嘘をついているようには見えない――ということは。

「ほ、ほんとに？」

「ゼノン殿下の護衛のために同じ年に学校に入られたんだから」

四つ、年上。護衛の、ため？

魔法でもなんでも色々負かされ苦汁を飲まされてきた日々。今度こそは今年こそはギャフンと言わせてやりたいと思っていたのに、年齢が、そもそも、上だと？

二十ではなく二十四。

四歳も上であるとは、本人からそうであると言われてもいまいち実感がわかない。

確かにちょっと、まぁかなり大人っぽい奴だなとは昔から、というか一年生の時から思ってはいたけれど、四つ上。四つ上。四つ、上。

でも貴族の皆も何も言っていなかった。皆も知らなかったとか？

真実はどうだとか今はあまり突っ込んでいられない、それよりも、

「年齢でも負けてたなんてぇ！」

「それぱっかりだな」

膝からガクンと大げさに崩れ落ちて両手で顔を覆う。

同い年ではないという衝撃がじわじわと私の胃を締め付ける。

じゃあこいつは今まで「年下がピーピーうるさいな」とか「子どものくせに」とかそんな風にも思っていたに違いないし、若干なめた目で見てくるのもそう思っていたのなら頷けた。

「ちょっと、うちの子すっごい落ち込んじゃってるじゃない。どうしてくれるんですか」

先輩が背中を擦ってくる。ありがとうございますピジェット先輩。

でも別に落ち込んでなんかいない。ただちょっと私にとっては衝撃が凄かっただけで、別にそんなんじゃない。

「隠していたわけでも、嘘をついていたわけでもないよ」

項垂れている私の隣に来たのか、影がさした。

「聞かれなかったから言わなかっただけで」

分かってるし。まぁ聞いたことはないし。そんなに話さなかったし。

「ちょっと厄介な魔力のせいで、小さい頃は他の人間より成長が遅れていたんだ。ちょうど四歳分くらいね」

ああ、確か魔力が高すぎて、コイツは昔から色々苦労していたんだった。

「ゼノン王子の護衛として年齢も僕が一番近かったし、それで一緒に学校へ入ったんだよ」

そうなのか。

「身体的な年齢は多分、君やサタナース達とは変わらないから」

なるほど。

「いい加減顔上げてよ」

なんだか私、子どもっぽい態度をとっていやしないか。

ロックマンの言葉に唇をムッと突き出してゆっくり顔を上げる。

隣では奴が私の目線に合わせてなのか、膝を折ってしゃがんでいた。

「そんなに一緒が良かった？」

「気持ち悪いこと言わないでくれない」

「僕も言ってて気持ちが悪い」

二人して不味《まず》いものを食べた時のような顔になった。

断じて、一緒が良かったとか落ち込んでるとかじゃないから、と否定に否定を重ねた私に、ロックマンはああそうですかと心底どーでもいいような顔をした。ふん、初戦で負けちまえ。

なんて捨て台詞を吐きとっととその場を離れた私は、それから、無事に開会式が始まるもずっと券の販売受付に座っていた。

　もしかしたらまだ来る人がいるかもしれないのと、あと警備要員でもある。受付の人間なのに警備もなのかと疑問に思うが、隣で一緒に座っているヤックリンさんと裁判院の人と暇ですねーなんて喋りながら過ごしていたので意外と楽しかった。先輩と他の裁判院の二人は登録表を届けに裏に行っている。

　観客席で見られなかったのは残念だけれど、ドーラン王国魔法開発研究所で作られた同時映写なる魔法道具が導入されたおかげで、この場外の受付でも競技場の中の様子が見られた。画面は部屋にある窓ガラスくらいの大きさで、動く絵本のようだった。念写の魔法を用いた技術らしいが、場面が切り替わったり式典の様子がはっきりと分かる。ここへ来られない国中の人も見られるようにと、街の何ヶ所かにも設置されているらしい。盛大である。

　式典では王のお言葉があり、魔物の増加が問題になっていることに言及した話があった。それに加えこのキードルマニ大陸外に新たに魔物が生息する大陸が発見されたらしく、その話がされた時はさすがに競技場内がざわついているのが聞こえた。今後も危険なことがあるかもしれないという予感とともに、王様は、今こそこうして大陸中が一体となり親睦を深めたり協力や力を磨きあったりしていくことが大事なのだと話された。

　その言葉に会場中が拍手に包まれていたが、冷静に考えてみれば誤魔化されたような気がしなくもない。もう少し深く考えなければならない事柄で、今もこうして大会を始めているわけだが、正体不明の魔物の件といい、色々不味いのではないかと思う。

優勝組だけが触れることを許される大きな白金の優勝杯は、王様の横に置かれていた。太陽の光を受けて輝くそれに、誰もが瞳を煌めかせただろう。

式典の中では劇も行われていた。物語集の第一章を基に、有名な舞台作家でもあるロード・フィリングという作家が脚本を書いたようで、魔物役の人の演技も凄まじく、あの人も確か賞をもらったことのある演技派の舞台役者さんだった気がする。

裁判院の人は、あとでサインもらいに行ってもいいですかね、と隣で楽しみながら見ていた。

夜は他国から来た人達が宿をドーランにとっているため、街はいつも以上に賑やかになっていた。宿のおばさんやおじさん達はここぞとばかりに名産品を売り込んでいたり、踊り子を招いて食堂で催し物をしたりと張りきっている。先輩や大会に参加するゾゾさん達、チーナ含めた後輩達と所長や他の職員――ハーレに所属している全員――で貸し切った草食狼の店では、無礼講ということで皆で騒ぎ飲んでいた。ハーレに近く皆の行きつけである草食狼の女将さんには飲みすぎて二日酔いになるんじゃないよと注意を受けたが、その忠告を真剣に聞いていたのは試合に出る六人くらいであった。

「あなた達、いーい？　打倒・騎士団よ‼」

「はーい所長」

「もっとやる気のある返事をしてアルケス！」

「まぁまぁ所長～」

ゾゾさん達は競技場の周りにある参加者達が寝泊まりする専用の宿で休むことになっていたため、皆との食事もそこそこに早めに解散する。私や先輩、ヤックリンさんや裁判院の人達も寝泊まりできる部屋を競技場の外に用意して貰えていたので、ゾゾさん達や所長達と別れたあとは二人と一緒に島へと戻り夜を明かした。


『こっちへおいで』

『足りない足りない』

『満たしておくれ』


その日の夜の夢は、いつもより一段と頭に響いた。

＊　＊　＊　＊

二日目を迎えた今日は、いよいよ試合が組まれる。

初戦とあってか、今日のほうがやはり入りは良い。

「五十ペガロです」

「たけーなぁ。えっと……はいよ」

「千百番の席にどうぞ」

仕事一日分の給料くらいの金額なので、そこそこ高い。観客から徴収したこのお金の一部が優勝者の賞金にもなるので、参加者達には観客のためにも是非とも良い戦いを見せてほしいところである。

「オネサン、かぁみ、ちいさいの、おカネいくつか？」

「モジュステ……ビアーノン？」

「オオ！　ビアーノン！」

私達の使うテックル語とは少々違う言葉で話されたので、訛《なま》りかた的に大陸の西側の国々で使われているビアーノン語に近いものかと思い聞いてみれば、どうやら当たりだったようだ。他にも東側の国で使われているタタン語や、南で使われているチャイテ語など、色々ある。語学に関しては古代文字を学生の時に学んでいたが、受付につくならばもしもの時があるかもしれない、と外国語もたくさん修得していた。ハーレにいても使うことはそれほどないけれど、たまに他国から出稼ぎに来たという人もいるのでそれなりに役には立っている。

《競技者は中へお集まりください》

拡張の呪文を使ったのか、コロッセウム中にその案内の声が響き渡る。王様のお言葉の時や劇の時も使用していたので、試合中の実況にも拡張呪文が使われることとなるだろう。

参加者は総勢三百六十人、六十組の戦いとなる。

初戦はその半分以上を篩《ふる》い落とすことになり、今日の試合では二十組にまで絞られる予定だ。説明会ではその絞りかたまでは話されなかったので、どのようになるのかととても楽しみにしている。

「始まりますねー」

観客受付も一段落し、そろそろ会場内では参加者受付担当だった三人が全員の点呼をとっていることだろう。時間内に集合できなかった組はそこでもう失格だ。

受付の席に設置されている同時映写機を見ながら、こちらの受付三人は仕事をしつつも観覧を始める。

「お二人とも飲み物どうぞ」

「ありがとう、ヘル」

「ありがとうございますヘルさん、あっ、ドーラン王国騎士団とハーレが映ってますよ」

城の人から喉が渇いたら自由に飲んでもいいと渡された樽から、冷たい紅茶を杯に注いで二人に渡すと、裁判院の人が映写機を指さしてそう言った。

ほんとうだ。ゾゾさんやアルケスさんが映っている。

それに騎士団が映ると会場の多数を占めるドーランの人達から「頑張れー」「負けんなよ！」と声援が聞こえてきていた。コロッセウムの上のほうにいる人達にもよく見えるようにと、観客席のところにも映写機があるため、例により奴、ロックマンが画面に映し出されると、

「アルウェス様ー！」

などと黄色い声がそこら中から上がるのだった。

サタナースの姿やベンジャミンの姿もさっきチラっと映っていた。ほんの一瞬だけれど、いたことが確認できたので、やっぱりこの魔具は便利だなと改めて思う。丸い球体が五台くらいで動いているのか、空からの映像も披露されていた。ララに乗って競技場の上を飛んでいた時に見たような光景が広がっている。

「相変わらず彼の人気は凄いね」

「そ、そうですね。ケッ、キャーキャーキャーキャー言われちゃって」

「うん？　何か言った？」

「いえ何も」

「どんな競技になるんでしょうね」

裁判院の人が楽しみですねと言うと、ちょうど券を買いに人が来たので三人して画面から視線を外す。二十歳くらいの青年が紙幣と硬貨を片手に握りながら受付台の前に立った。

「い、一枚ください」

「はい。こちら、ん？」

私は券を購入した青年の横へ向けて、指パッチンをする。

「うわ！」

パルティンテートンの呪文で姿を隠していたらしき、彼と同じ歳くらいの青年が、解除の呪文を掛けられてその姿を現す。

「なんでバレたんだ⁉」

お金を払っていなかったほうの青年があわあわと口を動かした。

なんでと言われてもとにかく購入しているほうの男の人がしきりに隣を気にしてそわそわとしていたのも気になった理由だが、何より空間がブレて見えたため試しに解除の魔法を掛けたら当たりだったというだけである。

未完成のままでは、姿が見えなくなっても自分のいる所の空間に歪みが発生し違和感が生じてしまうので、上手くできたと思っても相手によく見られれば失敗となってしまう。

関係者以外の観客席への道筋はこの正規の入り口しかない。他から入ろうとしたり競技場の上から入ろうとしても、騎士が監視しているためむやみやたらと侵入はできない。

不法侵入を防ぐための魔法も掛けられなくはないが、お金を払っていない人を排除、となると私達のようにお金を支払わずとも仕事で来ている人が入れなくなってしまうし、それも考えると防御の魔法陣の作りが複雑になりややこしくなってしまうため、原始的な方法でこうして私達が配置されている。

ロックマン公爵家のように、一族の知り合いでもなく心を許していない人間が屋敷へ立ち入れば自動的に外に出されるという魔法であれば制限される対象がハッキリと定められるので有効なのだが。

この二人はお金がないらしく、街中でも同時映写機で見ようと思えば見られるはずだけれど、なんとしても生で試合を見たかったそうで、私達を誤魔化せられれば、とここから入ろうとしたようだ。

「まだ入る前ですので不法侵入にはなりませんが……もしもう一度このようなことがあれば、独・房、行きですからね」

「は、はいぃぃぃぃ！」

「すみませんでした！」

ビシッと上半身を折り曲げた青年二人は、早々に馬車に乗って島から降りて行った。

一応私は、パルティンテートンの使用者のみを排除するという暗号を退魔の魔法陣をもとに十分ほどで作り、いらない用紙の裏に描いたその魔法陣をデア・ラブドスに仕込んだあとそれを入り口の前に敷く。

「ありがとうヘル。ああいうのは明日もいそうだな」

「気を引き締めていきましょう」

ヤックリンさんと裁判院の男性はそう言って紅茶を啜る。

「あっヘルさん、試合始まるみたいですよ」

彼に言われて同時映写機へ私も意識を戻した。

『試合のもようは、わたくし【流行誌ヘブン】編集長のマージー・テレンスがお送りいたします！

そして共に解説していただくのは王国騎士団長、外調鑑識官大臣《がいちょうかんしきかん》、そしてミスリナ王女です』

試合の内容は解説者の人と、騎士団長、外官大臣、それと何故か姫様が伝えてくれるそうだ。映写機から四人の声が聞こえてくる。

これから三百六十人六十組の出場者達には、この島よりも遥か上にある硝子で作られた球体の空間まで特殊な道を通って行ってもらう。そしてそこへ六人全員揃った状態で早く着いた二十組が次の試合へと行ける。魔法で他の組を妨害するのもありだが、使い魔に乗ってはいけない。あくまで自分の足で上まで行き、浮遊魔法を使うことも、魔法陣で移動することも駄目で、かつ六人揃っていなければならない。道から落ちた人間を魔法で引き揚げたりすることは可能だが、つまりこれは、

「徒競走？」

五年時の追い剥ぎ大会を思い出す。なんでこうも魔法を使わない競技ばかりなのだ。もしかしてこういうのを見越してのあの攻守専攻技術対戦だったのだろうか。どちらにせよもっと何かほかになかったのかと思わざるをえない。

競技場の舞台、土が敷かれている領域に組ごとに端から端まで六十組が整列している。

すると出場者達の目の前に、幅の大きな空まで続いている黄色い道が姿を現した。

『ここを走り、先に頂上へ到達した二十組が明日の試合への出場権を得るとのことです！　さて心の準備はよろしいでしょうか？　それではよーい……どん！』

やや興奮気味の解説者が全体を煽った。

よーいどんとか、ちびっこの駆け足大会でもあるまい。

それでも皆は真剣なので一斉に走り始めたが、開始早々あちらこちらで爆発が起こったり誰かが吹っ飛ばされていたりと、現場は大変荒れているようだった。

その中でも目に入ったのは、道にあいた巨大な穴だった。

次々とそこに人が落ちていく。

『王国騎士団がさっそく魔法を仕掛けましたが……あれは落とし穴ですね！』

せこい。

「じゃあね～」

「てめぇズリィぞ！」

仕掛けた張本人なのか、笑顔で画面いっぱいに映るロックマンは、穴に落ちた自分の仲間を魔法で引き揚げていくサタナースに手を振り先へと走っていく。画面に取り残されたサタナースは隣で落ちずにすんでいたベンジャミンと共に仲間の引き上げに成功すると、その後を追って行った。

「あいつぜってぇ叩きのめす！」

修羅の形相で画面に映るサタナースに、私は心の中で声援を送った。

是非とも叩きのめしてくれ。

他の組に追い付き追い越され追い越しを繰り返していた結果、ハーレの組は見事三番手で目的の場所へと到着した。

硝子の球体の中へ到着したハーレの面々は、その場で座り込み円になった。ゾゾはむき出しの足を惜しげもなく伸ばし、腕も伸ばして目を瞑る。

「やぁっと終わったわ」

下でまだこちらへ来るのに苦労している他の組を見ては、もうこんな道は走りたくないと苦い顔をした。

先ほどまでの道のりを振り返り、先に着いていた二組、ドーランの騎士団とヴェスタヌの騎士団を離れた場所から確認する。

道を走り出して早々に四方八方から衝撃がきた。

なんとかここまで六人で来られたが、先着している騎士団達が手強《てごわ》い。

「ディーン？　体調悪いの？」

「なにかしら……、ちょっと貧血みたい」

氷型の魔女であり、ハーレ組の仲間であるディーンが目頭を押さえてうつむいている。少しクラクラすると言う彼女に、走りすぎたからゆっくり休もうと慰め、ゾゾはディーンに治癒魔法をかけた。

貧血は魔法使いにとって一番厄介な症状である。

血が薄まれば魔法に影響が出てしまうのだ。威力もなくなり、魔法を使うことさえできなくなることがあるという。

「大丈夫よ」

「ありがとう」

ゾゾは血色の戻ったディーンの頭をぽんと撫でた。

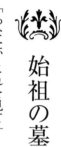

始祖の墓

「あなた、これを見て」

「どうした?」

カルタール王国・火の始祖の墓では遺跡の調査が進められている。

調査には数々の国から集められた優秀な考古学者、天文学者、破魔士達が力を貸していた。

ナナリーの母、ミミリーもそのうちの一人であり、始祖の墓を研究する第一人者としてその世界では有名な考古学者だった。

大陸の端にあるこの王国内の火山のふもとで発見された火型の始祖の墓。ほら穴のような場所にあったそこは、今まで数多くの学者達が見つけようとしても見つけられなかった場所である。

最初に見つけたのは依頼で魔法動物を探しに来ていた王国の破魔士であり、男は偶然その場所に辿り着いた。探していた魔法動物はほら穴のような場所に住んでいることから、男は火山のふもとにあった横穴の中へと入っていったが、そこで見つけたのは魔法動物ではなく大きな墓であった。

大陸全土から優秀な学者達が招集され、火の始祖の墓では百を超える人数が調査を行っている。

これだけの大規模な調査には訳があった。

近年増え続けている魔物。そして各地に現れるシュテーダルという魔物。

一般の民には伏せられていることだが、ひそかに各国の王から命を受けていた学者達は、その原因究明に追われていた。

シュテーダルとは何者なのか。魔物を滅ぼす方法はあるのか。これから起きうる災厄を避けるすべはあるのか。

学者達が墓にこだわるのには理由がある。以前から火型と氷型の始祖の墓以外は見つかっていたわけだが、それぞれの墓には石盤があり、そこには古代文字で刻まれているある言葉があった。

「ヤミ、ノ、オゥノトキ、ハ、トメウル、コトハデイキナイ——闇の王の時を止めることはできない。そう書いてある」

「おい皆、ちょっと来てくれ！」

洞穴の中を大きく削り炎が宿る照明の魔法でいくらか明るくなっている墓場。壁とはお世辞にも呼べないごつごつとした、衝撃を食らえば今にも崩れてしまいそうな土の壁。

始祖の墓は祭壇のようになっており、扉のような大きな石盤がそこかしこに転がっている。

何十もあるそれを学者達は一つ一つ調べていたが、ミミリーが調べていた石盤は他の四分の一にも満たない、比較的小さなひし形の石盤だった。

ミミリーの隣で共に調査をしていたのは、彼女の夫であるカウルス・ヘルだった。

カウルスは仕事の依頼を受けてここへ来ていた。ハーレにあったあの遺跡調査の手伝いである。

「他の始祖の墓にあった石盤をここへ持ってきてください」

ミミリーに言われ、現場へ持ちこんでいた石盤を男達が数人がかりで運んでくる。石盤には魔法が使えない。

「これも文章が繋がるようね。順番はきっと地・雷・風・水……火、こうでしょう」

垂れてきた焦げ茶色の髪を後ろでまとめ直し、ミミリーは石盤を地面に並べる。

四つの石盤には学者達が見当をつけたかぎり、それぞれの墓と繋がる文章が書かれていることが分かっていた。

その文章とはかつて始祖達が犯した罪についての記述である。

そしてもしかするならば、魔物を消し去るための方法が書かれているかもしれないということも推測されていた。

元々一枚の石盤だったのか、ひし形のそれは絵柄を合わせて五つをくっつけるとぴったりと合う。

「私が読み上げてみます。我々は罪を犯した――」

ミミリーは古代文字に指を這わせて読み出した。


【我々は罪を犯した】【平和はときに退屈だ】

【退屈はときに窮屈だ】【窮屈はときに狂気だ】

【退屈に血を降らせ】【共食いを始める】【恐ろしいものを知らぬ我等に】【牙を向けてくる】

【生み出した種は】【禍々《まがまが》しい色に満ちていた】

【闇の王の時間を永久に止めることはできない】【かの名はシュティダル】

【地より深い場所で眠る愛しき氷よ】【破壊の鍵はその心に】


「シュテーダルと書いてあるぞ！」

白髭を蓄えた老紳士が指をさす。

「創造物語集にある魔物を作り出した話は、やはり事実なのかもしれません。皆さんの見解はどうでしょうか」

読み終えたミミリーは、その場にいる学者達に意見を求めた。

「シュテーダルというものが闇の王だとするならば、それは魔物が言っていた親玉のようなものだと断定できる」

「愛しき氷とは何だろうか？」

「破壊の鍵となるのは氷型だということだと思います。そういえば氷型の守護精の呪文にもありますね、『終結の鍵』と。破壊と終結は同義語では？」

「氷の始祖の墓が見つかれば……」

「各地に出ている魔物は氷の力に弱いと聞いたが、本当なのかね」

「氷型の数がまた減少したのは、魔物がその力を怖れて殺したからだという報告がありますが」

「この下の絵からするに、魔物を破壊するには氷の力がより必要だということだろう。この絵の文字は集める、吸収、という意味でもある。こっちは破れる、破裂という意味の文字だ」

「破裂するほどの力を氷から吸わせて消滅させる……？」

学者と研究員達の話を静かに聞いていたミミリーは、眉を顰めてその場から立ち去る。

「落ち着けミミリー」

「ええ、ええ」

墓場から離れたミミリーをカウルスが追い後ろから抱き締めた。

「あの子がハーレで働きたいと言った時、私どうしたら良いか分からなかった」

「……」

「嫌でもきっと、魔法型に影響が出てくると感じていたの。それでも、この素晴らしい魔法の世界で、本人のしたいことを目一杯させたいと思ったわ」

ナナリーが小さい頃、受付のお姉さんになりたいと、希望と夢を膨らませて二人に話して来たことを思い出す。子どもの成長を嬉しく思う反面、心配事がたくさん増えた。

「海の中で私と彼女は出逢った。あなたと入り江で逢瀬《おうせ》をしていた私を応援してくれていたわ。信じられないけれど、意思として力として、彼女は身体がなくなってもそこにずっといたのよ」

抱き締められているその腕に手を添え、昔、家を出た時のことを頭に思い浮かべる。

『私にも地上で会いたい者がいる。触れたい手がある。たとえその姿は失われてしまっても』

そう言って彼女はミミリーをこの姿へと変えてくれた。依代《よりしろ》のない彼女をミミリーの胎内に宿らせる代わりに、ミミリーはカウルスと一緒になれた。

そのことを後悔なんてしていない。

「彼女の墓があるのなら、違う墓もあるはずだって思ったの。探求心もあったけれど、考古学者になって世界を飛び回り見つけたいと思ったわ。だって彼女は」

「魔物がこの世界で再び猛威を振るうことを分かっていたんだ。そうなんだろう?」

ミミリーを故郷から連れ出した張本人であるカウルスは、当時もその話を聞かされていた。

「氷の彼女が力を使う以外に他にも方法がないか探ったけれど、結局墓には罪の懺悔《ざんげ》しか書かれてなかった」

ナナリーが生まれた時、身体にあったものが抜けていく、ミミリーはそんな感じを覚えていた。

自分の娘の中に宿っているだろう力は、これからきっと必要になってくる。けれどその力が失われたら、娘はどうなるのだろうか。

「真実を知られたらあの子が巻き込まれてしまう。そうなる前に国へ――」

「皆逃げろ！　火山が凍ってる！」

外にいた学者数人が走って中へと入ってきた。額には汗が滲んでいる。

火山が凍っているとはどういうことだとその場にいる者達は外を見たが、そこはまるで空離れの季節のように冷たい景色となっていた。そして雪ではなく氷が大地を支配しており、ピキ、パキ、と音を立てては墓場の近くまでそれは迫っている。

「ミミリー、話は後だ！　急いでナナリーの所へ向かうぞ」

カウルスは異常な現象に、この場から離れたほうがいいと妻の手を握りしめる。

浮遊の魔法で国境沿いまで行こうとしたカウルスだが、さらなる異変に気づいた。

「魔法が使えない？」

「どういうこと？」

利き手を見つめて呆然とする夫にミミリーは問う。

カウルスが呪文を唱えても、指先からは何の反応もなかった。

「カロマギア・ゾーオンの呪文も駄目だ。どうなって……なんだ、身体が」

墓場の中まで凍ってきたが、それを止める術《すべ》はなく、その場にいる者達は悲鳴をあげながら足先から凍っていく。

カウルスが魔法で出し続けていた照明の火がフッと消えて暗くなった。

それと同時にカウルスの身体に貧血の症状が出始める。魔法が使えず目眩がおき、足に力が入らなくなっていた。

「思っていた以上に、あちらは頭が良いのね」

墓の外を睨み付け、ミミリーはカウルスを抱きしめた。

受付嬢三年目・大会編二

三日目は予定が変わり、競技場の上にある舞台での試合をするはずが、舞台の不具合により観客席のあるこの競技場で行われることになった。

不具合が修復しなければ明日も観客席のある場所で行うらしいが、中止になってしまうより良かったかもしれないと券を買いに来ているお客さんを見ながら笑顔を向ける。

『四回戦！』

今日も我先にと人々が押し寄せてたくさんのお金を落としていったが、試合が始まる前に人の波は去り、私達もあとは昨日同様受付の席に待機するのみだった。

試合も始まっている。

先輩や裁判院の二人は今日も競技場の中で活動していて、組み合わせ表の発表にも立ち会っていたり、お助け札の確認などをしていたりと私達より動くことが多そうだった。

お助け札とは、これからの試合で一組につき一度だけ使える切り札のようなもので、二十枚の中から昨日の先着順に札を一枚だけ選ぶことができる。

札にはそれぞれ違うことが書いてあり、例えば自分達に不利な状況になった時、【相手の時間を十秒止める権利】を発動することができたり、【助っ人】を呼んだりできるなど、窮地に陥った場合に行使して危険を回避するという、三日目からの面白い規則であった。

ハーレは昨日の順位に沿ってなので三番目に引いていた。一番はヴェスタヌではなくドーラン王国騎士団だったので、なんとしてもハーレの皆には優勝してもらいたい。

映写機から流れる声は今日も気合いが入っている。

確率は低いけれど、もしかしたら今日はハーレと騎士団が戦うかもしれない。

対戦表にはまだ四回戦までの組の名前しか載っておらず、ギリギリまでどこの組と戦うことになるのかは分からないようだった。

四回戦は他国から来た組同士の戦いだった。

試合の内容は指示された同型同士で戦いあうというもので、競技場の中心に浮かんだ巨大な丸い時計のような板にそれぞれの型を表す紋章が出たら、その指定された型の魔法使いが戦う。

全部で三回勝負。二つの型ずつ指名され、地と雷の紋章が板に出たら、その型の魔法使いが二人一組でぶつかり合い、全員が一回ずつ戦う。

先に二勝したほうが勝ちだ。

『四回戦はロストアバンティオ・海の泡が勝利！』

勝敗はどちらかが戦闘不能になるまで行われ、戦闘中での治癒魔法の使用は禁止。

なのでどれだけ負傷をせずに相手を攻められるかが鍵となっている。

『さて次、五回戦は』

『ハーレ魔導所対、ドーラン騎士団！』

「え？」

対戦表にはハーレと騎士団の文字がある。

「えええ⁉」

「自動的にあの組み合わせ表が判断してるんだろ？　それにしてもここで戦わせるのか」

ヤックリンさんは、もうちょっと組み方どうにかならないのか、と渋い顔をした。

まさか本当に当たってしまうとは。ここで負ければどちらかが次の戦いに進めないことになる。

『さぁどんどんいきましょう！　まずは初戦！』

戸惑っていても試合はどんどん進む。

『雷・風』

最初は雷と風の組み合わせで、ケルンさんとモルディナさんが男騎士二人相手に戦う。

ハーレ側は合わせ技、竜巻に電撃を纏わせて相手の負傷を狙ったりと着実に攻撃を仕掛けていっていた。

しかし途中まで相手の隙をついては攻撃をするなどして有利な状態に持っていけてはいたが、「男の意地はどうした！」という騎士仲間からの声援を受けてか女に負けられないと思ってなのか、それからは騎士にぐいぐいとこちらが押されてしまい結果的に負けてしまった。

二人が戦闘不能になるまで戦うので、地面に倒れた先輩達にゾゾさんが治癒魔法をかけに行く姿が映る。

「きっついな」

「次にあれが、ロックマンが来たらどう」

『次は――火・氷！』

ぶち当たった。

「……」

「……」

私とヤックリンさんは無言になる。

別に自分達の仲間の力を信じていないわけではない。さきほども接戦であったし、向こう側の一人を戦闘不能にもしていた。実況も『ハーレは優秀な人材の集まりですからねぇ、分かりませんよ』と言っていたし。

けれども奴が出てくるとなると話はまったく違うものになる。

『騎士団からは、我らが火の魔法使いアルウェス・ロックマン、氷の魔女ムイーシア・ヘルドラン』

試合が始まり、向こうの組からはロックマンと知らない女の人が出てくる。

自国の騎士団とあってか観客の声援が凄まじい。

『ハーレ魔導所より、火の魔法使いバンデロ・ドリッキー、氷の魔女ディーン・プロイシス』

こちらの組からも一人ずつ出てきた。ディーンさんとバンデロ先輩が映写機に映る。

二人は試合が始まると、後ろにじりじりと下がり相手の出方を窺っていた。

ここはもう是非とも二人に勝ってほしい。

「アルウェス様ー！」

「勝ってくださいましー！」

競技場の舞台の両端には他の組が待機をしていた。出場者用の席もあるのでそこに座っている人もちらほら見られる。試合が始まれば砂埃《すなぼこり》や攻撃の魔法が観客席にいかないようにと防御の膜が張られるので、戦う四人以外は早々に待機席へと引き上げ自分の仲間達を見守った。

『ハーレが最初に動きました！』

バンデロ先輩がその場から姿を消す。七色外套の呪文を唱えたのだろう。

対してロックマンともう一人は動くことなく、どこから敵が来るのかを見定めているようであった。

『隠れ方がうまいね』

ロックマンはそう言うが、奴はある一点から視線を逸らしていない。それに何かを目で追いかけているようだった。手には炎を宿している。ロックマンはユーリを召喚すると同時に、その視線の先に炎の弾丸を放った。

すると弾丸の先にいたのか、バンデロ先輩の七色外套が解かれてしまい、ロックマンの炎を防御の膜で回避していた。あくまで女性を傷つけることはしないのか、男であるバンデロ先輩しか奴の眼中には入っていないらしい。

なので自然にディーンさんの相手は同じ氷型の魔女であるムイーシア・ヘルドランになる。

『モルジブ王国出身のムイーシア・ヘルドランはかなり優秀な成績で去年ドーラン王国魔法学校を卒業しています。十五歳で途中編入をした彼女ですが、魔力の高い氷型の力を持っており、地元ではたいへん有名だそうですね！　それに超絶美人！』

『アルウェスも始祖級と言われる魔法使いですし、貴重な戦いですわ』

ムイーシア・ヘルドラン。在学中に名前は聞いたことがないけれど、南のほうでは有名な人なのらしい。魔力が高いと有名になっているほどの氷の魔法使いなんて初めて見るので、同じ氷の魔女としてはかなり気になる。

始祖級とは魔力が高いと言われる人達の中でも特に抜きん出ている者を指す言葉で、知っている限りではボリズリーさんが地の始祖級と呼ばれていたり、あとはあいつ、ロックマンがそう呼ばれている。

『私より強い氷の魔法使いやアルウェス隊長より強い火の魔法使いなんて見たことないわ。この試合、勝ちも同然じゃない』

目の前に立つディーンさんに、ヘルドランという人は笑顔でそう言い放った。

気の強そうな彼女は漆黒の腰まで伸びた髪を片手で払い、誇らしげな表情で相手を見つめている。

自分の力に物凄く自信があるのだろう。実際負けたことはないのかもしれない。

しかし自信があるのは嫌いじゃないが、他人を見下しているような態度は少々気に食わない。

確かに彼女は美人ではあるけれども、うちのディーンさんも超超超絶美人だ。解説者の偏りのある実況に頭から角がはえそうだが、ディーンさんには頑張ってほしいところである。

ロックマンとバンデロ先輩がやりあっている横で、こちらも動きをみせる。

ディーンさんが槍状の氷を空中にいくつも出し、相手に向かって乱射攻撃を仕掛けた。

ムイーシア・ヘルドランという女性騎士も負けじと地面を凍らせ、下から盾にも攻撃にも使える鋭い針をいくつも出している。

「大丈夫ですか？　今救護室まで行きますから！」

受付の目の前にある入り口から、女の人が騎士の肩にもたれ掛かりながら出てきた。映写機から視線を外して女性を見れば、体調が悪そうで、顔が青白くなっている。

「どうしたんですか？」

「貧血で倒れてしまったようで、治癒魔法でも治らないので救護室まで……おーい！　誰か来てくれ！」

『ディーン！』

『はぁ……はぁ……』

バンデロ先輩の彼女を呼ぶ声に、再び意識を映写機に向けた。

『ハーレ魔導所、ディーン・プロイシスが倒れました！　しかしこれは体調不良でしょうか……？』

『貧血症状がでているようですわね』

ディーンさんが女性騎士の前で倒れている。さきほどまで軽快に戦っていたのにどうしたのだろうか。

自力での回復は望めないと判断したのか、バンデロ先輩がロックマンとの戦いを一時中断し、彼女を横抱きで抱えて脇に退く。

皆でどうするのか話し合っている姿が見えた。

『札を使うわ！』

話し合いが終わったのか、ゾゾさんが札を高らかに上げた。

『【代理】を行使します！』

審判の人にそう言ってゾゾさんは白い札を渡す。

『代理は同型でなければなりません。外から誰を喚《よ》びますか？』

ハーレが使ったのはお助け札だった。札は四日目の明日まで使うことができるが、ここで使ってしまうようである。けれど確かにここで負けてしまえば明日の試合に出ることはできないし、優勝どころではない。

ハーレが引いていた札は【代理】だったようで、こんな状況ではあるけれど良い札を引いていてよかった。

「ディーンさんは大丈夫でしょうか」

それにしても彼女が心配だ。

貧血症状が出てしまうと魔法が扱えない。倒れるまであそこにいたのなら立っているのもやっとだったに違いないのに。

「ヘル、お前どうした？」

「え？」

「身体が透けてますよ！」

裁判院の人が映写機と私を交互に見ている。

「ヘルさん、まさか」

まさかってどういうことですかと声をかける間もなく、次に私の見る景色は一変する。

「ハーレが【代理】の札を使いました！」

ヤックリンさんと裁判院の二人は横にいない。冷たくて美味しい紅茶が入っていた樽もない。

「騎士団頑張れー！」

「いいぞヘルドランー！」

映写機から見ることしかできなかった観客席。

気づいたら目の前には体調がすこぶる悪そうなディーンさん。それを抱えるゾゾさん。その後ろにはアルケスさんやハーレの皆に、出場者席に座るボリズリーさんやヴェスタヌ騎士団の面々。

「は？」

私は競技場のど真ん中に座り込んでいた。

「代理で現れたのは水色髪の白い衣装に身を包んだ女性です！　このまま試合は続行されます！」

ハーレ側にはけして好意的ではない歓声の中、呆然としている私へ追い討ちをかけるように実況の声が耳に響く。

代理？　水色髪？　白い衣装？

キョロキョロまわりを見渡してもそんな特徴のある女なんて状況から察するに私以外いないではないか。地面にへたりこんで座っている私の顔は鏡を見るのも恐ろしいくらいに滑稽《こっけい》なものとなっているだろう。

「あれヘルさんじゃないか⁉」

「おーい頑張れよ！」

近くの観客席から名前を呼ばれた気がしたので見てみれば、そこには薬師のペトロスさんと友人のマルコさん、今日は市場をおやすみしていた野菜売り場のおばさん達がいた。

「誰が相手だって同じよ」

振り向きざま、とっさに地面へと転がる。

――カキン！

デア・ラブドスを横持ちにして仰向けになり、ブンと振りかざされた氷の剣を受け止めた。力と力の押し合いでギギギと鈍い音が立つ。上からの重圧に腕がぷるぷると震えた。

「反応がいいのね」

ゾゾさん側を向いていた私を背後から襲ってきたムイーシア・ヘルドランという女騎士。黒く長いその髪が、重力に従って私の額や首元にはらりと流れ落ちてくる。

なおも押し返そうとする私の目と彼女の目が合えば、上から下へ、下から上へと舐めるようにじろじろと見られる。その視線に居心地の悪い気分になっていると、黒に少しだけ緑の混ざったその瞳が好戦的なものから攻撃的なものに変わった。

「あんなに親しくしてっ」

え、なになに私なにかしたのか。

このままではかなり戦いづらい。地面に膝をつけたままだったので勢いで倒れてしまったのは不覚だが、私はふんぬと腹に力を込めて徐々に立ち上がっていった。

もう、もう、

「どういうことですかぁー！」

ハーレの皆へ大声で叫んだ。私がここにいるなんて場違いにもほどがある。

間違いなくさっきの札のせいだ。

相手の剣を力ずくでなぎ払って後ろに下がる。

「だぁって！　色んな意味で対抗できそうなの貴女しか思い浮かばなかったのよー！」

ゼェハァと息を吸い込みながら必死の形相で叫んでいる私にゾゾさんからそんな声が返ってきた。

色んな意味の色んなとはどういう意味だ。はっきり力がと言ってくれるならいいがそうでもないらしい含みにジト目で皆を見つめる。

しかしアルケスさんから満場一致でお前に決まったんだよ、と叫ばれれば何だか悪い気がしなくもないので素直にじゃあがんばりますと頷いてしまう。

戦いを一時中断していたバンデロ先輩に、一緒にやってくれると助かる、と隣まできて左手を差し出されたので思わずその手を握り返した。

だが私には職務放棄、無断欠勤にも匹敵するほどの重大な懸念がある。

「でもあの！　今私仕事中といいますか！」

「はやく終わらせたら仕事に戻れるから、頑張ってちょうだい！」

要約すれば「四の五の言わずさっさと倒してこい」。

思い違いではなく確実にそう聞こえる。

「ナナリー後ろ！」

殺気を感じた私は先輩の叫びにララを召喚してすぐさまバンデロ先輩とともに空へと舞い上がる。

私がさっきまでいた場所には銀色に見えるほどの鋭い氷柱がいくつも刺さっていた。あのままあの場所にいたら今頃私は文字通り針山《はりやま》と化していただろう。

ヘルドランさんが魔法の構えをしながら、空を飛ぶ私を下から見上げている。

その隣には先程までバンデロ先輩と戦っていたロックマンがいた。

ロックマンを見れば、向こうも私を見ていたのかバッチリと視線が絡まった。涼しげな表情だが機嫌の悪そうな顔……気のせいか。いつも私が見るあいつの顔はだいたいあんな表情だ。

なにはともあれアイツと戦うことになるとは運が良いのか悪いのか。

「ハーレはいつまで逃げてんだー！」

「戦えー！」

逃げる、だと。

「バンデロ先輩……」

「どうした」

「降りましょう」

「お、おう」

観客席から聞こえた怒号に私と先輩は地面へ降り、二人の目の前に立った。

ララを肩の上に乗せてデア・ラブドスを地面へ突き立てる。

逃げる。確かに私の今のこの状態は逃げの姿勢に入っていると思われても文句はいえない。貴重な試合時間を削っているのだ。だからその声には反論しないし文句を言うつもりもない。

けれど逃げている弱腰野郎だと思われて終わるのは私の意地において絶対に許されないことである。

「逃げてばかりの方に負ける気はしません。隊長、氷は私に任せてください」

二対二で対峙すれば、そう大きな声で宣言される。

おい待て美人さんよ、何度も逃げる逃げる言うな。

奴はと言えば「負けない？　それなら任せるよ」と笑っている。というかなぜあちらが選ぶ立場で私達が選ばれる立場になっているのだろうか。見下されているとしか思えない。

「カラザ・キオノスティバス（雪崩）」

若干の苛立ちを覚えていると、先ほどの時間を取り戻すように次から次へとヘルドランさんから攻撃魔法が繰り出される。完全に私を対戦相手として認識しているようだ。

身体を貫く勢いで降ってきた雹《ひょう》。バンデロ先輩と離れて、デア・ラブドスを頭上で回転させて弾《はじ》き飛ばし回避するが、横から大量の雪の波が襲いかかる。

うねうねと龍の形に変わって渦を巻きながら迫ってくるそれを見て、ギリ、と奥歯を噛み締めた。

私もやられてばかりではいられない。

右手の薬指を唇に当てる。

「プネウマ・パゴス（氷の吐息）」

片足を引き、肺活量を最大限使いその龍へ息を吹き掛ける。キラキラと光の粒が混じる吐息の風速は風の魔法使いに勝るとも劣らない。吐息で雪の龍をカチコチに凍結させて動きを止めた。

仕上げに指をパチンと鳴らして粉砕する。

「雪の龍が崩れさった！　ドーラン王国騎士団ムイーシア・ヘルドラン、次はどのように攻めるのでしょうか！」

あんなに聞こえていた実況の声も、いざ戦いをする側に回れば途切れ途切れにしか聞こえなかった。

氷の屑《くず》があちらこちらに散らばっている。きっとこれはさっきまで彼女と戦っていたディーンさんの魔法の跡だ。

龍を消したあと何処からともなく氷が地面を覆ったかと思えば、足元から氷岩《ひょうがん》が勢いよく音を立てて出現する。氷岩は私を覆い閉じ込めようとしているようだった。

すぐに上へ飛んで回避をしようと思ったけれど、それでは逃げている姿をまた大勢の前で晒すだけだ。それはなんとしてでも避けなくては。

「ブラギアームス・メギスト！（最大の腕力）」

腕を大きく振りかぶり、凍った地面に思いきり拳を叩きつける。

――ドゴォォオン!!

氷ごと地面を叩き割り、相手が出した氷岩に魔力を込める。

すると先程のものの数倍の大きさの氷岩が波紋のように広がり、その衝撃でヘルドランさんの身体が競技場の端へと吹っ飛んだ。足を押さえてふらりと立ち上がる彼女を見て、微々たるものだが傷を与えることができたようだと確信する。

女性相手だからと戦いにおいて手を抜くようなことはしない。言い方は悪いが相手も私を殺すつもりでかかってきているように思う。ならばそれ相応の覚悟でいかなければ。

なんであんなに殺気立った目で見られるのかは不明だけれども。

負傷した彼女には悪いけれど、魔法を発動される前に地面へ仕込んでおいた氷の糸で両手両足を縛りつけた。

「なによ、これ！」

彼女が指を振れないように、親指、人差し指と順に氷の糸をグルグルに巻き付けて固定させる。

触手のようにうねうねと巻き付くそれを見てヘルドランさんは声を荒らげた。呪文が唱えられないように口元にも何重にも巻き付ける。

そんじょそこらの刃や熱では切れない。なんといってもキングス級の氷の破魔士から直々に教えてもらった魔法だ。

「これはどうしたことでしょう、あっという間にヘルドランが手も足も出せなく……」

「指の動きを止められては戦闘不能状態になったも同然ですわね……」

「ええ、ただ今ハーレ側の資料がまわってきました。代理の水色髪の女性はナナリー・ヘルという方で――王国魔法学校を首席アルウェス・ロックマンに次ぐ次席で卒業しています」

あれ、今とても不快なことを言われた気がする。

「ぶっ！」

気をとられていれば右から飛んで来たものを避ける余裕なく、私はまた地面に仰向けに倒れる。

頭を押さえてイテテと自分に覆い被さるものを見れば、そこにいたのは目をグルグルと回したバンデロ先輩だった。

「やだ、バンデロ先輩しっかりしてください！」

ヘルドランさんとの戦いに集中していたせいで隣の状況は全く掴めていなかった。

なかなか起き上がらない先輩を横目にロックマンを見れば、こちらを気にする素振りは一切なく、ユーリに乗ってすばやくヘルドランさんの元へと駆け寄っていた。彼女の足の傷を気にしているようだった。あいつはどこでもああなのか。

バンデロ先輩の回復が見込めなくなったので彼を一旦皆のところへ避難させる。ゾゾさんの治癒魔法を受けて顔色も安定した先輩を見届けたあと、私は再び競技場の中心へと戻った。

ロックマンはヘルドランさんに巻き付く氷の糸を溶かそうとしているのか、糸に炎を纏わせてほどうとしている。

「そんなことしたってほどけないわよ」

「随分頑丈だね、これ。まぁ負けないとは思っていたけど、傷も負っていないとは。さすが君も随分頑丈だ」

「治癒魔法が使えないんじゃかすり傷だって致命傷になる。そんな簡単にいくものですか」

糸を切るのは諦めたのか、奴はヘルドランさんから離れて私と向き合った。

彼女はともかくコイツを倒さなければこの試合は勝てない。

「アルウェス様ー！」

「ヘルに負けないでくださいませー！」

当然これだけの観客、貴族も来ていれば知合いも沢山いる。特に貴族の席からはそんな声が度々聞こえてきた。

それ以外にも「ぶちのめせナナリー‼」と私のことを応援してくれる平民の友人が何人かいて些か胸は軽くなった。

そろそろこいつとも十年近い付き合いになるが、いや付き合いという言葉が合っているかは分からないけれども、とにかく長いこと関わりがあるのには間違いない。

「ついに公式な場であんたを打ち負かす時がきたわ！」

「それだいたい負ける側の言う台詞だけど大丈夫？」

「うるさいばーか」

目の下を人差し指で下に引っ張り舌を出してあっかんべをする。この動作も手慣れたもので私の右に出る者はいないだろうと自負するくらいだ。

合図もなく奴との戦いは始まる。

「フロガ（炎）」

「ニパス（吹雪）」

爆弾が無数に飛んできたので氷弾で迎撃《げいげき》して爆発させる。

またどこまでも追いかけてくる火の弾丸を凍らせて破壊したり、魔法陣でアイツの下に落とし穴をつくり罠にはめたり、炎の巨拳で押し潰されそうになったり、高熱の膜に閉じ込められて熱死させられそうになったり、仕返しに奴の身体を凍らせて破壊しようとするも一歩先を読まれていたのか内側から氷が溶かされて術を破られたりする。

なぜだ。中々あと一歩まで届かない。

「フロガ・ドラコーン（爆炎龍）」

ロックマンはいつぞやの金の長い杖をどこからか取り出すと、魔法陣を敷いて火を吹く雄々しい龍を出現させた。

「クリスタロ・ドラコーン（氷結龍）」

私も負けじと魔法陣を敷く。

デア・ラブドスの先から競技場の半分くらいの大きさに広がる銀色の陣。その光り輝く絵から現れたのは、白く美しい翼を持った氷結晶の巨大な龍。

龍が威嚇し合い、互いの首を噛み千切ろうとしている。

本体であるロックマンを氷結龍で倒したいがそうもいかず、二匹の龍はそれからほどなくして同時に倒れた。

私は苦虫を噛んだ時のような表情になる。どうやったら仕留められるのだろうか。

「セルモクラスフィア（絶対熱）」

ロックマンが手の平を上に向けると、その上に小さな光が宿る。奴の背後には青と紫と黒や緑が混ざったような、教科書や歴史書で見たことのある宇宙と呼ばれる光景に似ている空間が出現した。

天体が時計回りにまわり始めて、ロックマンの手に吸い込まれるようにその空間が小さな光へと集まると、風が起き光は徐々に大きくなり勢いを増していった。

あれは火型の技の中でも超高度な魔法である。他の型の魔法も勉強していた私にはその威力のほどは詳しくは知らないが、脅威であることには違いない魔法だった。すべてを燃やし尽くし、灰すらも残らないほどの力。

あれに対抗できるものは唯一氷型の技にある魔法だ。こうなればいたしかたあるまい。

「アポリト・ミデン（絶対零度）」

暗い夜空の空間が私のまわりを包む。瞬く星が頭上を回転し始めると一点が青くなり、強い光を帯びて大きくなっていく。

「我がドーラン王国王宮魔術師長にして第一騎士団隊長のアルウェス・ロックマンですが……それに対抗している彼女はもはや」

「始祖級と呼ばれるのに相応《ふさわ》しいな」

ピタッとロックマンの動きが止まった。

そしてあろうことか出しかけの魔法を解き、何かを迷っているような表情をし出す。

隙をつく絶好の機会だけれどどうも腑《ふ》に落ちない。

訝しげに眉を寄せた私はふと、糸で縛りつけたままのヘルドランさんの様子を窺う。糸が簡単に切れないとはいえ万が一ほどけそうだったら補強しなくては、さすがに二対一はきつい。

けれども彼女の様子がどうもおかしい。

「ムイーシア?」

私の視線の先が気になったのかロックマンも彼女を見る。

そしてヘルドランさんの下へと駆け寄りその頬をペチペチと軽く叩いていた。

「どうしたの?」

「貧血を起こしてる」

顔は真っ青だった。私も出しかけの魔法を解き、中断してそばに駆け寄る。

「どうしたのでしょう、二人同時に魔法を解き……ムイーシア・ヘルドランが倒れています」

「先ほどから少し会場内の様子もおかしいですわよ。貧血者が何人もいらっしゃるようだわ」

観客席はざわめく。

指を鳴らして糸をほどき、私はヘルドランさんを地面に横たわらせた。けれどロックマンは地面は冷たいからと自分の腕の中にヘルドランさんを抱えこみ、彼女の額に手をあてて治癒魔法をかける。

「ヘルドランさんも?　何人もいすぎじゃない?」

ロックマンの横に片膝をついて座り込み、先程倒れたハーレのディーンさんの前にも同じように貧血で倒れた人がいたことを伝える。

その話は他の騎士からも伝えられていてロックマンは知ってはいたようだが、難しい顔をしてヘルドランさんを見つめていた。

治癒魔法をかけているのに彼女の顔色は一向に良くならない。苦しそうだ。

「ヘルドランさん？　だいじょ…」

「ふぅ……あら…楽になったわ」

顔を覗き込んでいた私に気づいたヘルドランさんが手を伸ばしてきたので、その手を掴んで胸上辺りに引き寄せた。するとふっと笑っていくらか元気な表情をしてくれる。私と戦っていた時の顔が嘘のようで余計に心配になる。

彼女は、不思議ね、どうしてかしらと呟いた。

ロックマンの治癒魔法が効いてきたのだろうと言えば、そういう感じではないと首を振られる。

「あなたが、手を持ってくれたとたん、和らいだの」

「え？」

「本当だね、顔色が少し良くなってる」

青白かった頬に僅かに赤みがさしている。確かに若干回復の兆候が見えた。

けれど私が原因とは思えない。ロックマンの治癒魔法がちょうどよい時に効いてきただけだと思う。

そんなわけないですよと手を離せば、不思議なものでヘルドランさんの顔色がまた悪くなった。

私は馬鹿なと思い焦ってまた手を握り直す。でも今度は体調がよくならなかった。やはり関係ないのではないかと思ったが、先ほどヘルドランさんの手をどこに当てていたかを考える。確か胸上、制服の頭巾《ずきん》にかかるところ。

もしかして、いやそんな効果あるのか？　と半信半疑で制服の頭巾を外しヘルドランさんの頭へ被せてみた。

「なんだか心地好い……」

「どうなってるの？」

「私の制服は無効化衣装ってやつで、外部からの攻撃魔法を無効化するものなんだけど……」

そういえば私、こんな制服を着ているのだから傷がそんなにつかないのも当たり前じゃないか。

今さらだがズルをして勝負に挑んだ気分になる。最悪だ。

魔法で無効化衣装から青色の動きやすい普段着に着替える。

無効化衣装はヘルドランさんの身体にそっとかけてあげた。

けれど、ならば制服は一体何を無効化しているのだろうか。

私の疑問にロックマンが目を細める。

『こっちへおいで』

「え……」

声が聞こえた。夢を見ているわけでも寝ているわけでもないのに、睡眠不足の元凶であるあの声が頭に響いている。

「どうしたの？」

「声が、聞こえる」

「声？」

ロックマンがそう言いかけた瞬間、キーンという音が競技場中に響き渡る。

観客達や他の出場者達は耳を押さえて目をつむり耐えていたが、競技場自体がゆらゆら、いや地響きのような音を立てて上下に激しく揺れ出す。

「なにこれどうなってんの⁉」

「さぁ……結界が何かに破られようとしてる」

ヘルドランさんを腕から離し金色の杖を地面につけると、ロックマンは魔法陣を敷いて結界の補強を行った。私は耳を塞ぎながら額に汗を滲ませた奴の様子を見る。

結界が破られる？　この競技場を覆っているという防御膜のことだろうか。

奴は競技場の上にある空の対戦場を見つめていた。

あそこは確か不具合があるとかで今日試合を行うことができなかった場所である。

「まさか……」

「なに、あの黒いの」

空の競技場はどす黒い靄《もや》で覆われていた。

そしてそこから白い光、雷よりも大きな光線のようなものがこの競技場に張ってある防御膜を突き破ろうとしている。振動の正体はあの衝撃波だろう。

「隊長！　駄目です破られます！」

「アルウェス避けろ！」

ゼノン王子が貴賓席からそう叫んでいるのが聞こえた。

『お前達の魔力は使えば使うほど吾《われ》が吸いとっているのだ。しょせん、無駄な抵抗よ』

競技場に響き渡る、低い男性の声。

「ヘル！」

「うわっ」

腕を引っ張られ抱え込まれた。

その瞬間爆音とともに防御膜は破られ、私達が足をつけている競技場の中心に隕石のような何かが落ちる。

砂埃が舞ってケホケホと咳き込んだ。とっさのことに目をつむっていた私だが、どうやらヘルドランさんを右腕に、私を左腕に抱え込んでロックマンが小さく自分達の周りに防御膜を張ってくれたらしい。右手には杖を持っている。

そんなことをされずとも避けられたと抗議しようとしたが、

『氷よ、ようやく見つけたぞ』

衝撃で凹《へこ》み破壊された地面、そこにいたのは。

「ヒューイ伯爵」

ロックマンが呟く。

「アリスト、博士……？」

深紅《しんく》に光る瞳を持った、アリスト博士だった。

『吾の名はシュテーダル』

博士の口からその名が出ると、貴賓席がどよめいた。

『魔物の王であり始まりでありーーお前達の始祖らが作り出した神である』

「神⁉　あれはいったい何を言っているのだ！」

シュテーダル。その名前には聞き覚えがある。ドーランの城で現れた魔物が口にしていた名前だ。貴族達の一部が身体を震わせながら声をあげている。

『長き間、吾の身体を再生するのに随分と時間がかかった。だがそれもお前達人間の魔力のおかげでようやく終わる』

魔物の王、始祖らが作り出した、それが意味するものは創造物語集で語られているものに近い。

……そんな馬鹿な。だってあれは作り話のはずだ。何千年も前のことを面白おかしく物語にしたもので、史実を元に書かれたわけではないのに。

「伯爵の身体に何をした」

ロックマンは私とヘルドランさんを腕から離すと、立ち上がりながら冷静にそう問いかけた。冷静な声のはずなのに、どこか、そう、私にも向けたことがないような大きな怒りを含んだ低い声だった。自分に向けられたわけではないのに少しだけ肩が上がる。

けれどなぜ博士があんなところにいるのだろう。瞳もまるで魔物のように光っている。それにこの声は夢で聞いた声と同じものだ。博士の身体はそのまま宙に浮いて私達を見下ろす。

『何をした？　この男は幾年も前から魔物の力に魅せられ、吾をよぅく手助けしてくれた』

「手助け？」

『吾の誘惑に負けた者を操ることなど容易い』

口ぶりからするに接触をしたのはだいぶ前のことらしく、どうやってアリスト博士が誘惑され、堕《お》ち、操られる経緯になったのか詳細は不明だが、細かく説明をされなくとも話の節々にある言葉でなんとなく状況は分かってきた。

きっと博士は魔物の研究に没頭していた。それは純粋な思いで為されていたはずだった。少なくとも途中までは。

「どういうことなのかしら」

「まぁおおかた、没頭し過ぎて魔物に溺れたんだろう」

「所長、騎士団長」

観客席側にいた所長と実況席のほうにいた騎士団長が、私達の後ろに立っていた。所長は氷型ばかりが貧血になっているのだと競技場内のことを教えてくれ、心配して私の傍まで来てくれたらしい。

騎士団長はロックマンの隣に立ち、その肩に手をかけて、気づけずすまなかったと謝っていた。

それに対して奴は何も言わない。けれど言わないのではなく言えないのだろう。博士の一番近くにいたのは、騎士団の中ではロックマンだったはずだからだ。

アリスト博士は大陸でも名のある優秀な研究者だ。その博士に、各地に出没していたという、意思疎通能力をもつあの魔物が目をつけないはずがない。

あのとき私が城で見た魔物は、どこか余裕と自信を持っていた気がする。

恐れることなく敵地に入り、各所に出没する。

もしかしたら、あのときすでにアリスト博士へ接触をしていたのかもしれない。

『誰にも負けぬ強大な力を手に入れ、逆らうものをなくし、吾以上の力をもつ生き物をこの世から全て排除する。人間からどのように魔力を吸い取れるのか試しを重ねては、この男はそれを見事に

成功させた』

おそらく魔物側には分かったのだろう。

博士の中の純粋な探求心に付け入る隙があったこと、一歩間違えてしまえば、人間側の命を脅《おびや》かす危険性を持ってしまう知識を持ち合わせていたことを。

「二年前に東の森で男が襲われた。後日身体検査をしたが、微々たるものだが貧血の症状があった。あれは伯爵の仕業だったということか」

ロックマンはアリスト博士……魔物の笑い声に眉ひとつ動かすことなく、視線を上げてまた冷静にそう問いかけた。

二年前。ドーラン東部にある森で男が襲われた事件には覚えがある。男はゴーダ・クラインという人で、草食獣の牧場を経営していた。サタナースとベンジャミンが行方不明になっていた彼を森の中で見つけたけれど……あの時の犯人がアリスト博士なら、このシュテーダルと名乗る魔物が言うように、あれは「試し」のうちの一つであり、ロックマンが予想した通りの真相なのだろう。

人づてだがアリスト博士にもあのゴーダ・クラインさんの事件について騎士団が助言を仰いだらしいとゾゾさんから聞いていた。それがまさか助言者本人がやったことだとは誰が想像できただろうか。

「ロ、ロックマン」

「なに？」

「あんた、大丈夫？」

けれど、なぜ奴は、ロックマンはこんなにも冷静でいられるのだろう。きっと今の今までロックマンは博士がそういう状態にあると気づいていなかったはずだ。

以前会った時の二人の親しげな様子を思い出す。

ロックマンが子どもの頃にお世話になっていた人でもあるのだ。そこらの知り合いとは訳が違う。

『長話をしている暇はない。大陸の生き物はこの場所以外すべて全滅させた』

全滅と言えど、集めた氷の力を使い生物としての動きを止めただけだがな、と魔物はそう言った。

ことの成り行きを、突然のことながら大人しく見守っていた観客席にいる人達は今度こそそのざわめきを大きくする。

「見ろ！　国中が凍ってるぞ！」

「いやぁああっ」

「家族は⁉」

「どうなってんだよ！」

中には置かれている状況に気づいて悲鳴を上げる人もいた。

この競技場は空に浮いているので、見ようと思えば下の王国を見渡せる。

私にはどうなっているのかまったく見えないが、本当に凍っているのだろう。冗談でここまで騒げない。幻覚でもない。

大陸のこの場所以外、ということは国中の人達、仕事をしている母や父はもうきっと。

騎士や城を守る兵士達が、魔物が取り憑いているアリスト博士へ攻撃魔法を仕掛けるもことごとく破られる。博士へ届く前に同じ技で返されてしまっていた。

「そちらの目的はなんだ」

王様が貴賓席からゆっくりと降りてくる。護衛の騎士達に周りを厳重に固められながら、魔物に操られているアリスト博士に問いかけた。他国の王族もいるなか、先頭をきってその意図を問い質《ただ》す。ゼノン王子も急いでその隣についたのが見えた。

王様の問いかけに魔物はまた笑う。

『集めた氷の力で吾の愛しい氷をよみがえらせ、この世を吾の力で支配することだ。誰にも邪魔をされず、吾に従う者だけがこの世で生きられる』

そこらじゅうからゴクリと息をのむ気配を感じた。

『よいことを教えてやろう。この大陸はもはや、お前達の住み処《か》ではない。魔法を使わないほうがよいぞ？　使えば使うほど吾の身体へ吸収されるからなぁ。そこの氷の娘を寄越せば、魔獣らを放つことなくお前達を生かしておいてやる。一生奴隷として扱ってやろう』

宙に浮いていたアリスト博士もといシュテーダルは、下へと降りてこちらへ手を伸ばしてくる。

『お前の中には美しい輝きが見える。愛しい氷そのものだ。その力が手に入れば、もう吾に必要なものは他にない。しかし妙な衣《ころも》と貴様の守りのせいで今まで吸いとれなんだ、小僧――』

「うだうだベラベラよく喋るじゃない」

「ナナリー！」

長話うんぬん言うくせに自分が一番長たらしく喋っているじゃないか。

我慢ならなくなってシュテーダルに向かい声を荒らげた私を、ゼノン王子が名前を呼んで制止する。

横にいるロックマンの表情を見ていた私の脳裏に、いつか小さくなってしまったあの時の奴の寂しそうな顔が浮かんだ。今もじっと、意識のないアリスト博士を見て無表情になっているけれど、こいつは冷静なんかじゃない。

「アリスト博士を返してよ」

ゼノン王子の制止を無視してシュテーダルに言い放つ。

「私のお母さんとお父さんを返してよ」

憤りを感じる。冗談ではない。

魔物は妙な衣を纏ってロックマンの守りを受けている人間を狙っている。氷の娘というのは、今この場で横になり妙な衣――私の制服をかけているヘルドランさんのことだろうか。

氷の魔法使い達の血を集めていたのは、この魔物が言っている通りならば氷の始祖を甦らせることで、自分以外に力をもつものを排除するためだ。氷の始祖が甦るというのが本当なら、そして創造物語集にある通りこのシュテーダルという魔物が五つの型の力を持っているとするならば、それはすなわち全ての力への対抗が可能になるということになる。それこそ強大な力そのものだ。それだけは必ず避けなければならない。

「執念深いただの怨念の塊みたいな奴に、私達の大切な人を奪われてたまるもんか！」

攻撃魔法を使い氷柱をシュテーダルに向けて放った。

アリスト博士自身を死なせてはいけないので致命傷にならないよう腕や足を狙う。

撥《は》ね返されると思っていたが、魔物の防御を通り抜け氷柱は博士の身体に傷を作る。

傷を負わせたことに周りの騎士や兵士が期待を込めた顔を私に向けて、もう一撃だと観客席の人達から発破をかけられた。

『ふははは！　威勢のよい娘だ。吸いとり尽くされると知らず魔法を使い続けた愚かな血を持った連中よ。氷の血はその中でもきわめて尊い。その血を浅ましい人間達が持つことは許されない』

シュテーダルは再び宙へ浮き、頭上に黒い竜巻を起こし始める。

おそらく攻撃を仕掛けてくるのだろう。

「ちょっとあんた、こんな時だけどヘルドランさんから離れちゃ駄目よ！　あいつが狙ってるのはヘルドラ――」

「いいや」

ロックマンは私の前に立ち、背を向けた。

「ムイーシアじゃない」

そう言うと奴は金の杖を構えた。

シュテーダルに向けて構えたその杖の先からは、緋色の炎の光が生まれる。

まるで私を背に庇うような体勢に、何をしているのだと腕を引っ張ろうとしたけれど、

「君だ」

辺りが光に包まれた瞬間、ロックマンのその言葉だけが耳に届いた。


「王を守れ！　騎士と兵士は応戦しろ！　なるべく魔法は使うな！」

周りは騎士団長の声を合図に魔物へ向けて攻撃を開始した。

さっきの光はこちらの魔法の光ではなく、シュテーダルが魔物をこの競技場に放つ際に目くらましとして放ったものだった。牙の鋭い魔物や小さくてすばしっこい魔物、動物に似た魔物達が競技

場内に次々と押し寄せてくる。肝心のシュテーダルはというと上空から高みの見物とばかりに私達を見下ろしていた。大口を叩いたわりには積極的でない。

「君は制服をしっかりと着て。この際彼女の容体を気にしている暇はないよ」

庇われるのは嫌なので、奴に背中を向けて襲ってくる敵をデア・ラブドスで殴り倒していると、制服を着ろと言われた。身を守るというのもあるが、どうやら制服を着ていれば魔力を吸われないみたいだ。さらに魔法だって気にせず使えるということになる。あの制服は頭巾を被るだけでも威力を発揮するようなので、私はそれだけでもヘルドランさんから戻そうと彼女のほうを見たけれど、ヘルドランさんにかけていた制服一式はそこから忽然《こつぜん》と姿を消していた。

「制服がない！」

「ない？」

「ヘルドランさんに被せてた制服がそっくりそのままなくなってる」

どこに行ったんだ。この混乱の中誰かの足に引っ掛かったとか、そこらへんに落ちているとかないだろうかと目を凝らして探してみるけれどどうしても見つからない。見つからないものを探していても仕方がないので目の前の魔物に集中するが、ロックマンも舌打ちをしながらもっと早く確保しておくんだったと悔しそうにした。おそらくあの制服の性能を知ったシュテーダルがあの一瞬の光の中で持ち去ったのだろうと奴は言う。

「それにしても、魔法を使わないのはちょっと無理があるか……」

騎士や兵士の人達が何とか剣や棒で戦っているものの、いつもの癖でついつい魔法を使ってしまう人が多い。シュテーダルが言った通り、魔法を使えば使うほど魔力が吸われてしまったのか、一人、また一人と足元から氷漬けになって全身が固まってしまう人達が徐々に出てきた。ヴェスタヌ騎士団の隊服を着た人も、一人凍っているのを見かけた。このままではらちが明かないと魔法陣を敷こうとした私の手を、ロックマンの手が力強く掴んでくる。魔法を使うなということだろうが、一瞬でもこの場所から魔物を排除しなければ状況は変わらない。ロックマンの手を振りほどいてデア・ラブドスの先を地面につける。退魔の魔法陣を出そうと呪文を唱えて陣が広がっていくのを待った。けれど私の予想とは裏腹に、デア・ラブドスから魔法陣が出てこない。

「魔法陣もだせないようになってる⁉　なんなのあの魔物！　むーかーつ〜く〜！」

「これも伯爵の知恵かな」

ロックマンが張っていた魔法陣が破れたのは、破れたのではなく張れなくなってしまったのか。

「アルウェス！　これ以上魔物が入って来ないように俺が防御膜を張る！　とにかく外に出せ！」

「交代で私も張るわよ」

騎士団長と所長が戦闘の中私達の近くまで来て指示を出す。王族の人達はそれぞれ従者や騎士達に守られながら自分達も応戦していた。もはや守られている場合ではないと判断したのだろう。平民も負けじと戦っているが、首を食いちぎられている人も何人かいる。治癒魔法で何とかできたら良いが、私は治癒魔法が得意ではない。それでも見殺しにはできないので、ロックマンから離れて丸腰の平民の人達の中へと入っていった。魔法を使うなというのはやっぱり無理で、半分以上は棍《こん》棒《ぼう》で薙《な》ぎ払いながらも急ぎのため氷の蔓を場内に巡らせて、十体ほどの魔物を凍らせ粉々に砕く。助かったありがとうと周りの人達から言われるけれど、血を流して倒れている人の傍で泣いている女の子が心配で近くに寄って行った。父親なのか、僅かに息があるけれどこれ以上血を流したら死んでしまう。得意ではないけれど治癒魔法を使ってどうにかしてみるしかない。その時――。

「ここは私に任せて大丈夫よ」

「――先生⁉　いらしてたんですか⁉」

魔法を使おうとした私の肩を叩いたのは、懐かしい――あの治癒の先生だった。

「観戦にね。観戦どころではなくなってしまったけれど、魔法を使いすぎては駄目よ。防御膜の中にいるからと言って魔力がなくならないってことじゃないらしいわね」

治癒の先生が少し離れたところで凍ってしまった人達の姿を見て顔を歪めた。さっきよりも凍っている人が多くなっている気がする。騎士団長の防御膜のお蔭で魔物が入って来なくはなったが、依然として中にいる魔物を倒さなくては安全とは言えない。競技場に入ってきた数が尋常ではなかったせいもあるが、とにかく騎士団長も魔法を使い続ければ倒れてしまうことは間違いない。所長も動ける限りでは協力をすると言っていたが、どれだけもつのだろう。幸い破魔士達がいるおかげで徐々に魔物は少なくなってきたが、それもどこまで保てるか。

それからどれだけ時間が経ったのか、最後の一体となった魔物をヴェスタヌの騎士であるボリズリーさんが剣で真っ二つに切り裂くと、辺りは静寂に包まれる。今が何時かは分からない。空はいつの間にか赤い色に染まっており、今が夜なのか朝なのかも知ることができなかった。

「団長！　もうおやめください！」

「私が代わるわ！　しっかりしなさいグロウブ！」

防御膜を張り続けてくれていた騎士団長は、競技場の真ん中で騎士の人に支えられていた。そして身体を寝かされると騎士団長の足元が透明の結晶で囲まれていくのが目に入った。

王様やゼノン王子が彼の下へ駆け寄っていく。魔物が中から居なくなるまでずっと魔法を使い続けてくれたのだ。所長は騎士団長の代わりとなって防御膜を張り出す。彼女の周りにもまた、アルケスさんやゾゾさん、観戦に来ていたハリス姉さんが集まっていた。良かった、皆無事だったみたいだ。ただその一方で、膜の外側には中に入れない魔物達が唸り声を上げて私達を狙っている。

「ナナリー！」

「良かった無事でしたのね」

「ニケ！　マリス！」

眉根を寄せていると、こちらへ駆け寄ってきたニケとマリスに抱きしめられる。

二人はミスリナ王女を守っていたようで、あとは他の有能な騎士に任せてきたのだと息を切らしながら話していた。

「皆怪我してない？」

「大丈夫か！」

ベンジャミンにサタナースも無事だったのか、私達を見つけてホッとしたとばかりに安堵のため息をついていた。四人ともこの中にいて良かった。

「何をしている氷型の魔法使い達！　外に出て戦うのだ！」

「お前達の力があの魔物に効くことは事前の情報で分かっている！」

「われらを見殺しにする気か！」

おそらく大臣と呼ばれるような王宮の重鎮達が、騎士に守られながら私達氷の魔法使いを名指しにして膜の外を指さした。氷型の魔法使いと言っても、私の知る氷型の人達はほとんどこの場にいないか、ディーンさんのように倒れてしまっている。誰が氷型なのか見た目だけでは皆判別できないため、直前までロックマンと試合をしていた私に視線が集まった。

「そ、そこの娘を寄越せば我々には手だししないと言っていたではないかっ。一度あの魔物に娘をひき渡し、こちらの安全が確保されたうえで態勢を整えたほうがいい！」

高価な衣装に身を包む、髭を伸ばした大臣の一人に指をさされる。

確かにそういう手もあるかもしれないが、それで完璧に皆の安全が確保できるのかは甚《はなは》だ疑問だ。氷の攻撃が効くというならば、今は一つでもその手を失えない。こうなってしまった以上、もはや確実にあの魔物を倒す手立てを考えたほうが得策である。

生贄《いけにえ》にされる身として意見させてもらおうと一歩踏み出した私だったが、大きな手がそれを引き留めた。私の腕を掴む手の先を見れば、離れていたはずのロックマンがそこにいた。そして少し前へさかのぼったように、私をその背に隠す。

「黙れ。老いぼれが」

奴は大臣達を見て一喝した。野太く、低い、そして冷徹な音を持った声だった。

背を向けられているのでどんな顔をしているのか見えないが、言われた大臣達の顔を見ると怪物にでも襲われたかのような青ざめた表情をしている。ロックマンの声が魔物の鳴き声より恐ろしいものだということはよく分かった。そう、彼らにとってはそれ程恐ろしく感じられたのだろう。

けれど私のこの、むず痒い気持ちは何だろうか。

「ふざけんな！　コイツ一人で行かせようってんならテメェらから動けなくしてやる！」

「ナル君よく言った！」

サタナースとベンジャミンに手を引っ張られ、所長達のいるほうへと連れて行かれた。後ろでは
マリスやニケも大臣達に食って掛かっているような声が聞こえる。

彼らの言葉に少しだけ涙が出そうになった。ごめんと言うと、どうってことねーよとベンジャミンと笑いながらサタナースが私の頭を小突く。

「俺に一つ提案がある」

遅れてロックマンやニケとマリスがこの場へ来たのを見計らってか、サタナースがそう切り出した。

「あの親玉がいなくならない限り、魔物を倒しても増え続けるだけだ。危険を冒してでも外に出て叩くしかない。そこで――」

「騎士を半分外に出す」

いつの間にかゼノン王子が私達の輪に入っていた。その後ろにはボリズリーさん、ドーラン騎士団の面々が揃っている。

「半分も出しちゃっていいんですか?」

ベンジャミンは目を大きく見開いてゼノン王子の発言に食いついた。

「ここで問答していても時間がない。俺達の体力は確実に減っているんだ。一か八か勝負に出るしか、他に選択肢はない」

ゼノン王子は上にいるシュテーダルを渋い顔で見上げる。騎士団長が倒れた今、指揮をとるのは今年副団長となった彼しかいない。

「僕達が魔法を無闇に使えばアイツは自分の力になると言ったが、ならこっちがそれに勝ればい

い」

「でも相手は大陸中の人間の魔力を吸い取っているんでしょう？　私達がそれを上回れますの？」

ロックマンの強気な言葉にマリスがたじろいだ。

「でもそれには、やっぱり氷の魔法使いの協力が必要不可欠だ。周りの魔物は僕達が引き受けて、その間にシュテーダルへ攻撃をしてもらうしかない」

奴はその中でも唯一確実にダメージを与えることが可能と考えられる氷型の人間を、すぐさま集めるように部下に指示している。マリスはロックマンから中で引き続き王女を守るようにと頼まれたため、私達と別れてこの場から離れた。

その間にも全員使い魔を召喚して移動手段を確保し、私もララの背に再び乗る。

「ナナリー、私の制服を貸してあげるから着なさい」

ララに乗った私の背中にゾゾさんが手を添える。

「でもそれだとゾゾさんが危ないです！」

「私は中でアルケス達と皆の安全を守ることにするわ。任せたわよ」

ゾゾさんが指を鳴らして、私と服を交換する。

二股の白の短い下衣に、丈の短い靴、袖が長い上衣。ヒラヒラした袖を揺らしてゾゾさんを見れば、彼女は私のワンピースを着ていて、お互いに違和感が拭えないせいか笑ってしまった。

氷の魔法使いを集めると言ったが、ディーンさんとヘルドランさんの腰から足先にかけてはすでに氷漬けとなっていて、とても動ける状態ではなかった。試合中魔法を使っていた氷型の破魔士達の体調も思わしくなく、彼らの中で動けそうな者は一人もいなかった。騎士団や兵士の中からは二人が外に行けそうだとゼノン王子が連れて来てくれたが、集まったのは私を含めて三人である。何というか、控えめに言っても足りない気がする。

「まぁまぁ、いざって時は守ってあげるから安心しなよ」

「あんたに守られたくないわよ！」

不安げな表情をしたのが悪かったのか、ビビってるの？　大丈夫？　とロックマンに馬鹿にされた。ビビってるは余計である。

それでも今できることをするしかないので、競技場の中心に集まって準備を始めた。

「俺は中に残る。彼女に限界が来たら膜を張り直すよ」

ボリズリーさんは、所長が万が一倒れてしまった時のためにと、中に残ることを決める。

「動ける氷型は今三人しかいない。会議で話した通りにはいかなかったが、どうやら最終的には貴女の力にかけるしかないようだ」

私の肩をポンとボリズリーさんが軽く叩いた。

最終的に私の力にかけるとは、随分期待されている気がするけれど、騎士の二人も同じ氷型なのになぜ私だけなのか。

ロックマンにもシュテーダルが狙うのは私だと言われたが、あまり納得ができない。

「お前の魔力は高い。あの魔物が求めるくらい、始祖級と言っても間違いないだろう」

「でもロックマンほど魔力が高くて苦労したとかないですし……あ」

ゼノン王子と話していたら口が滑った。チビになった時に知ったことを誤魔化していたのに、バレてしまったら元も子もない。

ロックマンは特別その発言を気にはしていないのか、ゼノン王子を見ていた。

「気づかないのも無理はないが、あの頃、なぜアルウェスがお前に容赦なく魔法を使っていたか分かるか?」

「学校でですか?」

「普通に考えてみて変だとは思わないか。女を殴り飛ばしたり髪を燃やしたり、貴族に生まれた男がやることじゃない」

「……」

確かにそうだが。

「お前の髪色が変わった時点で、その辺の魔法使いより魔力は高かったろうことは予想できる。正確には器がまだ小さい故に溢れ出してしまっていたから髪や瞳にまで影響が出たんだろうな」

「あの、でもそれは」

「喧嘩であれなんであれ、感情をぶつけるのは暴走を防ぐことにも繋がる。さんざん魔力に悩まされてきたアイツのことだ。今思えば、力をある程度抜いてやっていたんだろう」

だから先生も喧嘩を止めたりしなかったのではないかと、ゼノン王子は懐かしそうに目を細めた。

「何であれ、俺もお前達の喧嘩を止めなかったのはアイツも楽しそうにしていたからだな」

今の会話はロックマンにも聞こえているはず。

「そうなの?」

「なわけないでしょ。誰が好き好んでそんなことをするんだ」

憶測も大概にしろ、とバッサリ否定された。

確かにそうだけど、こいつとやり合うようになったのは魔法型が分かってからだ。それまでの半年ぐらいは嫌みを言われるくらいだった。

それが魔法型が判明してからというもの、何故か私の怒りを沸点に到達させては授業中だろうとなんだろうと魔法をぶつけてきた。

私はよく怒ったりムカついたりしてもペストクライブを起こしたことがないと思っていたけれど、もしその喧嘩のせいで発散していたのだとしたら……。

いやいやいやそんなまさか。

「こっちを見ないでくれないか気持ちの悪い」

「気持ち悪いって言うな！」

「とにかく、一度に行くぞ。全員いいか」

「オオオー！」

ゼノン王子の合図で私達は使い魔達と共に膜の外に出る。

魔物達は待っていましたとばかりに私達へ襲いかかってきた。

「セリエーラ（大波）」

ララの背中に乗りながら避けようとすると、飛沫をあげた大波が魔物達を飲み込んでいく。

「ありがとうニケ！」

「こっちは気にせず、ぶちかましてきなさい！」

大蛇《オピス》に乗ったニケが親指を立てて私の横を飛んでいく。騎士達も大丈夫だと声をかけてくれ、私達氷型三人は更に上へと上がっていった。

「自ら来おったか」

博士に取り憑いたシュテーダルは、自分を囲む私達を見て大声で笑う。

これはシュテーダルとの戦いだが、時間との戦いでもある。魔物を相手にしている騎士や王子達の体力の限界もあるし、私達もいつまでもつか分からない。

シュテーダルがひとしきり笑うと、その身体――アリスト博士の背中から黒い手のようなものが生え出した。まるで卵の殻を割るように、私達は何が出てくるのかと身構える。

博士の中から出てきたのは、銀色の長い髪、二つの赤い瞳、顔は青白く、額には青い目玉が一つ。首から下は龍のような黒い鱗で覆われていて、それ以外は普通の人間の見た目と変わらない奇妙な生き物だった。

「やぁっと会えたな。待ち焦がれていたぞ」

先程までのしゃがれた男の声ではない、青年のような声だった。

一方でアリスト博士の身体は支えを失ったように地上へと落ちて行く。

「博士！」

ララと急いで助けに行こうとしたが、博士が落ちて行った先にはロックマンがおり、ユーリの背中で彼を無事に受け止めている。気がついてくれてよかった。

「あんたがシュテーダルなのね」

「そうだが？　なんだ、もっと大きな怖い怪物かと思ったか？　ん？」

三対一は卑怯かもしれないけれど、大勢の血を、魔力を取り込んだと思えば三人なんてまだまだ足りないくらいである。

シュテーダルは長い舌をベロリと出して、自分の頬や額を舐めた。

「吾に氷の力に耐性がないことは認めるが、そう容易くはいくまい」

そう力強く言った途端、私達の身を削るような突風が吹く。そしてそれは文字通り私達の身体に傷をつけていき、突風は一瞬だけに留まらず、刃物のように三人の身体を切りつけた。ララは幸い結晶化をして丈夫になっているので体勢は崩れることはなかった。私自身も受け身を取り、どうにかやり過ごす。

対象を囲んだら一斉に攻撃を仕掛ける約束をしていたので、三人で目を合わせた。キリナという女性騎士と、ラッドという男性騎士へそれぞれに目くばせをする。

「ワーマシャ〈屑の矢〉」

硬そうな黒い鱗がどんなものなのか調べようと、私は氷の矢を放った。

「弾かれるぞ！」

他の二人も同時に技をかけたが、敵は消えたりどこかへ移動したりと狙いが定まらず当たらない。私も何本かは撥ねのけられたり空振りしたりしたけれど、偶然当たった個所はジュワ……と音を立てて鱗の一部が剥がれかかる。

確かに耐性はないらしいが、大きな損傷を与えるには足りない。

「だが当てられれば勝機があるということか」

「隙を作ることが先決かもしれないですね」

攻撃を受けながら三人で再び固まると、騎士の二人は一瞬の隙を作ることが大切だと話した。

「一斉に攻撃を仕掛けるのも良いが、ここは隙を作る役と……っとまた来るぞ！」

私達の間を黒い閃光が切り裂いた。その際キリナさんの腕に火傷のようなものができてしまう。治癒魔法を使い治そうとするが、一度は傷口が塞がるもののまた広がってしまった。なんてことだ。もしかしてあの黒い閃光、触れたら最後治らない傷を負わせられるのかもしれない。

これには流石に冷や汗をかく。

「氷は吾に、それはそれは優しく微笑んでくれた。お前も吾に、慈しみの笑顔を見せよ」

「誰が見せるかっつーの！」

「きゃあああっ」

「キリナ！」

悲鳴をあげたキリナさんの首には、いつの間にかシュテーダルが噛みついていた。

みるみるうちに彼女の動きは鈍くなり、足元から氷漬けになっていく。

急いで飛んで行くもキリナさんはシュテーダルの手を離れて落下してしまい、近くにいたラッドさんが彼女の身体を魔法で浮かせて防御膜の中へと避難させた。これで氷型はあと二人となった。外に出てからいくらも経たないうちにこんなことになるとは。あらかた予想はしていたけれど、私達には不利過ぎる状況とは言えこれではあまりにも……。

「うまい、うまいぞ！　もっと、もっとだ！」

キリナさんのあとを追ってか下の防御膜を破壊しようとするのを見て、私は氷の糸をシュテーダルにグルグルと絡みつけて両手でグイと引っ張る。

「ぜっったいに行かせないわよ！」

「貴様！」

シュテーダルは一瞬で筋肉を増幅させ氷の糸をブチブチと自力で解くと、私のほうへ向かって来る。何という力だ。あまりにも簡単に切れたそれに顔を顰める。その間にもシュテーダルは黒い雷のようなものを鞭《むち》のように操り、それを振りかざして攻撃をしてくる。何度も何度も撃ち込まれるが、それに反撃して私も自分を守りながら氷柱を出して叩きつけたり、氷の吐息を吹きかけて足を凍らせたりと何処か一部分でも動きを止めようと動いた。ララは私の狙いどころを分かっているように飛んでくれる。

「先にお前を取り込んでしまうのも悪くない」

卑しい目でシュテーダルは私を睨んだ。冗談ではない、誰が取り込まれるものか。

私の身長よりも数倍大きな黒い手を両脇腹から出したシュテーダルは、それを自分の手のごとく動かしてバチンと虫でも捕まえるように私を捕らえようと縦横無尽に、物凄い速さで動かした。逃げても逃げても追われるそれに対抗しようと、人差し指を向けて呪文を唱える。

「アモネス・フィア」

竜巻のようなとぐろを巻いた吹雪を敵に向けて打ち放つ。ゴゴゴと威力を上げて突っ込んでいったそれはシュテーダルの出した防御の壁と、黒い手を貫いて本体に直撃した。

「グァッ愚かな！」

直撃したそれに体勢を崩すも、敵を倒すまでには至らない。肩の辺りに傷を作ることはできたが、立て直しが早いので呪文を唱えて攻撃をしようにも、その間にあっちの魔法が発動してしまい邪魔をされる。魔力を気にして小規模の魔法しか出せていないが、どこかで一発大きな魔法を仕掛けなければ確実にひるませることができない。

「小癪《こしゃく》な魔法を使いおって……手加減してやるのもここまでだ！」

傷を負った肩を押さえているシュテーダルは、そう叫ぶと私ではなく違う方向へ向けて黒い閃光を放とうとする。何をするつもりなのかとその先を見ると、魔物と戦っている友人の姿が見えた。

「ベンジャミン！」

彼女に向かって放たれた光を阻止しようと私の意識はそちらに向かう。巨大な結晶鏡を出現させて間一髪のところでそれを反射させるように仕向けると、狙い通り閃光は撥ね返っていった。

ホッとした私だったが、その一瞬の隙が命取りになることを相手が分からないわけがなかった。

気づいた時には、龍を象《かたど》った邪悪な渦が私を取り込もうと背後へと迫っているのが見えた。

あれは完全には避けることができない。けれどこんなところで取り込まれるわけにはいかないのだ。

少しでも逃げようとララの身体を倒した私だったが、右腕を引き寄せられてフワリと何かに包まれる。

「っ大丈夫？」

「あ、あんたなんで！」

魔物と戦っていたはずのロックマンが、私を抱きかかえながら防御の膜を張って渦を止めていた。

シュテーダルの魔法とロックマンの炎がぶつかり合って爆風が起きる。

「あまねく神と血の聖霊達よ――」

「ま、待って駄目！」

奴は守護精の呪文を唱え始める。

「我がハーデスの名のもとに告げよう。大地を灼熱《しゃくねつ》の炎で焼き尽くし、天を赤く染め上げる。生きとし生ける全てのものの力となり、太陽にも負けぬこの輝きは、その血の源となろう」

指先から渦を巻いた炎が出ようとしている。けれど守護精の呪文はその人間の魔力を最大限に引き出す魔法でもあるのだ。そしてロックマンはシュテーダルが現れたその時から絶え間なく魔法を使っている。防御から攻撃まで、皆のために使っていた。ただでさえ次々と魔法使い達が倒れていく中、奇跡的に、いや元々の魔力が膨大にあったせいかロックマンが苦しそうな表情をすることはなかった。だが外に出てだいぶ時間も経ち、ここにきてこの魔法。

ロックマンの左手の指先から、パキパキと氷が音を立ててその身体を包もうとしていた。

「やだやだ、ねぇ、ロックマンやめて！」

「グリニュード（焼き尽くせ）」

制止の声を聞くこともせず、私を抱くその腕は締め付けを強くした。

シュテーダルは炎の渦を見ても効きはしないとたかをくくっていたが、それは相手の予想を遥か超えて、シュテーダルを上空の競技場に叩きつけるほどの威力を発揮していた。地響きのような音とともに、建物の一部が崩れ落ちたのを目にする。

「ロックマン！」

ユーリがボンと音を立てて消え、足場を失ったロックマンを慌てて支えた。ララに頼みシュテーダルが怯《ひる》んでいるうちに下の防御膜の中へと連れて行く。息も絶え絶えで薄く目を開いているものの、いつロックマンのそれが閉じられてしまうのか、私はシュテーダルが現れた時以上に恐怖を感じた。

「アルウェス様！」

「アルウェス！」

中へ入ればマリスや王様、ノルウェラ様にロックマン公爵が近くに来る。ララから彼をおろして地面に横たえると、すでにもう左下半身は動かなくなっていた。

しっかりしろと皆が声をかけるなか、私は自分の情けなさに謝りたくなった。

いつも気づけば守られてばかりで、それも十二歳のあの時からずっと、知らなかったとはいえ、もうなんて言ったらいいか分からないのだ。

なんでそこまでしてくれるのだろう。そんな価値が私にあるとは思えない。

「なんなのよ、なんで守るのよ」

マリスとノルウェラ様がロックマンの頭や頬を撫でている。公爵や王様、傷を負った騎士達がこぞって彼の周りを取り囲んだ。その中心にありながら、私はロックマンの顔の近くにペタリと座り込みただただ思う。なんでこんなに周りから慕われるような奴が、こんな危険を冒してまで、ずっとずっと私なんかを。

「昔の喧嘩の理由だって、そういうことなら、私に言ったらいいじゃない」

呟いた言葉に、マリスをはじめ彼を取り囲む全員の視線が私に向かったのが分かった。

「理由？」

私の言葉に奴が反応する。

「さっき君を助けたのは、重要な戦力を失うわけにはいかないからだ」

鈍く私のほうへ向けた顔は、何を考えているか分からない、澄ましたような穏やかな表情をしていた。

「でも昔のあれは……非常識、暴力男、そう君やまわりに思われてもいい」

膝の上でギュッと握った私の拳に、ロックマンのまだ動くほうの手がそっと被さる。

「ただ健やかに、制限もなく、僕のようにならなければいいと思った」

親切に構いすぎれば他の貴族の子達が騒ぐだろうし、他にも手段はあったけれど魔力に関してはあまり良い思い出がないせいでかなり強引な手段にはなった、とロックマンは笑った。

「ちょうど最初から仲も良くなかったしね。その点では理由付けも必要なくて楽だったかな」

笑うところではない。自分がこんな状態になっているのに、呑気に笑っている場合ではないだろう。怒りがこみ上げてくる。こんな時まで余裕を気取っているなんておかしいじゃないか。

「泣くなんて君らしくないな。ああ、でも前も泣いていたから君らしいか」

「うるさいな！」

歯を食いしばって耐えていたのに、涙がぼろぼろと零れ落ちてロックマンの手を濡らす。

「でもほんと、泣かないでよ」

泣くなんて私もおかしい。怒りとはまったく違う現象だ。

嬉し涙や悲しい涙なら分かるが、怒り涙なんて聞いたことがない。

ならこれはきっと、状況的に怒りでもなく嬉しいでもない。残りのひとつ、悲しいという気持ちがあっての涙なのだ。

「君、僕のこと嫌いなんだろう」

「嫌いって」

「泣くなら……愛する、人や、友人相手に……するんだよ。それにまだ君にはやることが残ってる」

額を右手の人差し指でツンと押された。

「泣き虫で騎士団の迷子係の、受付のお姉さん」

「え、ロックマ――」

パタリ。

ロックマンの腕が地面に落ちた。

そして徐々に彼の身体は透明の結晶に包まれていき、とうとう誰も触れることができなくなった。

「嫌よアルウェス様！　目を開けてください！」

マリスが冷たいそれに顔を当てて涙を流す。

なんでいつも、こちらが伸ばそうとした手を、簡単に下ろさせるのだろう。

「だって、あれだけ敵対視してたもん」

独り言をつぶやく私に周りは何も言わなかった。鼻がツンとして、だんだん息が苦しくなってくる。ハァと息を切らして、赤い空を眺めた。

「憎らしかったけど、でも、それでも」

また目頭が熱くなるのを感じながら目を細める。

「あんたの好きなとこ、いっこあって」

瞬きをしたら駄目だ。流してはいけない。

そう思っても、やはり頬をつたうものを止めることができなかった。

「昔から約束だけは、何があっても守ってくれるのよ」

ロックマンと出会った頃から今までを想う。

首を洗って待っとけと言った学生時代の休暇前。休暇明けに学校へ行ったら嫌味たらしく「洗ってきたけど」などと首を見せられて馬鹿馬鹿しいやり取りをした。そんな会話をいちいち覚えていたのかと、私はあの時少しだけ笑ってしまった。記憶探知を教えてあげたいとか言われて半信半疑でついて行った調査では、しっかりとやり方を教えてくれた。余計なお世話だと思ったけれど、私は心底驚いた。海の国の時だってそうだ。必ず行くから待っていてと言われたが、まさか本当に来てくれるだなんて思わなかった。

今だって本当に、

『いざって時は、守ってあげるから』

「守るとか」

なにそれ、なんだそれ。私みたいな奴との約束なんて守ったところで得なんかないのに、やっぱりこいつは私以上に馬鹿なのかもしれない。本物の馬鹿なのかもしれない。でも、そんなの。

肩を震わせて口元を両手で塞ぐ。

「こんなの」


――好きにならない奴がアホではないのか。

暫く思考を停止させたあと、私は首を振って瞬きをする。なんで今更こんな気持ちになるのだろうか。おかしい、変だ。

それに今はそんなことをうじうじと考えている暇はないのだ。ロックマンの言う通り、ここまで来たのだ。振り返らないで、皆のために、私にはやることが残っている。

それでも私はコイツの前で以前泣いた時のことを思い出す。ロックマンが片腕をなくし血だらけになっていた、私が初めてペストクライブを起こした時のことだ。あの時、私の脳裏に浮かんだ光景があった。それは昔母と共に行った町の劇場。私はお芝居に退屈して眠気におそわれていたけれど、唯一鮮明に覚えている場面があった。それは恋人が倒れて、女の人が凄く泣いているところだった。悲しくて悲しくて、泣いていた。でも、私は自分が泣いたのは悔しいからなのだと思っていた。

「なんでこんな、土壇場《どたんば》で気がつかなきゃなんないのよ」

けれどももしかしてあの時、すでに私は。

氷の中の彼を見つめて、私は酷く顔を歪めた。

「力を貸してください」

座り込んだまま、ロックマンを取り囲んでいる皆に声をかける。

防御膜は今、ボリズリーさんが張っていた。所長は力尽きてしまい今は騎士団長の隣で目を閉じて氷に包まれている。ゾゾさんやアルケスさん、ハリス姉さんもいつなんどき何があってもいいようにとボリズリーさんの傍で待機をしていた。マリスはロックマンにしがみついて泣いている。王様は深刻な顔をしてそれを見ている。貴族達の中には外で戦うことを選んだ人もいるのか、この場にいる数が減っているのが分かった。氷漬けになっている人数が増えている。ゼノン王子は片足が動かせなくなっている。

「どうすればいいの、ナナリー」

ベンジャミンがしゃがんで私の瞳を見つめた。彼女の言葉に全員が私へ耳を傾けた。

「無理にとは言わない。危険なのも分かってる。それでも誰か、私と一緒にシュテーダルへ守護精の呪文で、攻撃をしてほしい」

勢いを止めるだけでいい。気を逸らすだけでいい。体勢を崩すだけでいい。

「ここで仕留めるんだな」

ゼノン王子が私に確認をとった。それに首肯する。

「分かった、力を貸そう」

「殿下、そのお身体では無茶です！」

ゼノン王子の肩を支えるニケが叫んだ。彼女がそう言うのも無理はない。ただでさえ王子の片足は凍りかけているのだ。そんな状態で魔法を使うとなれば、その後どうなるかは目に見えていた。

ニケはロックマンの姿を見て、王子まであの状態にさせることはできないと一生懸命に彼を引き留めている。

「できる奴がアレを止める。そうしなければどのみち、俺もお前も、全員終わりなんだ」

どうしても意志を曲げないゼノン王子に、ニケも涙目になって反論するが、彼が首を縦に振ることはなかった。シュテーダルを倒したからと言って、皆が元の状態に戻るのかは定かでない。そんな不確実な条件の下で、自殺行為にも似たことをさせる身として、やめてくれ、いや出てくれ、なんて言うことはできない。騎士の中には本当にそれで倒せるのかと反論する人もいた。

「それが一番良い方法だと、僕は思うがな」

「なんだと！　そんなわけ……ん？」

僕は、と上から聞こえてきた声に皆が反応したが、聞き覚えのない声に皆首を傾げる。上？　と不思議に思い全員が顔を真上に向けると、そこには意外な人物がいた。

「マイティア王子⁉」

「来てやったぞ、人間ども」

「ゼノン久しぶりね！」

「ベラ！」

セレイナ王国で出会ったベラ王女と、そのベラ王女の使い魔らしきものに乗せられたマイティア王子がふよふよとそこに浮いていた。意外な組み合わせでの登場に私は開いた口がふさがらない。

海の国へ行ったことのある私や他の五人以外は、ベラ王女はともかく魚人であるマイティア王子の姿に目が点になっている。

「ベラ、お前無事だったのか。それよりどうしてここに」

「海王様の命令でこのマイティア王子が、大陸が異変を起こす直前に王都の人間と王族を海の国に匿《かくま》ってくれたのよ。それからしばらくして氷漬けになった人達が魔物に襲われそうになっていたから、それを阻止するために地上に魚人達が出て、今このドーランにも着いたってわけ。彼らって、地上に出ると魔法が自分にしか効かなくなるんですって」

「ようはお前達の魔法や魔物にやられはしないが、逆に魔法をかけることもできない。魔法の理《ことわり》がずれているからな。素手で戦うことになるのは幾分か面倒だ」

マイティア王子は自分の身体を浮かせて私の目の前に降りてくる。他の人達は「人魚?」「海の国?」と困惑気味に彼らを見ていた。

「このドーランの王は誰だ」

「……私だが」

ゼロライト国王が前に出てくる。王様は海の国の王子である彼を信じられない物でも見るかのように目を見張って見ていた。そして何故王子自ら、ここへわざわざ来てくれたのかと疑問をぶつける。

「それは、海王の血縁者がこの王国にいるからだ」

「血縁者?」

「かつて海王の娘が王国を飛び出し、そしてどうしてか奇跡的に人間へと変身を遂げた。その娘は僕の姉にあたる人物だが、どうやらこの国で子をもうけたらしいのだと、海王である父から先日やっと聞くことができた。――そしてお前はやはり、姉上の娘であったか」

マイティア王子が私の頭を、その鱗だらけの手で撫でつけた。

姉上の娘。マイティア王子の言い分によると、私の母がその姉上だということになる。でも母は人間だし、実は本当の母ではなかったと言われても、私は親戚も皆認めるくらい母似なので遺伝的にも母が生母で間違いはないはずだ。

「あの、それはつまりナナリーは海王の孫娘ってことですか?」

「そうだ。こいつは僕の姪《めぃ》となるわけだが……まぁこの際、姪を嫁に貰っても良いかもな」

「気持ち悪《わり》ぃなこの王子」

ベンジャミンの質問に答えたマイティア王子の発言に、サタナースが顔を青くして私を見てくる。

それよりも母についての話だが、にわかには信じがたい。国王様がそれはまことかと私に確認をとってくるが、すぐに頷けるわけがなくどう反応して良いのかと動揺が走る。私は裕福ではないごく普通の一般家庭で育ち、母は他国に行くこともあるが父はこのドーランで働いている。大人になるまで海というものを見たことがなかった私は、セレイナに行ったあの時、本当に初めてあの青く広がる美しい光景を見て感動したのだ。

『おじい様と、呼んでみてはくれまいか』

「あっ」

「え？　何か思い当たることでもあるの⁉」

声を漏らした私にベンジャミンが詰め寄る。

「あそこで氷漬けになっている無様な奴は、少し勘づいていたようだったがな」

氷に覆われているロックマンを見て吐き捨てるように言い、マイティア王子は唇をぶるると震わせた。

嘘をつかない。嘘をつかない。

『嘘はついちゃいけません』

母も昔からそう言っていた。嘘をついてはいけないのだと。母方の祖父母には会ったことがない。なんでも、家出同然に出てきたからだと。父方の親戚しか知らない。それは珍しいことでもない。母の魔法型は知らない。知らないことは珍しいことではない。

けれどそれがもし、そういう理由だったのなら。

「いいか、一撃必殺だ。力を全てぶつけろ」

「え？　え、ちょっと待ってください。母って」

「お前の言う通り、大きな力があの怪物を倒す手段になる。姉上は深海に隠されていた氷の始祖の力で人間へと変貌したのだ。そしてその氷の力は姉上の中に宿り、今はお前の中に宿っている」

「私の中に……」

　理解が追いつかないまま話は進むが、無理やり解釈するとすると、私の母は実は海の王女様で、深海に隠されていた氷の始祖の力で人間になり晴れて私の父と結婚し私が生まれた、と。

　そして母の子どもである私には氷の始祖の力があり、それをシュテーダルは狙っている、と。

「でも私がその海の王女の娘だと、なんで分かるんです？　いくら海王様が全てを見通す力を持っているからと言っても、そんなことまで分かるはずはないと思いますが」

「お前が海の国へ来たことによって、お前の過去現在未来が、手に取るように海王には分かったのだろう。そして姉上のことも、最初から最後までお見通しだったのだ」

　これはもし無事に事が収まったら、母を問い詰める必要がありそうだ。

「この者は確実に海王の血を持ち、その身に氷の始祖の力を宿している。この者についていける奴は協力をしてやれ。ここまでやっても倒せなければ、他にアレを倒す方法など誰も持ち合わせていないのだからな」

　この場にいる人達に言い聞かせるようにそうマイティア王子は話した。海王の血縁者、氷の始祖の力を持つ者、と私を見る目がさっきまでと打って変わり希望に満ちたものになる。

「海王ってあの伝説のか⁉」「本当にいたんだ」「あの子は海のお姫様ってことなの？」

現金な反応だと流石に思うものの、そういう確信がなければ乗れる話にも乗れないのは私でも分かることだった。それに関してはマイティア王子に感謝しなくては。

「僕は外に出て民間人を守っておいてやる。怖がるなよ」

「ありがとうございます」

希望してくれた人だけを連れて、私は競技場の端に移動した。

共に来てくれるのはゾゾさんとアルケスさん、ニケにゼノン王子、ベンジャミンとサタナース、それに騎士五人ほどだった。十分な数である。ゾゾさんはこれが本当に最後の攻撃なら、行く他ないわねと手を挙げて付いてきてくれ、アルケスさんもその流れで一緒にきてくれた。マイティア王子の話に触れることはせずただ二人は、倒れる時は一緒のほうが怖くないでしょ、とあっけらかんと言ってくれた。ハリス姉さんはボリズリーさんの傍で、騎士と一緒に皆を守ると言って残った。

「全員ぬかるなよ」

「おう！」

ゼノン王子の檄《げき》に、サタナースはいつものようにおちゃらけて返事をする。

「いい？　呪文はフィーシャーよ」

「はい」

私はゾゾさんから制服の透明化の呪文を教わり皆から離れる。

『それにまだ君には、やることが残ってる』

「言われなくても、分かってるわよ」

彼の言葉を胸に、私は空へと上がっていった。

＊　＊　＊　＊

「またノコノコとやられに来たのか、諦めの悪さは弱さと等しいというにな」

凍った肩はそのままに高みの見物でもしていたのか、敵は魔物を大量に背後に集めて今にもこちらに襲いかかろうとしていた。

「わざわざ待っててくれてたのかよ。良い奴じゃんシュテーダル」

「もう馬鹿なこと言わないでよナル君！」

サタナース達がシュテーダルを取り囲んで、呪文を唱え出す。

「あまねく神と血の精霊達よ、我がゼウスの名のもとに告げよう。いかづちは天を下り、天地を架ける光の橋となる。生きとし生ける全ての魂に轟き、地上を切り裂く嘆きの光は我らが血の破壊へと導くであろう」

「あまねく神と血の精霊達よ、我がヘーラの名のもとに告げよう。地上を母なる水源で満たし、この世の生を生み出す。空海の狭間にあるものは唯一無二の魂、生きとし生ける全ての物はその生を満たす血となるであろう」

ゼノン王子とニケが唱え終わり、

「あまねく神と血の精霊達よ、我がペルセウスの名のもとに告げよう。凪《なぎ》を許さぬ地上の風が、全ての命を吹き荒らす。生きとし生ける全てのものに映らぬその姿は――」

サタナース、ベンジャミンと、次々守護精の呪文が唱えられていく。皆の身体は光り輝き、魔法の発動と共にその光は大きくなっていった。ゴゴゴと竜巻でも起こるかのような風が吹き始め、それぞれが自らの中で最強の攻撃魔法を放ち出す。

「魔法を使えば魔力を取られると言っておるだろうが！　馬鹿にはほとほと呆れる！」

シュテーダルはそんなものは自分の身に何の傷も負わせられないと、真正面からその攻撃を受け止める。確かにロックマンの魔法を受けた時も、吹っ飛ばされただけで身体には私が付けた傷しか残っていなかった。今もあれだけの攻撃を受けながら、それを撥ね返そうとしてか身体を傾けている。

効かない、そんなのは最初から分かっている。だから私は、隙さえ作ればいいのだと言ったのだ。一瞬揺らいだ、その身体に。

「絶対零度」

「なに⁉」

シュテーダルの背後に付いていた私は、その黒い鱗に覆われた身体に両腕でしがみついて魔法をかける。ゾゾさんの制服は魔力を察知されることもなく、存在を完全に消すことができる優れものだった。ララに乗ることはせず、動きにくい浮遊の魔法でゆっくりと移動していた甲斐があった。

守護精の呪文は皆がシュテーダルの気を逸らしている間に唱え終わり、この魔法が私の全てを出せる最後の攻撃となる。

一緒に来てくれた皆は力尽きてしまい下へと落ちて行くが、下でマイティア王子達が彼らを受け止めようとベラ王女と協力してくれているのが見えた。

ベンジャミン、ニケ、サタナース、ゼノン王子、ゾゾさん、アルケスさん、所長、騎士団長、ボリズリーさん、騎士団の人達、そしてアルウェス・ロックマン。

皆のおかげでここまで来られた。ゾゾさんが以前、仕事中に言っていたことがある。

『ナナリーは受付のお姉さんに憧れてハーレに来たの？』

『はい、お恥ずかしながら』

『いいじゃないの～。そうだ、受付の本質って何だと思う？』

『本質？』

彼女はニッコリと笑って言った。

『繋げることよ』

『繋げる？』

首を捻る私を見て、またもや彼女は笑う。

『相手を受け入れて、繋げる。仕事と人を繋げる、人と人を繋げる、生活を繋げる、お金を繋げる、原点に戻れば私達の仕事は繋げることなの。あなたとこうして会話をして隣に座れているのも、その受付のお姉さんが繋げてくれたおかげなのかもね』

そう言って、縁ってのは分からないものね～と頭を撫でられた。

受付のお姉さんは、所長は繋げてくれた。色んな縁を繋げてくれた。きっかけは父に連れられてだったけれど、私とハーレ、皆との縁を繋いでくれたのは間違いなく憧れのお姉さんだった。

だから今度は、私が繋ぎたい。

「き、貴様は、氷と同じことをこの吾に、するつもりか！　そんなことをしても、吸い取ってやる、吸い取ってやるぞ！　この身体にはなあ、幾人もの人間から取り上げた清らかな氷の魔力、血が入っている！　お前のその力、海の中へ隠されたと思っていたが、数奇なものだ！　どちらにせよこのような運命をたどることになっていたのだから、氷が吾に会いたがっていることが、ようく分かるぞ!!」

ピキ、パキ、と体の芯から破壊できるように意識を集中させる。

確かに凍らせているはずなのに、とても苦しいのはシュテーダルの言う通り力を吸われているせいなのだろうか。身体が重くなり怠《だる》くなってくる。私の中に本当に氷の始祖の力があるというならば、どうかもう少しだけ持ちこたえてほしい。

『**大丈夫です。そのままじっとしていなさい**』

（え？）

そうして死をも覚悟しそうになった私の頭へ突如響いたのは、優し気な女性の声だった。どことなく、苦しいという感覚が薄れる。急に大人しくなった私を怪しむことなく、シュテーダルは大声で笑い続けていた。今のは空耳か何かかと思ったが、けれどそういうことでもないらしく、また声が聞こえた。

『**私は一番最初にこの世へ誕生した、氷の力を持つ者です**』

声と共に脳内を駆け巡るある光景が浮かび上がる。

広い原っぱ。そこには薄い衣を羽織った男女が六人いた。皆楽しそうに笑っており、歌ったり踊ったりと幸せそうにしている。

場面は変わって、五人が互いに手を合わせて魔法か何かをかけている姿が見えた。すると五人の中心には黒い龍のような、けれど人間の赤子のような小さい生き物が現れる。

（シュテーダル？　これは昔の記憶？）

その後、五人が赤子の面倒をよく見ている光景が流れるけれど、それ以上に面倒を見ている人がいた。その人はただ一人シュテーダルを生み出すために手を貸さなかった、白い髪の女の人だった。照り付ける日差しの中で、氷を手の平から出しては小さなシュテーダルの頬へ当てるその人は、のちの世で氷の始祖と呼ばれるであろう人だった。

また場所は変わり、草原の中心で氷の始祖と赤い髪の毛の男の人が口づけをしている場面になった。魔法型別に見られる色味からするに、赤いのは火の始祖だと考えられる。

そしてそれを離れたところから見ている、身体も心も大人へと成長したシュテーダル。二人を見ている目つき、いいや二人ではなく火の始祖を見ている形相はとても恐ろしく、声がなくても憎く思っていることが分かった。

それからはシュテーダルが魔物を作り出しては五人を襲うという場面ばかりになった。おそらく彼にしか生み出せないその奇妙な生き物で、意地悪でも殺し目的でもなく、自分の強さを氷の始祖に見せつけたいという感じだったのだろう。

しかしそれでも彼女がシュテーダルを好きになるということはなく、とうとう彼が彼女以外の五人を殺そうとする場面にまでなってしまった。彼が五人を襲うのは、五人に対する恨みと嫉《ねた》み、そして五人の能力に対抗できる力を持っていたからだろうと、頭の中で女の人が話す。

『手が付けられなくなってしまった彼を、私はすべての力を振り絞り凍らせ、破壊しました』

この辺りは創造物語集の通りなので、察しはついた。

『それでも完全ではなかった。数年すると広い地に散らばった欠片は意思を持ち、この世の物とは思えない姿をした生き物になりました』

シュテーダルは氷の彼女に恋をしていたのだ。それが破れ、逆恨みし、あまつさえ彼女達を排除してしまおうとする暴挙に出てしまった。

『その後、数百年経ち誕生した人間やその他の生き物に始祖達は力を与えましたが、氷の力を奪おうとする魔物達から私を隠すべく、水の始祖と今では呼ばれているであろう彼女に私の魂と力は海の底へと沈められました。永遠に届くことのない冥海へと、始まりの海の王であるセレスティアレアに託して』

身体中の血が湧きたつ感覚に、シュテーダルを掴む手がグッと力み出す。

「なんだ……？　吸い取らずとも自ら吾の中へ入ってくるではないか！　そうかそうか、そんなに吾に会いたかったのか、氷よ」

『己が凍っているのが分かりませんか』

「この声は――氷よ！」

私にしか聞こえなかったはずの声が、シュテーダルにも聞こえるようになっている。氷の始祖の意識が私の魔力と共にシュテーダルの中へと入って行っているからだろうか。

『破滅なさい。永久にはできなくとも、今この時代は、あなたのものではないのです』

「おお氷よ！　吾の身体の中を巡っているのか！　お前と一つになれるとは、なんと快楽的で心地のよいものだろうか、なぁ、氷よ、お前と吾の二人でこの世を支配しようではないか、他の邪魔な生き物はすべて消してしまえばいい、そうだろう氷よ」

『そうですね、消してしまいましょうか、二人で』

「あああ、なんと尊いこと、か……」

高揚した声を上げたまま、シュテーダルは完全に氷漬けとなった。話すことも、動くこともなく、その身体は自由を失いただそこに浮遊している。

生気を吸われたように私の身体も怠くなったが、震える右手を上げて、破壊の指鳴らしをしようと人差し指と親指を合わせた。

『ナナリー』

慈しむような優しい声で、氷の始祖は私の名前を呼ぶ。その姿は最後までこの目に見えることはなかった。

『氷の血を持つ者は、シュテーダルが遥か昔にかけた呪いのせいで、火の血を持つ者と子を生《な》すことができませんでした』

「子どもが、できない」

『しかしその呪いも、千年を過ぎた頃から効力は緩み始めています』

姿は見えないけれど、額の辺りに冷たい空気が触れた。

『どうか、仲よくなさい』

そう言うと、それきり声は聞こえなくなった。私は目を閉じてゆっくりと指を鳴らす。

パチンという音と共に破壊されたシュテーダルは、氷の欠片と共に、流れ星のように地上に散らばっていった。

力の抜けた私は、そのまま地上へと落ちて行く。

空には島は一つも浮いていない。こんな景色は初めてだった。

魔法世界の受付嬢になりたいです

長く眠っていたような気がする。

もうこれ以上は眠れないとばかりに上半身を起こした私は、寮の部屋でもなく実家の部屋でもなさそうな空間に、まだ夢でも見ているのだろうかと目をパチパチさせる。

平民である私が絶対に寝たこともないようなフカフカな寝具。花柄模様の壁紙、大きな窓にバルコニー。上質なカーテンはひらひらと風に靡《なび》いている。鏡付きの金色に縁取られた化粧台に、背もたれの大きな二人掛けのソファが小さなテーブルの横にひとつ。そのテーブルの上には花瓶にさされたキュピレットの花が一輪。

視線は元に戻って寝具の上。白い滑らかな寝間着に身を包んだ私は、ふと膝あたりの重さに気がつく。寝ぼけていて分からなかったが、そこには私の友人が可愛い寝顔を見せていた。

＊　＊　＊　＊

「一ヶ月⁉」

「ええ、貴女一ヶ月も眠りについていましたのよ、もう、もうっ」

目の下の隈《くま》を擦りながら、私の膝の上から目を覚ました友人のマリスは、涙をその瞳に浮かべて私に抱き着いてきた。ぎゅうぎゅうに苦しくなるくらい締め付けられて、胸元は彼女の涙で濡れる。

「貴女の髪の色も茶色くなってしまって！　魔力を感じられないだの生命の危機だのなんだのって散々ビビらされたんですからね！」

「茶色になってる？」

「三日前には水色に戻りましたけどね」

　マリスの話を聞くとどうやら私はあの競技場で倒れてから今日までの一ヶ月の間、ずっと目を覚まさず眠りについていたらしい。王室付きの治癒の医者が魔法をかけても効果はなく様々な手を尽くしてくれたそうなのだが、そんな努力も虚しく時間だけが過ぎていったのだと鼻水をすりながらマリスは説明をしてくれた。

　今私がいる場所は民家でもマリスの屋敷でもなく、お城の客室らしい。

「貴女が魔法を発動してから暫くして、空から光り輝く結晶の欠片のようなものが降りそそいできましたの。そしてその欠片が氷漬けになっていた者達に触れると、たちまち彼らを覆っていた氷の結晶は溶けていって」

　何か別の魔力……大陸中の血を体内に収めていたせいか、その欠片が地上に落ちてきたとたん、氷漬けになっていた人達は徐々に生気を取り戻したのだという。魔物もそれに伴って姿を消していったようだった。

「そして復興後、勇気を持ってあの魔物へ立ち向かった方々に、王様から恩賞が与えられることになりましたのよ。百万ペガロと、功績に見合ったそれぞれの望みを一つだけ。叶えられる範囲のものですけれど」

「皆何を貰ったの？」

「サタナースとベンジャミンのお二人は、お家《うち》をいただいていましたわ」

「ニケは？」

「彼女は商家の娘でしょう？　自分ではなくお家の地位を高めたいとかで爵位を与えていただいていましたわ」

「爵位？」

「男爵です。空きの出た領地がありましたので、そこの地主となられたご両親は更に張り切っているそうですわ」

「そうなるとニケって、男爵令嬢ってことになるよね」

「そうなりますわね。ホホホ」

マリスはわたくしがみっちりと社交界でのあれやこれやを叩き込んであげますわ、と息巻いていた。新しいおもちゃを見つけたような顔をしている。ゾゾさんとアルケスさん、他騎士五人もそれぞれ百万ペガロを貰い、騎士ならば階級を上げてもらったり、ハーレの二人はそれぞれ欲しいものを貰ったりと願い事を叶えてもらったようだった。ゼノン王子は特に望むものはなく、お金も何も貰わなかったそうである。代わりに大臣達の入れ替えを進言したらしく、彼にはだいぶ助けられた感があるので、何だかそれを聞くといたたまれない気持ちになった。

「アルウェス様はアルウェス様で――」

「無事？　アイツ無事だったの⁉　マリス！」

「え、ええ無事よ！　わたくしのアルウェス様が死ぬわけないじゃない！　あらそうだわこんな悠長にお話をしている場合ではなくってよ、早く治癒のお医者様を呼んでこなくては！」

マリスが急いで部屋から出ていく。忙《せわ》しない彼女の動きにクスリと笑ってしまう。

そよ風を感じて窓の外を眺めると、そこには綺麗な庭園と、またその先には王国全体が見渡せた。ここはマリスが先ほど話してくれた通り、本当にお城の中らしい。

ひとまず氷がひと欠片も見えない風景に安堵して、私はふと手の平に視線を落とす。すべてをシュテーダルに注ぎ込んだせいで私の身体に異変が起こってしまったらしいけれど、呪文を唱えて瞬時に現れた、今手の平にある氷の欠片を見てホッと息を吐いた。良かった。

一ヶ月眠りについていた。空っぽになっていた魔力。もしかしたら、それを回復するためにずっと眠っていたのかもしれない。髪の色も水色に戻っているようだし。けれどよくよく考えてみれば茶色が元の色なので戻っているという表現とはちょっと違うのかもしれない。水色が当たり前の色となった今では、それを当然のこととして受け入れている。そんな今が、私は好きだ。

＊＊＊＊

私が目を覚ましたということで急遽パーティーが開かれることとなった。そんな大げさなことはやらないでほしいと言ったものの、あれから王国は復興はしたが、功労者の最後の一人である私が目を覚まさなかったことを考慮してお祝いの宴《うたげ》やパーティーはしていなかったそうだ。そんな畏れ多いことを聞かされてしまっては提案を却下させようなどという私の浅はかな考えはすぐにふっ飛ぶ。

すぐに国中へビラがまかれた。無礼講で王の島には国民が溢れ、今日この時だけ王の島全体は形を変えて一つの舞踏会場となった。学校が宙に浮き、家臣達の家は島の端へと並んだ。大掛かりなパーティーは規模も桁外れである。たった一日半でここまでの準備ができてしまうとはあな恐ろしや。

一方私は医者に見てもらったあと、用意された舞台の袖でお城を背に椅子へ座らされていた。起きたばかりということで、体調には問題ないものの安静にと言われたが、ずっと眠っていたせいで身体のあちこちが凝っているものの寧ろ動きたいくらいだった。ただマリスが過保護なので心配はさせまいと大人しく座っている。場所が王座の近くなのも相まってか、ここら辺に近づく人もあまりいない。というか騎士が見張りのように周りに配置されているので、近づくも何もあったものではないのだ。

「本当にドレスでなくていいの？　それはそれで貴女らしいですけれど」

マリスの申し出を断り、皆がドレスで正装している中、私は一人ハーレの制服を着ている。なくなったと思われていた制服は、ベンジャミンとサタナースが競技場の残骸から見つけ出してくれたらしく、手紙を添えて私の枕元に置いておいてくれたのだとマリスから聞いた。

その肝心の友人達だが、マリス以外に会うことは未だできていない。両親ともだ。目覚めたばかりの今日の今日で皆が皆集まれるとは思わないが、こんなに人が来ているなか不思議と誰とも会えていない状況には違和感を拭えない。それに、

「ヘルさん！　お姿を一目見せてくださいな！」

「ヘル様！　ありがとうございました！」

「ねぇねぇおかあさん、あそこお姫さまがいるのー？」

「海のお姫様ってのは本当なんですか!!」

「ナナリー様ー！」

「皆さん、下がってください！」

「あの！　あの！　ヘル様！　私、あのとき助けていただいた者です！」

騎士の向こう側から声をかけられた。様、づけに違和感を持ちつつ顔を見れば、シュテーダルに襲われた時競技場で見た人だった。力を使うなと言われてもいてても立ってもいられず、魔法で魔物を倒した時に私へ向かいお礼を言った人だ。無事だったんですねと笑って近づこうとすれば、その後ろから次々と「ありがとうございます！」「ご無事でよかったです！」「顔を見させて！」と大人数が押し寄せてきた。すると騎士達が隊列を組んでそれを阻止し始めたので、声の主と対面することなく椅子のほうへと戻される。

なんだ、これは。どうなっているんだ。とても普通の扱いではないというか、これではどこかのお貴族様のようではないか。

「もうすぐ始まりますので、ヘル様はそのままお待ちください」

「ドログフィアさん？」

見覚えのある顔と声で、以前ニケ達と一緒に飲んだことのある人だと分かった。

「そんな呼び方やめてください、一体どうしたんですか？」

「そ、それは」

盛大な音楽が鳴り始め、いよいよ祝いの宴が始まろうとしていた。私は仕方なく椅子に戻って王座のほうを見る。

王族の方々が舞台の端から一人一人出てきて、用意されたそれぞれの椅子にゆっくりと座り込む。四番目に出てきたゼノン王子と目が合うと、王子は口角を上げて首を縦に振った。私も会釈をする。ああ——良かった、足は元の通りに動いている。勇ましい風貌にも変わりはない。

島に集まった国民の大きな歓声が聞こえた。

それにしても十人ほどの白い騎士達に四方八方を守られているような、王族か貴族のような扱いをされていることに、やはり居心地の悪さを感じる。海の国と私に関してのよく分からない、自分でも理解できていない話が広まってしまったのだろう。お姫様だなんて、なんて似合わない言葉だろうか。

「貴女がお姫様だなんて、面白いですわね」

「やめてよ、もう」

そんな中でも今ここにマリスがいてくれることは何よりも安心できるのと同時に、そんな安心感を与えてくれる彼女に、一番に伝えなくてはならないことを思い出した。

伝えなくても良いのかもしれないが、どうしても、迷惑かもしれないけれど、マリスだからこそ話しておかなくてはならないことがある。

「ねぇ、マリス」

「どうかしまして？　そんな深刻そうな顔をして」

私の顔付きに心配そうな表情をするマリスを見て、膝の上で手をぎゅっと握り締めた。

「私、私ね、好きな人ができたよ」

「……それは、アルウェス様かしら？」

返された言葉に目を見開いた私に、可笑しそうに目元を緩めたマリスが声を出して笑った。

「ふふふ、わたくしも馬鹿ではなくってよ。それに学生時代から、貴女の頭の中はアルウェス様でいっぱいでしたでしょう」

「いっぱいいって⁉」

なぜそんな当たり前のように話されるのだ。あの頃はそんな気持ちなど微塵もなかったはず。それにそういう気持ちを感じたのはついこの間のことで、けして、そんな、

「何をするにもロックマン、ロックマンって、二言目にはあの方の名前が出てきていましたもの。わたくしが呆れるほどでしたわ」

「ご、ごめん」

「謝ることではないわ。でしたら、その想いを伝える気はありますの？」

「それは」

「逃げますの？　ご自分の気持ちから」

「逃げるなんて」

「嘘をつきますの？　好きではないと」

気持ちがハッキリとした以上、いつまでも秘めて、ましてや一生隠していくことなんて私の性分上できやしない。だからどうせ相手に伝えるのならばとマリスに告白したが、想いを伝えるのかと直球で聞かれると、今まで感じたことのない酷い動揺が全身を巡った。

アイツに、ロックマンに、彼に、それを伝えるということ。きっとバカにされるに違いない。急

に何を言いだすのかと怪しまれるのがオチである。

「わたくしは、己に正直に生きています。貴女は嘘が嫌いとおっしゃっていたはずだけれど、違いましたの？　気持ちは待ってくれませんわ。平和なこの世も、またいつ崩れるか誰にも分かりません」

「マリス」

「ふん、当たって砕けてみれば良いですわ！　わたくしは何度も砕けていますけれど⁉」

「自虐しないで！」

「それにアルウェス様は恩賞に『婚姻《こんいん》の自由』を望みましたのよ。一代限りですけれどね。今ではそこら中の女子どもが色めき立っているのですから、気が気ではないのですわ！」

婚姻の自由？　何故そんなことをロックマンは望んだのだろうか。

不思議に思っていれば、何回砕け散ったと思うの貴女は甘いですわ、いいや甘くない上手くいくとは微塵も思ってない、だからその意気地《いくじ》のなさが甘いと言って……など、ぎゃーきゃーと二人でそんなやり取りをしたのち、マリスは王女の仕度があるからとのことで裏へと戻っていった。久しぶりの喧嘩腰の冗談じみた言い合いが妙に心地好い。

私は目を閉じて一人、マリスの言葉を胸に刻み込んでいった。


「マリスさん、良かったの？」

「意外にも恋敵の背中を押しちゃって」

特別、友人としてナナリーに会う機会を許されていたニケとベンジャミンは、裏手からその様子を見ていた。普通にナナリーに会うつもりが聞こえてきた会話が会話なので途中から出るに出られなくなり、マリスがこちらに来るまで見守っていた二人は、彼女が戻ってきたところを掴まえて話しかける。

マリスはニケとベンジャミンを見て、聞かれていたのかと苦笑した。

「好きになったと、わたくしに馬鹿正直に報告に来ましたのよ。普通なら隠すようなことを、迷いもなく、アルウェス様のことを好いているわたくしに。恋する気持ちは対等だもの。わたくしはそんなナナリーが好きですわ」

キョロキョロと周囲を窺い、友人を探しているであろうナナリーのほうを見て目を細める。

「ずっと、ずっと彼を見てきたのよ。それにどうせ取られるなら、ナナリーにじゃなら、本望ですわ。どこぞのポッと出の新参の姫君よりも、悔しくありませんもの。ただ、胸をちょっと貸していただけるかしら」

二人の腕をぐっと引き寄せて、そこに顔を押し付けた。

「大好きな殿方と、大好きな親友なんだもの。泣かないわけには、いかないでしょう?」

これで本当に、本当の失恋なのだと。

マリスはベンジャミンとニケの腕に包まれながら、声を上げて泣いた。

＊　＊　＊　＊

「この良き日が訪れたことを、嬉しく思う。世界の終わりというものを体感した者の一人として、この身が声が、同じ思いを持つ者達と共にあるという現実に、心はどうしようもなく震えるばかりだ」

　復興祝いのパーティーは、王様の挨拶から始まった。舞台上に並ぶ王族の椅子にはゼノン王子の元気そうな姿が見える。あっという間に整ったパーティーなので、同じお城の中にいても王子と会えることはなかった。そもそもゼノン王子と私のような一国民が会って話せること自体が異例なので、残念さを感じるのはお門《かど》違いである。

「そして今日、世界の終わりを始まりへと変えてくれた最後の功労者、ナナリー・ヘル。彼女が深い眠りからようやく目を覚ましてくれた。さぁここへ、恩賞の儀を行おう」

　王様に促され、私は数段ある階段を上がり舞台の中心まで歩いた。マリスから流れを聞かされていたので、一礼をして王様と向き合う。英雄みたいな言われ方にむず痒さと気持ち悪さと申し訳なさが心の中で入り乱れる。

　私が舞台に上がると島中からと言っても過言ではないほどの、割れんばかりの拍手喝采が起きた。心臓に響くほどの量だった。

「君のご両親とは話をさせてもらった」

　ゼノン王子に遺伝したであろう艶やかな黒髪をなびかせて、ゼロライト王は大きな声でなく、普通の声量で世間話をするように私へ話しかける。

「私、まだ二人とは話せていないのですが」

「ヘル家の処遇については彼らを交えて話し合いをした。まだ纏まってはいないが、彼等二人には一時的に海の国へと行ってもらっている。海の王族の血縁者、まして王女と王女の娘とあれば、生半可な扱いは王国ではできない。たとえ家出し、勘当同然の身だったとしても、だ。海の者達が助けに来たということは、つまりそう言うことなのだ」

二人は、今回海の国にドーラン王国が助けられたということで、王国の使者として同盟を結びに海の国まで行っているのだという。いつまでもこのままでは当然いられないので、その辺りの決着をつけつつ正式な両親の処遇を海王様が下すのを待っているのだとゼロライト王は言った。何せ海の中と陸の上の時間の流れが違うのもあるので、まだまだかかりそうだと私はため息をつく。

「私はこのドーラン王国から出て行ったほうが良いということですか……？」

「そうではない。功労者には百万ペガロと、望みを一つ叶えるという恩賞を与えている。君はまだそれを受け取っていない。ナナリー・ヘルよ、望みは何かあるか？」

望みの部分を聞いて、辺りは静寂に包まれる。

舞台上から、私は皆を探す。ニケ、ベンジャミン、サタナース、ゾゾさん、アルケスさん、ハリス姉さん、所長、みんな、みんな。

「私はどうか、変わらない毎日を望みます」

私の望みは、叶うならば。お姫様でもない、特別な何かでもない。

「今までもこれからも、変わりません。私はここでドーランの人間として生きて、大好きな受付のお姉さんとして働いて、家族や友人達と共に過ごし、人生を謳歌《おうか》していきたいのです」

「変わらないということはとても難しい。海の王族の血縁者、さらには氷の始祖の力を宿らせているということが認知された今、君の人生は普通とは程遠いものとなった。それでも君は普通を望むのか？」

「望みを叶えてくださるのなら、私はそれを望みます。平民として今まで通りに」

「そうか……。アルウェスの言った通りだったな」

眉毛が下がり、それでいて笑っているような表情をした王様はロックマンの名前を口にした。どういう意味だろうかと考えていると、王様が大きく二度手をパンと叩いた。

「あい分かった！　さぁ宴を始めよう、魔術師長はここへ！」

舞台の反対側から、紺色の外套に身をつつんだ金髪の眼鏡の男が歩み寄る。長い髪を横に流し、その先を髪留めで纏めている。

いくつもの指輪を両手にはめており、金色の長い杖を床に突きながら私と王様の側まで来た。

「では祝福の魔法を、このドーランが何百年先までも光り輝く国であるように」

その男が金の杖を振るうと、空からは光の粒子が落ちてきた。見渡せばそれは国中に降り注いでいて、まるで光の雪が降っているような光景に目を奪われた。人々は空へ手を伸ばしている。

「はい、君にも祝福を」

「痛っ」

長髪眼鏡の男――アルウェス・ロックマン――は国民の歓声を背景に、私のおでこをその金の杖でコツンと小突いた。痛い何すんのよ、と鈍い痛みに苛立ちながら相手の顔を見る。澄ました顔立ちは相変わらずだった。しかしあの最後に見た時からは想像できないくらいに元通りになった姿を見てしまうと、胸が締め付けられるような安心したような、鈍くて淡い痛みを感じた。

「皆の記憶から、ヘルに関しての記憶を一部除いて消去した」

「記憶を？」

「世界の誰もが、君が海の王族であるということを忘れるように。誰の記憶にも残らないように」

「世界って……世界⁉　王国内だけじゃなくて、もしかして」

世界中、大陸中に魔法をかけたとでもいうような言い方。それが本当ならば普通の魔法使いではできない、とんでもない魔法をかけたこととなる。本人はそれを知ってか知らずか、昨日の夕飯には野菜を食べた、くらいの感覚で言っているのだから恐ろしい。

「僕は世界に嘘をつく。どう恨んでくれてもかまわないよ」

そう言って頬を軽く撫でられた。長い指先から、温かな熱を感じる。

私の願いは、ただ普通に過ごしたいというものだった。考えてみれば、もう普通なんて言葉はつけられない。無理なお願いだろうとは感じていた。記憶を消すということは、嘘よりも重いものだ。

嘘が嫌いだと言う私にロックマンは今、何を言っただろうか。

「だけど君の世界は君の中にちゃんとある。それだけは覚えていて」

その言葉に言いようのない切なさを感じ、思わず奥歯を強く噛む。私はずっと庇われっぱなしで。

「まぁこれで、仕事も他も落ち着いて過ごせるんじゃない？　あと心配しないでね、君のご両親にはこの術は掛けないようにしてあるから。それと海の中まではさすがに掛けられない」

ロックマンはおどけてそう話す。

頬に伝う涙を拭えば、空には赤い花びらが舞っていた。

「踊るは人生！　家柄容姿、しがらみも今日この日は関係ない！　ただ手を取り合い踊り明かそう！」

王様の言葉に、ワァ！　と歓喜の波が中心から広がっていくのが分かった。

さぁ二人も踊って来なさいと、王様に背中を押されて舞台の下に落とされた。周りは音楽にのって手を取り合い踊っている。二人で踊っている人も四人で踊る人達も、十人二十人と輪になって踊る人の群れも見える。

「うわ危ない！　も〜王様って意外と豪快なのかな」

「鈍臭《どんくさ》いね。ほら、大丈夫？」

地面に膝をつける私の手を引いて立たせてくれる。鈍臭いは一言余計だと怒るが、ありがとうお礼も忘れなかった。それから直ぐに踊ることはせず、暫くジッと周りを眺めていた私達だったが、いつのまにか自然に手を繋いでいることに気がついた。なんで手なんか繋いでいるのか。

そうだ、たぶん立たせてくれた時に手を離し損ねたのだ。いいや損ねるのか、普通。相手も相手で気づいているのかいないのか、バッと手を離した私を見て表情を変えずただ私と目を合わせる。

気持ちを自覚した今では、その目を合わせる行為さえも難しいというか言ってしまえばとんでもなく恥ずかしい。でも逸らせばあの敗北感に似た感覚で埋め尽くされるようで悔しくて、負けじと目を合わせ続ける。

何十秒、何分、何十分その状態を続けていたのかは分からない。とりあえず王様に踊れと言われては仕方ないから踊ろうかと、ロックマンがそう言って差し出してきた手を見て私の視線はやっと外れた。

「驚くことに、こんな仲でも君と踊るのは三回目になる」

「確かに。こんな仲でもね」

静かに相手の手を取って、形の決められていないダンスを踊り出す。陽気な音楽にのって感じるままに足を動かして地面を揺らしていると、視界の端で高く飛び跳ねている子どもの姿が見てとれた。

「君はどう思うか知らないけど、この一ヶ月間は正直、腹立たしいことばかりだった」

その言葉とは裏腹に、ロックマンは指にはめた幾つもの形の違う指輪に視線を落とした。

「いつもあの日のことを、凍った瞬間の景色を思い出す。冷たい感覚の中に、目にした最後の記憶が、誰かの泣き顔だ」

目を閉じてその光景を思い出しているのか、ダンスの動きは静かになった。あの日、あの場所で、誰もがこの世の終わりを目にしただろう。何の決意も持たぬまま自分の時間や生命が終わっていくのを受け入れるには、あまりにも突然だった。

あれから何が起きたのかを周りから聞かされたが、私の一ヶ月間の昏睡《こんすい》状態までは予想できなかったと話される。

そしてアリスト博士の命は助かったそうだが、操られてしまっていたとはいえ犯したことは到底許容できるものではないため、回復ののちに裁判が控えているという。伯爵の地位は剥奪《はくだつ》されたので、これからは険しい道を歩むことになるだろうと静かに語られた。

もっと自分が戦えていればとロックマンは言うが、それは違う。そもそもこんなに自分を責めるような人間だったろうか。いつもの自信が見えない。育ての親のような人を失くしかけ、彼が守っていた競技場が破壊されたことに、私より先に倒れてしまったことに負い目を感じているようだった。腹立たしいことばかりとは、恐らく自分自身にずっと腹が立っていたのだろう。

「そんなことない。十分過ぎるくらい戦っていたし、ロックマンのおかげでシュテーダルを倒せた。

あの時は助けてくれてありがとう。それだけは絶対に言いたかったの」

自分を責めるのはお門違いである。そしてそのおかげで気づけたことがある。

「あとひとつ、私、あんたに言わなくちゃいけないことがあって。その」

「何？」

唇に縫いつけの呪文をかけられたように、口が上手く動かない。いつだってどんな気持ちだって、秘めていては相手に伝わらない。心の層の、ずっとずっと深いところから溢れ出るこの感情には、もう名前が付いているのだ。

もごもごと口ごもる私を不審な目で見てくるロックマンに、言いたいのは、

「好きよ」

ぽつり。呟くように、それでも真っ直ぐ目を見て伝えた。

ロックマンはその言葉を理解しているのか、そもそも聞こえているのかすら分からない表情で見つめてくる。ダンスの足を互いに止めて、ロックマンは私と繋いでいる手を緩めた。

「今、なんて」

「も、もう言わないっ、今言ったもん！　えっと、ええっとじゃあねこの鈍感男！　あとうじうじしてないでちゃんと元気出しなさいよ！」

ほとんど勢いで言ったのだ、二度も言うなんて絶対にできない。死ぬ、死んでしまう。やっぱりこの感覚は病気に近い。

それでも自分の中で変わったこの気持ちが、私は好きだ。

「ちょっと待った、待ってヘル」

「ぎゃあ！」

手を引っ張られた拍子にロックマンの足と自分の足が絡まって、バタンと二人して地面に倒れ込む。

「アルウェス様⁉」

「ナナリー⁉」

「貴女達、なんてベタな……」

大きく転んだ拍子に、私の下に敷かれた大きな身体。重なるように倒れたそれは顔にもおよび、口もその犠牲となっていた。

身体と同じく重なった、柔らかな湿り気を帯びた私の唇と相手の唇。

驚きに満ちた私の瞳と、衝撃で眼鏡が外れたロックマンの瞳がぱちりと合う。赤くきらびやかに光るそれを見て、急激に集まった顔の熱を感じて手が震える。誰かの唇の感触を知るのは人生で初めてでもある。これでは私が押し倒して口づけをしているみたいではないか。それにきっと私の顔は誰にも誤魔化せないくらい真っ赤っかだ。

早く、早くどかなくては。

しかし急いで退こうとした私の身体と首元を手で押さえつけて、ロックマンは言いはなった。

「好きだよ、僕も」

何かを当然のように言いはなった。

「は、え？　な、何を」

恥ずかしさに耐えきれなくなり、力いっぱい背中をのけ反らせて離れようとする。それでもロッ

クマンは笑顔のまま、私との距離を変えようとはしなかった。というかやっぱり聞こえていたんじゃないか。それより今こいつは、何と言ったか。ぐるぐると思考回路が空《から》まわる。

恋も仕事も山あり谷あり。

どうやらそれはこの先も当分続いて行きそうだと、目の前の男を見て悟った。

「やったじゃないナナリー！」

「でも侯爵と結婚となれば侯爵夫人になるけど仕事やめちゃったりするの？」

あれ、今の声はゾゾさんと所長だろうか。

「でも結婚するとまでは言ってませんわよ？」

「いや、好き合うだけで結ばれるならキューローリ宰相《さいしょう》も苦労してないぞ」

「殿下まで何言ってるんです⁉　ナナリー大丈夫？」

「アルウェスくんもやるねぇ。永久就職ってやつしちゃえよナナリー」

「ナル君〜？　それより私をお嫁に貰うほうが先なんじゃないのかしら？」

野次馬的に私達の周りを囲む友人やまったく知らない人達の視線に晒されて、どこかに穴があったら入りたい。なんだこの状況は。

友人達が好き勝手に言っている。面白がるのは大いに結構だが、所長の質問には声高《こわだか》に答えさせてもらおう。

「私は、受付のお姉さんになりたいんです！」

これは一人の受付のお姉さんの、誰も知り得ない、誰かが知っているお話。

番外編 アルウェス・ロックマン

僕が目を覚ました時、辺りは瓦礫《がれき》の山ばかりで、元が競技場だとは思えないほどの損壊《そんかい》状態だった。身を拘束していた氷の塊はどこかへ消え去り、意識も思考もハッキリしてきた。

周りには自分の両親とマリス、部下の騎士達が涙を流して座り込んでいる。

「ああ、アルウェス様！　本当に、本当に良かったですわぁぁ！」

上体を起こした僕の背を何人かが支えてくれたが、見渡せば倒れている人数は想像以上にいた。しかし幸い死亡者はおらず、治癒魔法を得意とする者達がそこら中を駆けずり回り治癒に専念している姿がある。ゼノンや他の友人達も無事だったようだ。

「ナナリーが、ナナリーがっ」

そんな中、治療のため今にも天幕へ運ばれようとしているフェルティーナが呻《うめ》き声を上げながら必死にヘルの名前を呼んでいた。

そうだ、彼女は。彼女はどうしただろうか。無責任にも、倒れる直前に彼女へ託すような言葉を残した。彼女の力をあの魔物にぶつけるしか希望はなかった。どんなに優秀だと周囲から言われていようと、僕は到底ヘルの力には及ばない。それでも、命を失ってしまうかもしれない選択を託した事実に、今更のように心臓が激しく身体を揺らした。

「駄目だわ。まったく意識が、反応がないのよ」

瓦礫がない平らなところで、魔法学校の治癒の教師がヘルの身体に魔法をかけていた。そこではいつか海の国で出会った人面魚やセレイナのベラ、他にもヘルのことを知る人間がその周囲を取り囲んでいた。話を聞く限り何があったのかは理解できた。彼女の安否を確認するために中心へと行けば、治癒魔法のおかげか傷一つない綺麗な姿のヘルが、眠るように横たわっている。そして、どうしてか水色だった髪の色が、焦げ茶色になっていた。

これは確か、セーメイオンの呪文を唱える以前の彼女の色だ。

一度だって忘れたことはない、彼女のその色。

小さい頃の僕が、大きな君を知っていたと言ったら驚くだろうか。

「彼女はそれを望むというのか、アルウェスよ」

「さぁ、どうでしょうか。少なくとも本人は受付のお姉さんになりたいそうなので」

三日後、王宮の魔術師長として今回の件についての会議に参加させられた僕は、国王から告げられたヘル家の処遇の話に待ったをかけた。彼女の一家を他国の上位貴族枠に入れるという意見に特に異論はないが、功労者への恩賞に国王は望みを一つ叶えると約束をしている。ヘルにも適用するならば、きっと彼女は普通を望むはずだ。それにヘルの両親は今、海の国へ行っている。そちらの話がまとまっていないうちに決めるのは得策ではなかった。

「貴方達、いい加減目を合わせたらどう？」

「あっちがこっちを向いてくれないんでね」

ゾゾ・パラスタにニヤリと面白そうな視線を向けられた。

あれからひと月が過ぎ、平和な日常が続いている。だが魔物は依然王国内に出没するので元の環境に戻ったと言うほうが正確だ。そうして今回魔物の出没数確認のためにハーレを訪れれば、以前と変わらない元気そうな姿で受付の席に座る彼女を見つけた。

以前というのは王の島でのパーティーのことである。そして僕がこの建物に入った瞬間、破魔士相手に立派に仕事を遂行していた彼女の顔は明後日の方向へと向いた。

「隊長さん！　今から休憩入るので私と町に行きません？　良いとこ知ってるんですよ～」

「やーだ私が先よぉ！」

魔導所の職員の女性に腕を掴まれる。恩賞に一代限りで婚姻の自由を望んだが、想像以上に女性から声を掛けられるようになった。悪いことでもないが、良いことでもない。ならば婚姻の自由など望むなという話になるが、間違った選択をしたつもりはない。

女性達の手をやんわりとほどいて彼女に近づいた。

「お昼はこれから？」

「そうだけど……」

頬をほんのり赤く染めてそっぽを向いたヘルに近づき、問う。

「食べ放題の店があるんだけど、一つ勝負する？　多く食べられたほうが勝ちにしようか」

勝負という言葉にピクリと反応し、彼女はこちらを向いた。

「行く？」

僕の誘いに彼女が首を縦に振るまであともう少し。

僕らの関係はこの調子で続いていくのだろう。

それもまた、悪くはない。

番外編　微睡みの朝

「ここ、どこだろう」

　受付も四年目になり今日も朝から出勤だと意気揚々と目を覚ましたはずの私は、どこかの庭の中心にポツンと立ちすくんでいた。

　足元を見れば裸足のままで、どうにもおかしい。それにここはどこだろうとぐるりと周りを見渡す。噴水のある大きな庭園。彩り豊かな花達。目の前には大きなお屋敷。お城のようなそこは見たこともないくらい立派だけれど、どこか素朴で親しみのある雰囲気だった。私の実家にあるような井戸が、ちょこんと屋敷の脇に設置されている。

「おかえりなさい！」

　目の前に急に女の子が現れた。びっくりした、心臓が止まるかと思った。薄茶色の髪の可愛い女の子が、私の手をギュッと握って引っ張って屋敷の中へと入って行く。勝手に上がってもいいのか、そもそもこの子は私を知っているのかなと思いながらも、もしかして眠りから覚めていないだけでこれは夢の中かもしれないと思い直す。ほっぺを試しに引っ張ってみれば微妙に痛いような痛くないような。とにかくこれは夢だろうと思考を完結させる。

「父さまはまだ帰ってきてないのー。だからお菓子を作るのは今のうちだよ！」

　着いたのは広い玄関、ではなく居間のような所。そしてそこには貴族の屋敷にはないであろう調理台が窓付きで壁際に設置されている。ここには一体、どんな人が住んでいるのだろう。

「お菓子？」

「うん！　今日は父さまの誕生日だから一緒に作ろうって約束したでしょう？」

　約束、していたのか。約束していたならば…やるしかない。たとえそれが夢の中だろうと。

　それにしてもこの部屋の緑色の壁紙はとても好きだ。寮の部屋の壁紙もこんな色にしたかったくらいである。テーブルも角が丸くて木製で、特に上に何も敷いていないのが良い。布をかける家庭がほとんどだけれど、私はかけないほうがどちらかというと好ましい。

　何を作ろうかと問いかければ、お父さんらしき人はポルカが好きだと言うのでそれを作ることにする。調理器具を出そうとしたが勝手が分からないので聞こうとするも、あっさりと道具を見つけられたので問題なく進む。ここにあったらいいなと思う場所に道具があるとは、なんて便利な夢なのだろうか。このままこのお家に住んでみるのもアリかもしれない。

一通り作り終えた後はそのお父さんを待つと言うので椅子に座って女の子と待っていたが、何だかとても眠くなってきてしまいテーブルにうつ伏せになる。

「ちょっと眠くなっちゃった」

「ええ、父さまお仕事から帰ってきちゃうよ！」

これは夢で初めて見る光景なはずなのに、何故だかとても居心地が良いせいでもある。

すると遠くで「お帰りなさいませ旦那様」という渋い男の人の声が聞こえた。

「ポルカ？　作ってくれたんだね」

旦那様とはつまり、あの女の子のお父さんということだろう。うつ伏せになっている私は激しい眠気に襲われて上体を起こすことができない。

「ありがとう。所長になったばかりで大変なのに大丈夫？」

所長になったんだ。誰がなったんだろう。

「母さまを上に連れて行くから、リリーはそのまま食べて良いよ」

「そのまま上からもどってこないでしょ～父さま」

持ち上げられた感覚がある。魔法とかではなく、頬に当たる暖かな温もりがある。抱えてくれているのかもしれない。ユラユラ揺れて凄く眠気を誘う。それにそれだけじゃない、匂いがお日様のようで温かいのだ。これはそう、あの香りに似ている。何だったたっけな、なんの香りだったっけ。

それにしてもお仕事帰りらしいのにこんな手ずから運んでくれるなんて、申し訳ない気持ちも湧くがどこか嬉しい気持ちもある。なんで嬉しいのだろう。

「私こそ……ありがとうございます」

「あれ、今日はやけに素直だな」

夢だけれど、せめて顔くらい見られないものかと目蓋を開けようと頑張るがなかなか開いてはくれない。錘《おもり》でも載せられているかのようだ。

「どうしたの？」

「顔が、見たくて」

「なにそれ。可愛いなぁ」

唇に温かくて冷たいものが触れた。ふわふわと包み込まれるようで心地いい。


「――――ん？　やっぱり夢か」

再び目覚めたのは寮の寝台の上。窓の外の朝焼けの光に、私は目を細めた。

魔法世界の受付嬢になりたいです　3

*本作は「小説家になろう」（https://syosetu.com/）に掲載されていた作品を、大幅に加筆修正したものとなります。
*この作品はフィクションです。実在の人物・団体・事件・地名・名称等とは一切関係ありません。

2020年1月20日　第一刷発行
2022年2月10日　第二刷発行

著者 …………………………………………………………… まこ
©MAKO/Frontier Works Inc.
イラスト ………………………………………………………… まろ
発行者 ……………………………………………………… 辻 政英
発行所 ………………………… 株式会社フロンティアワークス
〒170-0013　東京都豊島区東池袋3-22-17
東池袋セントラルプレイス5F
営業　TEL 03-5957-1030　FAX 03-5957-1533
アリアンローズ公式サイト　https://arianrose.jp/
編集 ………………………………………………………… 末廣聖深
装丁デザイン ………………………………… ウエダデザイン室
印刷所 …………………………………… シナノ書籍印刷株式会社